KB107705

우리는
　많은 것을
땅에
　묻는다

차선우
소설집

우리는
많은 것을
땅에
묻는다

예옥

차례

더미

엑셀을 밟았다. CWD-07이 테스트 트랙을 달리기 시작했다. 초반 가속력이 좋았다. 웅장한 배기음을 들으며 회전수를 거침없이 레드존까지 밀어붙였다. 중반 가속력도 좋았다. 제로백 1.2초. 속도계를 확인하며 엑셀을 더 밟았다. 바닥은 젖어 있고 수막현상의 임계속도를 벗어난 차가 총알처럼 달려갔다. 내가 총알이 되어 세상 속으로 돌진했다. 허를 찔린 세상이 비명을 지르며 뒤로 달아났다. 최고속도 425hm/sec. 코너에서 속도를 줄이지 않고 풀브레이킹했다. 거친 파열음을 내며 차가 뱅크 너머로 솟구쳤다. 허공으로 날아올라 거대한 코를 땅에 박았다. 쿵, 다시 뒤집어지면서 쿵, 쿵, 쿵. 나는 차와 함께 공중제비를 돌고 땅에 처박히기를 반복했다. 몸이 차와 엇박자로 튕겨 오르거나 거꾸로 처박힐 때마다 안전띠가 특수 제작된 좌석에 나를 끌어 앉혔다. 나는 눈을 부릅뜨고 CWD-07이 내지르는 비명, 이만여 개의 부품이 보이는 반응을 놓치지 않고 바라보았다. 그 느낌을 잊지 않으려고 정신을 집중했다.

"집"

한 마디 외치고 시트 깊숙이 몸을 묻었다.

기분 좋은 엔진음을 내며 차가 달리기 시작했다. '움직이는 호텔', 이번 시즌 회사가 자신 있게 내건 캐치플레이드답게 실내는 편안하고 안락했다. 노면과 타이어의 마찰음, 바람이 사이드미러를 스치며 내는 휘슬소리조차 거의 들리지 않았다. 얼마 전까지만 해도 이 차 역시 나와 함께 깨지고 부서지기를 반복했다. 그리고 지난달, 유서 깊은 《컨슈머 리포트》지는 이 차를 '엑설런트'라고 평가했다.

차 안에는 어느새 바흐가 흘렀다. 내 호흡의 속도와 높낮이, 심장 박동 수, 그리고 체온과 기분까지 감지해 센서가 선곡한 것이었다. 차는 레인을 따라 조용히 달리고, 음표를 수직으로 쌓는 능력을 가졌다는 연주자의 건반이 무심히 차 안을 떠다녔다. 수직은커녕 수평으로 늘어놓기도 비쁘던 필의 손이 떠올랐다. 인제나 부루퉁한 얼굴도 떠올랐다. 어쩌다 밥을 같이 먹을 때도 왜 그 애는 사선으로 마주 앉는지.

어제, 저녁을 먹을 때였다. 필은 고개를 숙이고 열심히 젓가락질만 해댔다. 밥, 고기, 밥, 고기, 밥, 고기. 너무 육식만 하지 마라. 열일곱 이후에 비만 가능성이 높다는 예측 판정이 생각나서 한 마디 했다. 필이 고개를 숙인 채, 제 안에 벽돌을 쌓듯 말했다.

초식동물들은 똑똑하지 않대요.

퇴근시간이지만 도로는 한산했다. 거대한, 푸른 차일 같은 하늘에 표지판만 빠르게 달려왔다 멀어졌다. 도시 어디에서나 보이는 산은 멀리, 완만한 곡선으로 누워 있었다. 하늘과 산과 길이 맞닿는 지점에서 눈을 돌려 도착예정시간을 보았다. 약속한 시간까지 갈 수 있을 것 같았다. 빗어 넘긴 머리 아래로 M자형 이마가 단정한 컨설턴트는 말했다.

"어려서부터 인생을 설계하고 관리하도록 서포팅하면서 궁극적으로는 우수한 시티즌을 만드는 것이지요."

문제는 필이었다. 지난주, 첫 상담 때였다. 장차 어떤 일을 하고 싶냐는 컨설턴트의 질문에 필은 대답도 제대로 하지 못했다. 무뚝뚝한 얼굴로 앉아 손바닥으로 허벅지만 비벼댔다. 나는 필의 행동이 남자의 신경을 거스르지 않을까 마음이 쓰였다. 그러나 남자는 어린 상담자가 보이는 악의쯤 개의치 않는 듯, 시선을 돌려 내게 물었다. 아드님을 어떤 인간으로 만들고 싶습니까? 어떤 인간? 돈 많이 벌어서 잘 먹고 잘 사는. 그러나 그렇게 말할 수는 없었다.

"행복한……."

내 말이 끝나기도 전에 컨설턴트가 웃으며 고개를 가로저었다.

"그렇게 추상적이고 막연한 동기는 아이에게나 아버님에게나 아무 도움이 안 됩니다. 구체적이고 뚜렷한 목표가 있는 아이들도 성공할 확률은 높지 않습니다."

나는 구체적인 목표를 제시했다.

"구매지수 팔십오가 넘는."

"실망하실지 모르겠습니다만, 저희가 확보한 데이터베이스에 따르면 이 환경에서 이 정도의 지능, 성품을 가진 아이가 소비욕구 대비 구매지수 팔십오가 넘는 인간이 될 확률은 오 퍼센트도 안 됩니다."

고양이 새끼를 호랑이로 키워달란다는 말인가? 아무리 애써도 고양이 밖에 안 된다는 말인가? 굴욕감이 얼굴을 달궜다. 컨설턴트 시스템에 적응을 못해 이리저리 옮겨 다니기는 했지만 한때 뛰어난 관찰력과 영민함으로 주위를 놀래켰던 아이였다. 그러나 나는 아무 말도 하지 못했다. 정보력이나 추진력에서 제일 앞선다는 에듀 컨설턴트사의 자료였다.

"그렇다고 아주 실망하실 필요는 없습니다. 우리 프로그램을 얼마나 성실히 이행하느냐에 따라 아이들의 미래는 충분히 달라지니까요."

안 돼보였던지 컨설턴트가 덧붙였다. 하긴 날 때부터 완벽한 인간이 어디 있나. 많은 시행착오를 거치면서 배우고 고치고 만들어나가는 거지. 마음에서 매듭이 풀려나갔다. 불완전한 인간을 온전한 시민으로 만드는 일은 테스트 드라이버들이 무수한 테스트를 해가며 시험차를 완성차로 만들어내는 일과 같다는 생각이 들었다.

차가 빌리지 안으로 진입했다. 저만치서 류의 딸 진이 자전거를 타고 있었다. 바람무늬 파란 헬멧을 쓰고, 납작한 가방을 등 뒤로 질러 매고, 플라타나스 끝에 걸린 해를 향해 경쾌하게 달려갔다. 제 엄마처럼 유능한 지리정보시스템 전문가가 되겠다는 당찬 아이. 집 앞에 차를 세웠다. 류는 진이 제 일을 똑똑하게 잘 해낸다고 자랑삼아 여러 번 말했다. 옆에서 봐도 진은 항상 밝고 바르고 성실했다. 어린 나이임에도 제 몫의 인생을 확실히 이해하고 휘어잡는 것 같았다. 그런 진에 비하면 필은 생활태도가 느슨하고 끈기와 열정도 부족했다. 이대로라면 평생을 제 인생에 질질 끌려 다닐 것이었다. 나는 입버릇처럼 말했다. 진을 좀 보고 배워라. 그때마다 필은 막막한 얼굴로 나를 보았다.

톡톡, 누군가 차창을 두드렸다. 류가 환하게 웃고 있었다. 사람을 기분 좋게 만드는 웃음. 나는 시동을 끄고 밖으로 나왔다. 제 딸이 사라져간, 붉게 물들어가는 거리 끝에서 시선을 거두며 류가 물었다. 그 컨설턴트사 맘에 들지? 나는 류를 보았다. 내가 아니라 그 컨설턴트사가 필을, 우리를 맘에 들어 해야 한다는 걸 잊은 건가? 그 사실이 새삼 자존심을 건드렸다. 프로필을 작성할 때 불쾌했던 기분도 살아났다.

프로필리스트에 필의 나이와 지능지수, 성적, 장래희망 등을 적으라는 거야 당연했다. 보호자인 내 나이와 직업, 학력 따위를 묻는 것도 그럴 수 있었다. 집 주변의 유해시설과 문화시설의 숫자, 그것과 집까지의 거리를 묻는 것도. 그러나 지극히 사적인 내 연봉과 재산, 취미, 또 모임의 종류와 만나는 친구의 유형에서 정치성향까지 적으라는 문항은 한참을 생각하게 했다. 하지만 쓰지 않을 수 없었고, 그렇게 발가벗겨져 객관화된 나는 생각보다 보잘 것 없었다.

"예상보다 레이팅이 낮게 나오던데."

나는 중얼거렸다. 류의 갈색 눈에 잠시 의혹의 빛이 어리다 웃음기가 감돌았다.

"선배, 상처 받았구나. 사실 나도 처음에는 조금 당황했었어. 명색이 내가 대학교순데, 학벌, 지위, 재산, 이만하면 빠지지 않겠다 싶었는데 그래도 에이급은 아니라잖아. 또 교수 자식들이 편차가 심하다나, 진에 대한 평가도 인색했었어."

인색한 평가와 성공확률 오 퍼센트의 차이. 여러 모로 우울했다. 아이들이 아직 프레임구축도 덜 된 나이라는 게 그나마 위안이 되었다. 컨설턴트의 말처럼 프로그램 이행 정도에 따라 미래는 충분히 달라질 것이었다.

서쪽 하늘이 오렌지색으로 변해갔다. 도시는 저녁놀이 엷게 스며들어 거대한 수족관 속처럼 보였다. 어디선가 피아노 소리가 들려왔다. 필이었다. 필이 찍어대는 무수한 소리의 점이 바람을 타고 저녁 하늘로 흩어졌다.

그때 허공에서 굉음이 들렸다. 류가 깜짝 놀라며 두 손으로 귀를 막았다. 호버족이었다. 주로 외곽 거주민들로, 호버 크래프트를 타고 다니며 차들을 약탈하고 살상도 서슴지 않는 무리들. 정부에서도 놈들을 잡느라 골치를 썩고 있었다. 하지만 외곽의 버려진 창고에 숨겨놓아 찾기도 힘들고 또 하늘을 나는 놈들을 나포하는 일도 만만치 않았다. 하늘에 전부 그물을 칠 수 없기 때문이었다. 초기에는 일부 지역에서 나포 시도를 하기도 했지만 쫓기던 놈들이 달아나다 빌딩에 부딪치는 바람에 더 큰 문제가 발생하곤 했다. 지금은 거의 손을 놓

다시피 하고 있다. 호버족들이 요란한 소리를 끌고 하늘 저편으로 사라졌다. 피아노 소리가 다시 들려왔다. 귀에서 뗀 손을 내 어깨에 얹으며 류가 말했다.

"필한테 신경 좀 더 써 봐. 저렇게 우주부랑아라도 되면 골치 아프잖아."

호버족? 나는 류를 바라보았다. 솔직히 내가 걱정해온 것은 튜브족이었다. 튜브로 양분을 공급받는 식물인간처럼 부모에게 기대 평생 무위도식하는 인간들.

첫 상담 때 컨설턴트는 필이 BC-12 타입이라고 했다. 류는 진이 AF-08 타입이라고 했었다. 나는 컨설턴트에게 BC-12와 AF-08이 어떻게 다른지 물었다. 진과 필의 근원적 차이가 어떤 건지 알고 싶었다. 무엇 때문에 진이 차분하고 성실하며 무엇 때문에 필이 자꾸 비틀려나가는지 궁금했다. 남자는 필이 좌뇌와 우뇌가 고루 발달 되어 있다고 말했다. 기계와 예체능 방면에 고루 소질을 보이지만, 이런 학생일수록 컨설턴트사의 철저한 관리가 필요하다는 말을 보탰다. 그 말은 튜브족의 가능성이 높다는 말로 들렸다. 그런데 호버족이라고……? 나는 어깨를 들썩해 보였다. 곰팡이 핀 오렌지색 하늘이 은회색으로 가라앉고 있었다. 피아노 소리는 거칠고 빨라졌다.

필은 제 안에 자신을 구부려 넣으려는 듯한 자세로 사정없이 음표들을 몰아붙이고 있었다. 나는 불을 켰다. 거실바닥에는 조립하다만 블록들과 비비탄총, 생선눈알 같은 총알들이 뒹굴고 있었다. 몸통이 노랗고 꼬리와 날개 끝이 검은 새 한 마리도 쓰러져 있었다. 작은 새는 깃을 부풀릴 기운조차 없는 듯했다. 친구들은 간편하게 사이버펫을 키우는데 어디서 죽어가는 새나 주워오다니. 나는 한숨을 내쉬고 어질러진 것들을 치우기 시작했다. 필이 쳐대는 건반 속의 설익은 해머가 계속 머리를 두드렸다.

대충 정리를 마쳤을 때 컨설턴트가 왔다. 큰 키에 회청색 양복 속으로 적당히 드러나는 근육과 고른 이목구비의 남자는 프로필 리스트를 천천히 들여다보았다. 나와 필은 조심스레 남자를 바라보았다. 프로필을 보던 남자가 아, 하고 필을 보았다. 필의 얼굴에 가벼운 긴장이 스쳤다. 남자가 말했다. 앞으로 피아노는 치지 못합니다. 필의 눈이 커졌다. 남자가 필을 빤히 바라보다 말했다. 연주가가 될 겁니까? 필은 대답하지 않았다. 굳은 얼굴로 눈만 끔벅거렸다. 피아니스트가 될 게 아니라면 우리 프로그램대로 따라주셔야 합니다. 남자의 어조는 뜻밖에 강했다. 필이 붉어진 얼굴을 떨궜다. 깨끗이 면도된 턱을 들어 올리며 남자가 내게 말했다.

"수학적 사고는 주로 좌뇌의 일입니다. 그런데 피아노 치기나 그림 그리기 같은 것은 우뇌를 활성화 시켜서 수학적 사고에 방해가 되게 하지요."

남자의 말에서 거부할 수 없는 힘이 느껴졌다. 필이 여태 방황한 이유가 저 피아노 때문이었나, 하는 생각이 들 정도였다. 어머니에 대한 원망이 잠시 스쳤다. 필에게 피아노를 가르친 사람이 어머니였다.

컨설턴트가 코드에 맞는 솔루션을 설명했다. 필은 무거운 얼굴로 듣고 있었다. 단순히 무거운 얼굴이라기보다 수치심, 분노, 무력감이 가득 밴 얼굴이었다. 설명을 마친 남자가 검정색 가방을 열었다. 가방 주위로 불빛이 모여들었고 나와 필은 남자를 보았다. 남자가 가방 안에서 주사기와 작은 약병을 꺼냈다. 주사기로 병 속의 액체를 뽑아 올렸다. 익숙한 솜씨였다. 남자가 주사기를 세워들고 피스톤을 눌렀다. 가는 물줄기가 허공으로 치솟다 포물선을 그리며 바닥으로 떨어졌다. 기다리기라도 했다는 듯이 필이 왼쪽 소매를 걷어 올렸다. 남자가 필의 어깨에 약물을 주입했다. 액체칩은 몸속에서 고체화되어 필을 다른 사람과 구별시키는 인식표가 될 것이다. 그리고 컨설턴트사의 주컴퓨터에 필의 일상을 실시간으로 전송할 것이다. 나는 필을 보았다. 성질이 불량하지 않은데, 머리도 아주 나쁜 것 같지는 않은데, 솔루션을 잘 이행하지 못하더니 결국 생체칩으로 관리되는 지경에 이르렀다. 필이 고개를 들었다. 눈이 마주치자 놈이 히죽, 웃었다.

우려했던 것과 달리 필은 새 시스템에 적응을 잘했다. 정해진 시간에 빠트리지 않고 학교와 학원에 갔고, 체력을 단련시키기 위해서 축구클럽에 갔다. 일주일에 한 번 치과에 가서 부정교합을 치료받았고 전기신호로 특정세포군을 변화시키는 두뇌트레이닝 프로그램에도 참여했다. 감성을 약화시키고 기억력과 집중력을 강화하는 프로그램 때문인지 예전처럼 빈둥빈둥 누워 있거나, 피아노를 띵똥거리거나, 새끼 새와 개구리를 주워다 키우는 짓들을 하지 않았다. 성격 또한 밝아졌다. 덕분에 튜브족이나 호버족이 되지 않을까 하는 내 근심도 옅어졌다.

CWD-07의 테스트도 순조롭게 진행되었다. 프로젝트명 CWD-07은 회사가 야심차게 준비한 컨셉트카였다. 무인조정차를 만들어놓고 도로시스템이 정비될 때를 기다린 것 같이, 하늘길이 열릴 때를 기다리며 스카이카의 양산체계를 마련하자는 것이었다. 회사든 개인이든 준비하고, 준비된 사만이 살아남는 시대였다.

나는 서재에 앉았다. 연비 개선에 대한 보고서를 써야 했다. 필은 과제물이라도 준비하는지 몇 시간째 제 방에서 나오지 않고 있었다. 브레이킹 습관, 퓨얼 컷, 타이어 공기압…… 실측 데이터를 토대로 하나씩 점검해나갔다. 웬일인지 머릿속이 뒤숭숭했다. 기분이 좋지 않았고 엔진오일을 삼킨 것처럼 속도 메스꺼웠다.

창밖은 조용했다. 외등 불빛만 대기 중에 흐릿하게 녹아 있고, 나뭇잎들조차 숨을 죽이고 있었다. 나는 밖으로 나갔다. 숨을 크게 내쉬고 차고로 갔다.

차들이 희미한 불빛 아래 납작 엎드려 있었다. 내 차와 필의 차, 그리고 몇 년째 덮개를 쓰고 있는 수동차. 나는 내 차에 올라 던지듯 시트에 몸을 묻었다. 시동버튼을 눌렀다. 차가 움직이기 시작했다. 이 베스트셀러 카는 내가 시뮬레이션 과정부터 테스트에 참여했었다. 그러나 지금은 나를 운반하는 커다란 캡슐일 뿐. 거리로 나오자 차가 속도를 올리기 시작했다. 주사를 맞고 웃던 필의 얼굴이 달리는 속도

만큼 빠르게 따라왔다. 며칠 전에 들었던 팀장의 말도 머릿속을 어지럽혔다. 고성능 더미가 온다는 소문이 있어. 엉겨드는 생각을 털어버리려고 나는 속도를 높였다. 한참을 달리다 도시와 외곽의 경계를 흐르는 강의 둑길에 섰다.

강은 말라 있었다. 비다운 비가 몇 달째 오지 않아 강심에만 가늘게 물이 흐르고 있었다. 차를 타고도 건널 수 있을 정도였다. 성난 말처럼 차가 튀어 오르겠지. XDF-03의 개발에 참여했을 때는 차를 타고 종종 강을 건너기도 했다. 다리가 없는 개울을 만난다든지 좋은 길을 두고도 굳이 강을 건너고 싶어 하는 운전자들을 대비해서였다. 느닷없이 거세진 물살에 목숨이 위태로울 때도 있지만 차와 한 몸이 되어 강을 건너고 나면 성취감이 머리끝까지 차오르곤 했다.

나는 오래도록 강을 내려다보았다. 문득 온몸으로 강을 건너고 싶은 충동이 일었다. 물과 바위와 자갈 하나하나의 저항을 뼛속까지 느끼고 싶었다. 차고 속의 수동차라면 가능할 것도 같았다.

바람이 불어왔다. 강가의 풀들이 일제히 드러눕고 메마르고 매캐한 냄새가 얼굴을 스쳤다. 둑 너머로 페인트가 벗겨지고 군데군데 유리창이 깨진 건물들이 어슴푸레 보였다. 언젠가 그 거리에 간 적이 있었다. 꽉 쥐었다 놓으면 부스러질 것 같은 오래된 건물들과 녹슨 셔터문, 인도까지 흘러나온 붉은 쇳물. 도시의 외곽은 좀이 슬듯 스러져가고 있었다. 건물 주변의 풀숲이 흔들렸다. 희미한 불빛 아래 너덧 마리의 개들이 대가리를 맞대고, 뭔가를 뜯고 있었다. 뱃속에 뭔가를 채워 넣는 일에 생의 전부를 바쳤을 때 사람들도 저러지 않았을까. 나는 반대쪽으로 고개를 돌렸다.

구획도로를 경계로 도시는 화려한 불빛으로 반짝거렸다. 다시 바람이 불어왔다. 무료하게 강변을 지키던 풀들이 환호하며 바람을 반겼다. 물 위에 뜬 그림자처럼 내 몸이 흔들거렸다. 나는 차로 돌아갔다. 시동을 걸고 조금 전에 빠져나왔던 도시를 향해 속도를 높였다. 하늘을 향해 지솟은 건물들은 제 안에 빛을 품어 스스로를 빛냈고, 넓고 반듯한 길은 어둠을 품어 검어졌다. 거리에 인적은 드물었다. 검은 길 위로 자동차의 노란 불빛이 퍼졌다. 가로수들이 환한 얼굴을 드러냈다가 시무룩한 표정으로 지나갔다.

CWD-07의 이착륙 시험을 하는 날이었다. 자동 이착륙 시험은 그동안 더미가 해왔었다. 우리는 두부와 몸통 그리고 팔다리에 심각한 손상을 입은 더미들을 여럿 끌어냈다. 더미들이 하나씩 정비실로 실려 갈 때마다 차의 문제점들은 조금씩 보완되었다. 소문을 앞세운 고성능 더미는 아직 오지 않았다.

나는 시동을 걸고 페달 위에 몸을 실었다. 엔진소리가 생각보다 크게 들려왔다. 주행소음에 금방 묻혔지만 엔진룸 방음은 신경을 더 써야 할 것 같았다. 브레이크 페달도 묵직하지 않고 뻑뻑했다. 두 바퀴째부터 조금 느슨해지기는 했다. 아무리 뛰어난 더미라도 이렇게 섬세한 부분까지 잡아내지는 못하겠지. 나는 속도를 높였다. 계기판의 바늘이 세차게 용솟음쳤다. 속도가 오를수록 차는 바닥으로 가라앉고 바람에 쓸려가는 모래처럼 나는 발바닥부터 사라져갔다. 칼칼하게 남은 의식이 이륙버튼을 눌렀다. 붕, 차가 떠올랐다. 상승률이 생각보다 높았다. 나는 핸들을 움켜쥐고 침착하게, 침착하게, 속으로 외쳤다. 차가 차츰 안정을 찾아갔다.

하늘을 나는 차는 오래전에 만들어졌다. 시험차 수준인 그것들은 몇 번의 시험운전 뒤에 창고에 처박혀 있다 돈 많은 수집가들에게 팔려갔다. 팔려갔던 차가 되팔리는 과정에서 호버족들에게 넘어갔다.

고도를 6피트에 맞췄다. 왼쪽 오른쪽으로 선회하며 일 분쯤 비행하다 착륙을 시도했다. 바퀴가 바닥에 닿을 때 차체가 조금 흔들렸지만 생각만큼 충격은 크지 않았다. 나는 레인을 돌았다. 깊숙이 가속페달을 밟았다. CWD-07이 빨라지며 지상의 모든 것들로부터 나를 격리시켰다. 오토 크루즈 컨트롤 버튼을 눌렀다. 순간 차가 움찔하더니 무서운 속도로 가드레일을 향해 달려갔다. 브레이크를 밟을 새도 없었다. 나는 반사적으로 운전대 밑으로 몸을 숙였다. 큰 충격과 함께 차가 화염에 휩싸였다.

파일럿카는 폐차 되었다. 양산차가 나오기까지 폐차되는 것만도 삼백 대가 넘으니 큰일은 아니었다. 나는 십 번 갈비뼈에 금이 갔다. 수술은 하지 않아도 된다며 의사가 보호대만 하나 건네주었다. 인간이라 더 능동적인 대처를 하지 않았나, 나는 스스로 진단했다. 이런저런 검사를 끝내고 링거를 맞고 있을 때 컨설턴트가 전화를 걸어왔다.

필은 곤히 잠들어 있었다. 고정핀을 여섯 개나 박아 넣었다는 팔을 공중에 매달고, 다른 팔은 얌전히 가슴에 얹고, 반듯이 누워서 잠든 얼굴이 평온해 보였다. 나는 필을 내려다보다 창문으로 가서 블라인드를 조절했다. 필의 얼굴에서 얼룩무늬가 사라지고 순한 그늘이 어렸다. 간호사가 들어와 링거액의 방울 수를 조절하고 나갔다. 특별한 후유증은 없을 거라는 컨설턴트의 말을 새기며 나는 의자에 앉았다. 필의 가슴이 규칙적으로 오르내렸다. 링거액은 떨어질 시점을 모의하듯 머뭇거리며 떨어졌다. 그것들은 제각각의 리듬을 가지고 있어서 편안해 보였다. 필도 저렇듯 편안하고 규칙적인 리듬을 찾았으면, 생각할 때 허공에 메마른 소리가 퍼졌다.

"쉬는 시간에 잠깐 농구를 했었어요."

컨설턴트에게 이미 들은 얘기였다. 움직이기를 싫어하는 녀석이 운동을 하다 다쳤다는 사실에 그나마 위로를 받았다.

"슛을 블로킹하다가 발이 엉키는 바람에……."

약기운 때문인지 기분이 고양된 필이 조랑조랑 얘기했다. 벽 속의 필을 만날까, 조금 희망이 생겼다.

저녁 무렵에 컨설턴트가 다시 왔다. 셔츠 단추를 턱 밑까지 채운 남자는 결석 문제로 담임선생을 만나고 왔다고 했다. 아버지인 나보다 컨설턴트가 상담하는 게 나을 것 같기는 했다. 키만 크고 애 같아서 친구들에게 따돌림은 받지 않는지, 나는 궁금했던 것을 물었다. 아니오, 남자가 대답하고 이상하다는 듯이 나를 바라보다 말했다. 오히려 그 반대라던데요. 다른 애들보다 정신연령이 높아서 잘 어울리지 못한다고. 가끔 바보 같을 때도 있지만. 머릿속이 갑자기 어수선해졌다. 그래서 그렇게 성적이 들쑥날쑥했나? 진이 부럽지 않다 싶게 성적이 올랐다가도 금세 곤두박질쳐서 가늠을 할 수 없게 하더니. 컨설턴트가 갔다. 그가 놓고 간 필을 한참 생각할 때 노크소리가 들렸다. 뭐야, 부자가 쌍으로…… 걱정스러운 얼굴로 류가 들어섰다. 나는 류를 데리고 복도로 나갔다. 그만하길 다행이라고 류가 몇 번이나 말했다.

"진인 제 일을 알아서 척척 잘 하고, 사고도 한 번 안 내고, 얼마나 예쁘냐?"

나는 화제를 돌렸다. 류가 잠시 나를 바라보다 말했다.

"그렇지. 어린 게 제 일을 또박또박 잘 할 때는 말할 것 없이 예쁘고 대견하지. 근데 내 딸이지만 가끔은 미운 생각이 들 때도 있어. 애가 애 같아야 혼을 내고 또 달래고 하는 맛도 있는데 어려서부터 제 일을 너무 잘 알아서 하니까 어떨 땐 좀 얄미워. 때론 어렵기도 하고.

"배부른 소리한다. 그래도 진인 로그파일로 관리되잖아."

류가 콧잔등에 주름을 만들며 웃더니 말했다. 참, 오늘 진이 편지를 보내왔어. 고전적 방식의 편지쓰기는 컨설턴트사가 의욕적으로 추진하는 연례행사였다. 나는 턱을 치켜드는 걸로 물음을 대신했다. 류가 말을 이었다.

"그런데 아무것도 안 쓰인 편지야. 봉투를 열자 안에서 잘 접은 백지가 나오는데 어찌나 당황스럽던지. 하지만 내가 누구야. 에탄올이나 양초, 아니면 과즙 같은 걸로 썼나 싶더라고. 그래서 편지지를 햇빛에 비추어보았어. 그런데 아무것도 나타나지 않는 거야. 조심조심 열을 가해보았어. 그래도 반응이 없어. 확대경으로 들여다봐도, 스프레이로 물을 뿌려보아도 반응이 없어."

"그래서?"

"더 이상의 방법은 아직 찾지 못했어. 대체 뭘로 쓴 건지."

저녁에 진이 오면 물어봐야겠다며 류가 하하 웃었다. 그리고 왼쪽 어깨라 그나마 다행이라는 다른 위로의 말을 남기고 대리석 바닥에 규칙적이고 경쾌한 소리를 찍으며 돌아갔다.

다음날 어머니가 왔다. 육 개월 만에 보는 어머니는 잘 마른 조롱박 같은 얼굴이 까맣게 그을려 있었다. 차림새마저 허술해서 한때 유능했던 호텔리어의 모습은 찾아보기 힘들었다. 외곽에서 검소하다 못해 초라하게 사는 지금이 더 행복하다는 말은 낙오자의 변명이 분명했다. 어머니는 필을 보자마자 눈자위부터 찍어냈다. 나는 의자를 밀어 어머니를 앉게 했다. 어머니가 필의 얼굴을 쓰다듬으며 말했다. 얼굴이 반쪽이네. 대신 키가 컸잖아요, 하려다 나는 입을 다물었다. 통증이 오는지 필이 얼굴을 찡그렸다. 어머니가 걱정스러운 표정으로 말했다.

"지금 프로그램, 벅차지 않니?"

얼굴을 억지로 펴며 필이 대답했다.

"저는 좋아요. 완벽해요."

잠시 침묵이 흘렀다. 복도에서 이동침대의 바퀴 구르는 소리가 들려왔다. 어지럽게 흩어지는 발소리. 생각에 잠겼던 어머니가 혼잣말처럼 중얼거렸다. 옛날 사람들은 자기 먹을 것은 갖고 태어난다고 했다는데. 둑길에서 보았던 개떼가 떠올랐다. 목구멍에 한 점이라도 더 밀어 넣기 위해 필사적으로 살점을 뜯던. 나는 가만히 고개를 저었다. 어머니가 말을 이었다.

"풋내기 조율사들이 좋은 소리를 얻겠다고 줄을 너무 조이기만 하더라만⋯⋯."

나는 짜증이 섞이지 않도록 신경 쓰며 얘기했다.

"걱정하지 마세요. 얘는 어느 때보다 잘 해내고 있어요. 어머니 때와는 모든 것이 달라졌어요. 호랑이 담배 피던 시절에야 차도 엔진과 바퀴만 있으면 굴러갔지만, 지금은 첨단 전자 장비들을 어떻게 조응시키느냐에 따라 차의 성능과 값이 달라지잖아요. 이왕 만드는 것 최고급 최첨단 차를 만들어야지요."

어머니는 더 얘기하지 않았다. 걱정과 온기가 가득한 눈으로 필을 바라보다 오후가 되어서 당신 집으로 돌아갔다.

필이 퇴원했다. 동시에 우리의 일상도 회복되었다. 나는 언제나처럼 아침 여섯 시 사십 분에 일어나 세수하고 옷 입고 우유에 탄 시리얼을 먹고 일곱 시 십 분에 집을 나서 회사에 갔다. 필은 일곱 시 삼십 분에 일어나서 깁스를 하지 않은 나머지 손으로 역시 세수하고 옷 입고 시리얼을 먹고 가방을 챙겨 학교에 갔다. 저녁이 되면 나는 서재에 앉아 차에 부착될 새 전자 장비들을 공부했다. 같은 시간에 필도 제 방에서 무엇인가를 열심히 했다. 이전과 달라진 것이라면 집 안을 들락거릴 때나 샤워를 할 때 필이 전에 없이 콧노래를 부른다는 것이었다.

아침저녁으로 바람이 서늘해졌다. 길가의 나무들은 더 이상 광합성을 하지 않았고 내 갈비뼈는 스스로 고통의 흔적을 지워나갔다. 필의 팔도 서서히 회복되어 갔다. 컨설턴트는 필에게 지속적인 근력강화운동 프로그램을 추가했다.

회사에서는 CWD-07의 조립이 계속되었다. 테스트도 꾸준히 이어졌다. 그리고 마침내 고성능 더미가 왔다. 기존의 더미가 충돌 시 충격을 수치화하는 정도에 그쳤다면 이것은 대안을 제시하기까지 한다고 했다. 팀장이 새로 배달된 더미의 뒤통수를 치며 말했다. 이놈들이 곧 우리의 목을 다 날릴 거야. 경쟁 상대가 기계라는 것이 기분 나빴지만 우리는 시험차의 운전석에 더 자주 들락거려야 했다.

노면에 요철이 심하고 오르막 내리막이 많은 길에서 전복시험을 하던 날, 컨설턴트가 또 전화를 걸어왔다.

나는 병원으로 달려갔다. 진료대기실의 건조하고 우울한 얼굴들 틈에서 필을 찾았다. 필은 의외로 덤덤한 얼굴이었다. 피를 많이 흘렸다던 컨설턴트의 말과 달리 상처도 크지 않아 보였다. 팔목에 일회용 밴드만 하나 붙이고 있었다. 곁에 앉은 작고 핼쑥한 아이가 오히려 환자 같았다. 진료를 기다리는 동안 컨설턴트가 상황을 설명했다.

점심시간이었다. 복도를 걸어가는 필의 머리를 교실 안쪽에 있던 친구가 손을 뻗어 툭 쳤다. 필이 반사적으로 주먹을 날렸다. 그러나 친구가 이미 유리창을 닫은 뒤였다. 필의 주먹은 그대로 유리창을 통과했고 깨진 유리 조각이 떨어지면서 필의 팔목을 찍었다.

의사는 필에게 주먹을 쥐었다 폈다를 반복시켰다. 신중한 얼굴로 손가락의 감각을 묻더니 수술을 해야겠다고 말했다. 손가락으로 가는 신경조직이 손상되었을 수 있다는 것이었다. 의사의 손에서 필의 신경조직이 이어지는 동안 수술실 밖에는 나와 컨설턴트, 그리고 사소한 장난이 불러온 결과에 놀라고 그로 인해 죄인처럼 앉아 있어야 한다는 사실에 낙담한 아이와 뒤늦게 달려온 그 애의 부모가 같이 앉아 기다렸다. 나는 생각했다. 이것 또한 시험의 하나이리라. 완성도가 부족한 차가 한계시험을 거치며 완벽한 차로 태어나듯이, 필도 이런 과정들을 거치면서 어른이 되리라. 구매지수 팔십오가 넘는 완벽한 도시민으로 성장하리라. 수술은 무사히 끝났다. 필은 일주일 간 입원을 했다.

컨설턴트가 다시 전화를 걸어왔을 때 나는 팀장과 언성을 높이고 있었다. 차에 대한 수천 가지 시험 평가는 언제나 점수로 환산되었다. 5점이면 양산 불가, 7, 8점이면 보통, 9점은 우수, 10점은 말할 것도 없이 최상. 내가 매긴 CWD-07의 NVH는 8점이었다. 나는 엔진룸 방음을 더 잡아야 한다고 주장했다. 완벽한 차를 만들고 싶었다. 그리고 아무리 고성능이지만 더미보다는 인간의 오감이 뛰어나다는 것도 증명하고 싶었다. 팀장은 위에서 그만하라는 지시가 내려왔다는 말을 되풀이했다. 돈만 들어갈 뿐, 이 시스템에서 더 이상의 성능 향상은 무리라는 것이었다. 나는 주장을 굽히지 않았다. 팀장이 버럭 소리를 질렀다.

"다른 사람은 다 9점 이상이라는데, 왜 너만 자꾸 트집이야!"

컨설턴트의 말에 머리가 멍해졌다. 필이 사라지다니. 퇴원한 지 한 달 밖에 안 되었는데. 오늘 아침에, 아니 어제 저녁에, 그제 저녁이었나, 분명히 필은 집에 있었다. 또 작은 사고들이 있었지만 그전보나 잘 웃고 얘기도 잘 하고 모든 것들을 잘해나가고 있었다. 그런 미친 짓을 벌일 이유가 하나도 없었다. 나는 사무실 밖으로 나와서 컨설턴트와 다시 통화했다. 컨설턴트가 말했다. 회사와 연계된 학원은 생체칩으로 학생들을 관리하지만 보조수단으로 화상캠도 설치해두고 있다. 특별한 상황일 때만 보는 그것을 오늘 다른 학생 때문에 돌려보다가 필이 강의에 빠진 것을 알았다. 그전에 어깨를 다쳤을 때도 몇 번 빼먹었더라. 사실을 확인하는 과정에서 필이 사라졌다. 나는 화가 치밀었다. 내가 회사에서 열과 성을 다하는 동안 필도 컨설턴트사에서 잘 관리되고 있는 줄 알았다. 그러나 최상의 차를 만들려는 내 뜻은 좌절되고, 믿고 맡긴 컨설턴트사에서 필이 방치되고 있었다. 모든 게 엉망이 되어가고 있었다. 나는 복도가 쩌렁쩌렁 울리도록 소리쳤다.

"당신들, 이 따위로 일 해도 되는 거야?"

소리는 쳤지만 막막했다. 당장 어디로 가서 필을 찾아야 할지 모르겠고 필이 누구와 친한지조차 알 수 없었다. 나는 먼저 류의 집으로 갔다.

감시렌즈가 나를 인식하고 안으로 정보를 보내줄 동안보다 긴 시간이 흘렀다. 포기하고 돌아서려는데 문이 열렸다.

나는 잘 정돈된 류의 집 안으로 들어갔다. 침침한 거실의 소파에 류가 보통이처럼 앉아 있었다. 어깨가 가늘게 떨리는 걸로 보아 울고 있는 것 같았다. 처음 보는 모습에 나는 당황했다. 몇 년 전 운전자동화를 위한 도로시스템 정비에 참여했던 류는 요즘 하늘길에 대한 자료 레이어를 구축하고 공간 분석을 하느라 신명을 내고 있었다. 류야말로 인간은 물론 기계와 대치가 불가능한 소수 인간이었고 그만큼 완벽한 삶을 살고 있었다. 같은 길을 걷게 될 똑똑하고 잘난 딸은 속 한번 안 썩였다. 지금 울어야 할 사람은 나였다. 그때 류가 젖은 얼굴을 들었다.

"죽고 싶었던 적 있어?"

죽고 싶어? 누가? 왜? 내 머릿속은 순식간에 물음표로 가득 찼다. 류가 다시 압착기로 눌러 짠 듯한 소리를 냈다.

"진이가 자살사이트에 접속했었대. 그것도 세 번이나."

류의 완벽하고 자랑스러운 딸 진이가? 최고의 도시민이 될 거라 믿어 의심치 않던 그 진이? 말문이 막혔다. 내 입에서 겨우 한마디가 흘러나왔다.

"컨설턴트가 그래?"

"아무래도 알고 있어야 할 것 같다고."

"그동안 다른 낌새는 없었어?"

"그냥 뭐든지 다 잘하고 있는 줄만 알았지. 잘하기도 했고. 사실 우리도 얘기는 거의 안 해. 할 시간도 없어. 쉬는 날도 제 방에서 뭔가를 열심히 하는 애를 보면 쓸데없는 얘기로 시간을 뺏기도 그래서 나는 때가 되면 밥을 차려놓고 문을 두드렸지. 그러면 그 애가 나와서 밥을 먹고 다시 들어가서 공부하고."

"지금 어디 있는데?"

"학원. 가슴이 너무 아프다. 날카로운 칼이 여길 스윽 베고 지나간 것 같아."

류가 손바닥으로 제 가슴에 빗금을 그었다. 문득 진이 보냈던 백지편지가 생각났다. 그때 진이는 무슨 말을 하고 싶었던 것일까. 나는 필이 사라졌다는 말을 할까 하다 진이 곧 극복해낼 거라는 말을 남기고 류의 집을 나왔다. 부지런히 걸음을 옮기며 생각했다. 필은 그동안 내게 어떤 종류의 백지편지를 보내왔을까. 그때, 격렬하고 날카로운 소리가 밤하늘을 깨트렸다. 호버 크래프트였다. 마음이 급해졌다. 한시라도 빨리 필을 찾아야 할 것 같았다. 얼마 전에 필에게 유리창을 깨도록 했던 아이가 떠올랐다.

오래된 아파트 주차장에 작은 차가 몇 대 엎드려 있었다. 무거운 그림자를 울타리에 기대고 선 히말라야시다와 검은 이파리를 매단 활엽수들이 군데군데 형체를 드러내고 있었다. 부직포를 오려붙인 것 같은 달은 허공에 멀끔했다. 출입구로 아이가 나왔다. 아이는 인사를 하는 둥 마는 둥 나를 외면했다. 사소한 장난이 불러왔던 결과에 아직도 화가 나 있는 것이 분명했다. 나는 아이에게 필이 어디 있는지 아냐고 물었다. 모른다고, 아이가 외면한 채 대답했다. 필이 누구랑 친한지, 같이 어울려서 어디 가는 것을 못 봤는지 물어도 고개만 저었다. 나는 아이의 완고한 머리통을 내려다보다 소득 없는 이 묘한 대치를 끝내야겠다고 생각했다. 몸을 돌려 걸음을 뗐다. 저⋯⋯ 작은 소리가 들려왔다. 돌아보자 아이가 빠르게 말했다.

"그때, 필이 알고 있었어요."

나는 아이를 멍하니 바라보았다. 아이가 소리치듯 말했다.

"그때, 팔 다쳤을 때, 이미 유리창이 닫힌 걸 걘 알았어요. 분명히 알고 쳤어요."

나는 아이를 바라보았다. 여태까지 보였던 불안하고 심약한 모습이 아니었다. 눈빛도 또렷해져 있었다. 잠시 후 내 입에서 짧은 탄식이 터져 나왔다. 필은 오른손잡이였다.

필이 어디로 갔을까, 언제 없어진 것일까, 컨설턴트사에서 찾고는 있을까. 머릿속으로 많은 생각이 달려들었다. 남자로부터는 연락이 없었다. 무슨 단서라도 있을까 싶어 나는 바삐 집으로 왔다. 필의 방으로 갔다.

방은 깔끔하게 정리되어 있었다. 정리정돈은 이 컨설턴트사로 옮긴 뒤 필에게 나타난 가장 뚜렷한 변화였다. 물론 성적도 올랐고 성격도 몰라보게 좋아졌다. 이대로라면 어려서부터 주도면밀하게 삶을 계획하고 실천해온 사람이 누릴 수 있는 세상의 온갖 편의를 제 것으로 할 수 있을 터였다. 그런데 갑자기 사라졌다. 나는 방 안의 여기저기를 둘러보았다. 별다른 것은 눈에 띄지 않았다. 책장 구석의 악보집이 눈에 들어왔다. 악보집에는 수많은 음표와 쉼표, 기호화된 알파벳과 아라비아 숫자들이 오선 위에 자유롭고 질서정연하게 박혀있었다. 쇼팽, 리스트, 모짜르트…… 몇백 년 전에 조합된 그 음표들은 얼마 전까지 필의 손에서 재연되었다. 긴설턴트가 수학적 사고에 빙해된다고 하기 전까지. 필에게 피아노를 가르치면서 어머니는 말했다.

"피아노를 치면 기호해득 능력이 좋아진대. 인코딩과 디코딩을 자유로이 하다 보면 암호해득 능력이 좋아지고, 또 손을 많이 써 머리도 좋아지고 정서적으로 안정도 되고……."

누구의 말이 옳은지 알 수 없었다.

나는 돌아다니며 집 안의 불을 다 밝혔다. 하나하나 방을 들여다보았다. 넓고 쾌적하고 아늑한 공간. 필요에 의해, 장식을 위해 사들인 많은 물건들. 나에게 큰 위안과 긍지를 주는 그것들은 내 목숨줄을 잡은 신과 날마다 줄다리기하다시피하며 얻어낸 것들이었다. 그것은 결국 필을 위한 것이기도 했다. 그런데 필이 거부했다. 안락한 일상과 약정된 자신의 미래로부터 달아나기 위해 자해를 거듭하더니 종적을 감추었다.

어디선가 바스락거리는 소리가 들려왔다. 나는 창밖을 보았다. 가로등이 숨을 멈췄고 낮은 신음을 내며 지나가던 차들도 사라지고 없었다. 나뭇잎들만 가로등 불빛에 흔들리며 떨어지고 있었다. 문득, 필이 쳐대던 피아노곡이 밤하늘에 퍼지는 듯했다. 좌뇌와 우뇌가 고루 발달되어 모든 방면에 고루 소질을 보인다는 필, 사이버펫 대신 새끼 새와 개구리들을 키우던 필. 어머니의 말이 귓전을 때렸다. 피아노 줄도 너무 조이면…… 나는 수동차의 키를 찾아 들고 차고로 달려갔다.

여기저기 터지고 구멍이 난 인조 가죽 시트. 값싸 보이는 플라스틱 대시보드. 시동을 걸자 차가 덜덜거리며 제 위에 쌓였던 시간들을 털어냈다. 나는 가속페달을 밟았다. 부아앙, 거친 엔진소리를 내며 차가 달리기 시작했다. 배기통은 쉰 목으로 계속 그르렁거렸다. 낡은 트럭에 깡통을 매달고 달리는 기분이었다. NVH를 점수로 환산하면 5점도 안 될 것 같았다. 그런데도 그 요란한 소리가 하나도 거슬리지 않고 귀에 착 감겨들었다. CWD-07의 소음을 그토록 견딜 수 없어 했던 것이 이상할 정도였다.

동네를 거의 빠져나왔다. 뱃가죽이 홀쭉하고 듬성듬성 털 빠진 개 한 마리가 느시렁느시렁 거리를 걸어갔다. 멀어지는 개를 보다 문득, 나 역시 개 같다는 생각을 했다. 줄에 묶여서 줄이 만드는 원을 벗어나지 못하고 죽을 때까지 뱅뱅 돌기만 하는. 목울대가 시큰해졌다. 나는 내가 도는 원을 벗어나기 위해 속도를 높였다. 빠르게 더 빠르게 더더 빠르게.

핸들이 덜덜 떨렸다. 전동 맛사지기를 손에 쥐고 있는 것 같았다.

휙휙, 차창에 감겨드는 바람은 태풍을 방불케 했다. 속도계를 보았다. 160km/h. 그래도 신경을 곤두세우지 않고 운전하는 것이 얼마만인가. 더미가 아닌 인간으로 운전하는 것이 얼마만인가. 나는 가속페달을 깊숙이 밟았다. 머리 위에서 날카로운 금속성이 들려왔다. 주황색 불빛 하나가 어둔 하늘을 가로지르고 있었다. 호버 크래프트였다. 나는 가속페달을 더 힘주어 밟았다.

굽은 길이 나왔다. 속도를 줄이지 않고 그대로 핸들을 꺾었다. 바닥과 마찰하느라 타이어가 새된 비명을 내질렀다. 차와 몸이 속도와 방향에 심하게 저항했다. 나는 핸들을 움켜쥐고 레인을 벗어나려는 차를 온몸으로 막았다. 전율이 느껴졌다. 머릿속의 피가 허공으로 빨려 올라가는 것 같았다. 어렵게 코너를 빠져나왔다. 가속페달을 더 밟았다. 어둔 밤 속을 전속력으로 달렸다.

기어박스에서 휴대폰이 울렸다. 컨설턴트였다. 전화를 받지 않고 나는 라디오를 틀었다. 한밤중에 느닷없이 들이닥친 아들을 보고 어머니는 어떤 표정을 지을까. 갑자기 속에서 따뜻함이 솟구쳤다. 볼륨을 높이고 고래고래 노래를 따라 불렀다.

검은 하늘에 선명한 주황색 불빛이 보였다. 언제부터인가 나를 따라오고 있었다. 나는 조심스레 주변을 살폈다. 한 줄기 헤드라이트 불빛만 길을 따라 길게 뻗어 있고 주변은 온통 어둠뿐이었다. 나는 노래를 그치고, 핸들을 잡은 손에 힘을 주었다.

수상한
대합실

살다 보면 사소한 것이 인생의 방향을 바꾸기도 한다. 이를테면 세탁기 앞에서 지구가 갑자기 빨리 도는 느낌을 갖는 것 같은.

순예는 바닥에 쪼그리고 앉아 지구가 평상속도를 찾을 때까지 기다렸다. 이 분이나 삼 분? 그리고 일어섰다. 사 개월 전에 순예에게 일어난 일은 그것뿐이었다. 그런데 그 뒤로 많은 것이 달라졌다. 우선 말을 할 때마다 입안에서 혀가 툭툭 불거졌다. 보폭이 좁아졌고, 왼팔에 기운이 조금 빠진 듯도 했다. 다른 것들은 그럭저럭 견딜 만했는데 생각을 드러낼 혀의 반란은 순예를 당황시켰다. 순예는 칠십 년 동안 '입안의 혀' 답게 굴었던 자신의 혀가 왜 갑자기 태업을 하는지 궁금해서 병원에 갔다. 의사는 약하지만 이것도 뇌졸중의 일종이라고, 약을 먹어야 한다고 말했다. 순예는 날마다 한 주먹씩의 약을 삼키면서 눈에 띄게 의기소침해졌다. 웬만하면 밖에 나가지 않았고, 나가서도 말을 아꼈다. 제 입에서 나온 말이 제 귀에도 선 까닭이었다. 순예가 아끼는 만큼 순예의 몸과 혀는 나태해졌다. 수제비 반죽처럼 처져가는 순예를 두고 어느 날 바쁜 아들과 딸과 며느리가 모였다. 한참 의논을 하더니 주간보호센터에 가는 게 어떻겠냐고 조심스럽게, 그러나 거절하기는 어렵게 의사를 타진해왔다.

결국 노인 요양원에 가라는 소리잖아! 분기를 누르지 못한 순예가 소리쳤다. 의사에게 뇌졸중이라는 말을 들었을 때보다 충격이 더 컸다. 남편과 사별한 지 겨우 칠 개월이었다. 내가 지들을 어떻게 키웠는데, 배신감이 목젖을 눌렀다. 저절로 눈물이 글썽거려졌다. 그때 딸년이 큰 눈을 더 동그랗게 뜨더니 말했다. 막내라고 유난히 예뻐하며 키운 딸이었다.

"엄마. 거기는 그런 데하고는 달라. 아침에 차 타고 갔다가 저녁에는 집에 오는 곳이야. 가서 친구들과 놀고 온다 생각하면 돼. 말하자면 유치원 같은 곳이야."

유치원이라고? 차라리 노치원이 좋겠다. 혀에 비해 생각이 자유로웠던 순예는 생각했다. 그러나 다른 세계로의 진입을 위한 전 단계로서의 역할을 보면 다를 것도 없겠다는 생각이 들었다. 또 늙으면 애가 된다는 말도 있지 않은가. 그렇다고 선뜻 갈 마음이 든 건 아니었다. 노숙할 자신이 없어 치러야 했던 민박집 바가지요금처럼 눈물을 머금고 받아들여야 했을 뿐이다. 코뚜레에 꿰인 송아지처럼 마지못해 끌려갔을 뿐이다.

순예는 창밖을 보았다. 눈과 비가 사납게 몰아치던 며칠 전만 해도 봄은 영원히 오지 않을 것 같았다. 그러더니 젖은 담요처럼 무겁던 하늘이 투명해졌다. 화사하고 눈부신 봄빛은 실내 깊숙이까지 들어와 선생과 원생들의 얼굴을 보드랍게 쓰다듬고 벽에 걸린 이 달의 프로그램과 식단표, 또 해바라기 꽃잎 속에 들어앉은 원생들의 사진을 비추었다. 창문턱에 줄지어놓은, 어설프고 느린 손으로 종이컵을 오려 만든 꽃바구니와 다육식물이 담긴 작은 화분들에도 머물렀다.

자, 박수! 선생이 밝은 목소리로 외쳤다. 야! 서넛의 입에서 힘 빠진 소리가 중구난방 새어나왔다. 선생이 다시 소리쳤다. 박수, 하면 어떻게 하라고 했지요? 야, 라고 했어요. 그런데 다들 잊어버린 것 같네요. 다시 하겠습니다. 박수! 야! 이번에는 여럿의 입에서 짧고 간결한 소리가 터져 나왔다. 그럼 박수, 세 번, 시이작! 하나, 둘, 셋. 원생들이 합창하며 박수를 쳤다. 두 손바닥을 마주치는 사람, 한 손으로 탁자를 내리치는 사람. 다시, 박수! 야! 이번에는 열 번, 시이작! 하나, 둘, 셋, 넷, 다섯…… 열 번의 박수가 모두 끝났다. 원생들에게 시선을 고루 주며 선생이 물었다. 올해가 몇 년도죠? 우물쭈물 서로 대답들을 못하는 사이에 원생 하나가 소리쳤다. 이십칠 년. 선생이 웃으며 말했다. 우리 옥분 어르신이 틀니를 새로 했다더니 얼굴은 예뻐졌는데 말이 헛 나오네. 틀니를 새로 해 넣었다는 옥분도 나머지 원생들도 유쾌하게 웃었다. 올해가 몇 년도죠? 선생이 다시 묻고 다른 누군가가 대답했다. 이천십육 년이요. 오늘이 며칠이죠? 사월 십사일. 무슨 요일? 목요일. 그럼 내일은 며칠이죠? 사월 십오일. 내일은 무슨 요일이에요? 금요일. 오늘은 어떤 공부를 하는 날이죠?

순예는 퍼즐판을 뒤집었다. '잠자는 숲속의 공주'가 엎어지며 조각 조각 부서졌다. 퍼즐판을 다시 뒤집어놓고 모양과 색을 가늠하며 가장자리부터 맞추기 시작했다. 다른 원생들도 블록이나 퍼즐을 제각각 집어 들었다. 집중하는 순예 곁으로 선생이 다가왔다. 퍼즐조각을 하나 집더니 순예의 손에 쥐여주며 이건 어디다 놓아야 될까요, 하고 말했다. 순예가 말없이 제자리를 찾아 맞췄다.

"이머나, 이젠 정말 잘 하시네, 완전히 선수 됐어요."

선생이 칭찬했다. 벌레가 뒷목을 기어오르는 느낌에 순예는 저도 모르게 목을 움츠렸다.

옥분은 길쭉한 나무 블록을 집어 들었다. 천천히 한 개를 눕혀놓고 오 센티쯤의 사이를 두고 또 한 개를 눕혔다. 그 위에 엇갈리게 두 개를 놓고 다시 엇갈리게 두 개를 쌓았다. 우물 정자 모양이었다. 도넛 회사의 로고가 박힌 블록은 오직 한 가지 용도로만 쓰도록 나온 것 같았다. 매주 목요일 오전이면 원생들에 의해 우물 정자 모양으로 쌓였다가 허물어지곤 했다. 옥분의 옆에 앉은 봉영이 느릿느릿 쌓는 옥분의 손에 블록을 하나씩 쥐여주었다. 옥분이 블록을 모로 세워 탑이 불안정하게 기울어지면 크고 두툼한 손으로 고쳐놓아 주기도 했다. 기분이 좋아진 옥분이 봉영의 볼에 뽀뽀했다. 봉영은 옥분의 입술이 닿았던 제 볼을 만지며 곰처럼 씨익 웃었다. 희끗희끗한 수염이 이, 삼 미리쯤 자라 있어 텁수룩한 볼이었다.

순예의 퍼즐조각 몇 개가 보이지 않았다. 재섭이 펴든 신문의 소행이었다. 신문에는 맞잡은 팔을 쭉 뻗고 스포츠댄스를 하는 커플의 사진이 들어 있었다. 고개를 외로 틀어 올린 그들은 금방이라도 하늘로 치솟을 것 같았다. 순예는 신문지 밑에서 퍼즐을 집어냈다. 재섭이 신문지를 들어 페이지를 넘기고 내려놓을 때마다 순예의 자리는 침범당했다. 보다 못한 순예가 손가락으로 톡톡 치며 퇴각시키라는 눈짓을 보냈다. 그러자 미처 생각지 못했다는 듯 재섭이 순예 쪽으로 당겨 앉더니 신문을 더 활짝 펼쳐들었다. 신문은 이제 퍼즐판까지 덮쳤다. 순예는 재섭을 노려보았다. 재섭이 의기양양한 표정으로 순예의 눈길을 받아냈다. 양놈처럼 어깨를 으쓱하며 두 손바닥을 펴 보이기까지 했다. 이젠 이런 인간들까지 나를 얕보고…… 순예는 신문을 집어 뒤쪽으로 휙 던졌다. 예상치 못한 반격에 놀란 재섭이 퍼즐판으로 시선을 옮겼다. 두 팔로 퍼즐판을 가리며 순예가 소리 질렀다.

"선생님! 자리 좀 바꿔주세요."

옥분과 봉영이 행여 자기들과 바꾸랄까 봐 손을 꼭 잡았다. 탁자의 맨 윗자리에 앉아 있던 선생이 웃으며 소리쳤다.

"어르신, 왜 만날 순예 어르신을 괴롭히고 그러세요. 좋으면 좋다고 그냥 말로 하시지."

재섭이 그게 아니에요, 하고 뒷머리를 긁적거리다 몸을 일으켰다. 선생의 유치한 농담에 순예는 바르르 떨었다. 이 꼴로 여기 팽개쳐졌지만 명색이 여대를 나왔고 잠깐이지만 교편도 잡았었다. 어디 갖다 붙일 데가 없어서 저런 인간하고.

재섭은 몇 년 전에 뇌졸중으로 떨어졌다고 했다. 어느 정도 회복이 되었지만 아직 편마비가 덜 풀려 한쪽 다리를 절었다. 지팡이를 짚어도 원생 중에서는 젊은 편에 속했다. 흐리고 총기 없는 다른 이들에 비하면 눈빛도 살아 있었다. 순예는 재섭의 그 반들거리는 검붉은 얼굴도, 눈빛도 마음에 들지 않았다. 다리를 전다는 사실을 외면한 채 스포츠댄스 선수가 될 거라고 노래 부르는 것도 싫었다. 순예는 그 빤한 허풍이 책에서나마 늘씬한 여자를 마음껏 보려고 대는 핑계 같았다.

　순예의 '잠자는 숲속의 공주'가 제 모습을 모두 찾았다. 옥분도 블록을 다 쌓았는지 봉영과 머리를 맞대고 소곤거렸다. 흰 머리를 짧게 자른 봉영은 허리가 구부정했다. 움직이는 오스트랄로피테쿠스 같은 그는 억양 없는 목소리에 발음까지 불분명했지만 옥분은 잘 알아듣는 모양이었다. 옥분이 뭐가 우스운지 킥킥 웃다 갑자기 봉영의 볼에 뽀뽀했다. 봉영이 부끄러운 듯 씨익 웃고 옥분의 볼을 쓰다듬었다. 순예는 민망해서 고개를 돌렸다. 빙글빙글 웃는 재섭의 눈과 마주쳤다. 이맛살을 찌푸리며 순예는 시선을 돌렸다.

　순예는 퍼즐을 맞추거나 블록을 쌓거나, 아니면 멍하니 앉아 있는 사람들을 보았다. 탄력 없이 누르께한 피부, 생기 없는 눈, 쪼그라진 뺨. 하나 같이 세월에 닳고 시달린 얼굴들이었다. 이 초라한 짐 꾸러미들 속에 자신을 던져둔 자식들이 새삼 원망스러웠다.

　순예는 옥분의 블록을 가져다 하나씩 세우기 시작했다. 옥분과 봉영의 눈에 호기심이 스쳤다. 순예는 조심조심, 흥분을 눌러가며 블록을 세웠다. 넘어뜨릴 때의 쾌감도 좋지만 세울 때의 스릴 또한 만만치 않았다. 열 개쯤 세웠을까. 등 뒤에서 손 하나가 넘어왔다. 재빨리 블록을 건드리고 빠져나갔다. 다라락, 소리를 내며 블록들이 쓰러졌다. 순식간의 일이었다. 그 모양을 본 옥분이 손뼉을 치며 좋아했다. 일흔다섯이라는 나이가 믿기지 않을 만큼 천진스런 얼굴이었다. 순예는 재섭의 턱을 한 대 쳐주고 싶었지만 좋아라 하는 옥분 때문에 화도 못 냈다.

봉영과 옥분도 블록을 세우기 시작했다. 서너 개쯤 세우다 넘어뜨리면서도 즐거워하며 계속했다. 옥분이 간간이 봉영의 뺨을 어루만졌다.

어제는 이 주간보호센터에 아침부터 비상이 걸렸다. 옥분이 예고 없이 등원을 하지 않은 까닭이었다. 우 선생이 옥분의 며느리에게 전화를 걸어 며느리가 십 분 전에 옥분을 내려주고 갔다는 사실을 알아냈다. 옥분은 배회증상이 있어서 치매 전문 병원에 입원했다가 호전되어 퇴원했다. 하지만 아직 간헐적 배회는 남아 있다. 문 앞에 내려놓아도 제대로 찾아오기 힘들어하는 걸 모를 리 없는데, 어차피 태우고 온 거 안에 들어가는 것까지 보고 갔으면 좋으련만. 원장과 우 선생과 간호 선생이 같은 생각을 하며 옥분을 찾으러 나갔다. 원생이 실종되는 것은 죽어 나가는 것보다 문제가 훨씬 복잡했다. 선생들이 옥분을 찾으러 나간 사이에 나머지 원생들은 각자의 사물함에 겉옷을 벗어 걸고 바닥에 앉아 느릿느릿 양말을 고쳐 신었다. 봉영은 옥분이 안 왔다는 사실을 아는지 모르는지 소파에 몸을 쭉 펴고 앉아 있었다. 대합실에서 언제 올지 모르는 열차를 기다리는 모습이었다.

원장은 대로변으로, 우 선생은 오른 편 주택가 쪽으로, 간호 선생은 상가 쪽으로 흩어졌다. 햇살이 화사했지만 날카로웠다. 옥분을 못 찾는 상황이 일어나도 안 되겠지만, 싸늘한 날씨에 감기라도 걸리면 그것 역시 작은 일은 아니었다. 건강한 노인도 하루 뒤를 알 수 없는데 저승 문턱을 베개 삼은 아픈 노인임에랴. 마음이 급해진 그들은 제각각 옥분을 부르며 달려갔다. 한참 뒤에 검정벨벳 점퍼를 입은 옥분이 주택가 골목 끝에서 발견되었다. 보호센터에서 제법 먼 거리였다. 옥분은 자신의 팔을 잡아끄는 우 선생을 뜨악한 얼굴로 바라보다 순순히 따라왔다.

문이 열리고 간호 선생이 커다란 들통을 들고 나타났다. 점심시간이었다. 거동이 느리고 불편한 원생이 많아 식사 시간이 되면 간호 선생이 음식과 식판과 수저 등을 교실로 날라 왔다. 음식을 다 나른 간호 선생이 원생들의 얼굴을 봐가며 적정량의 음식을 식판에 담았다. 그 사이에 몇몇 원생은 방으로 들어갔다. 약을 가져다가 식후에 먹으려는 것이었다. 순예는 옆의 체육실로 가서 전동의자에 앉았다. 재섭이 따라와 하체 운동 기구에 앉았다. 잠시 뒤 선생이 고개를 내밀고 둘을 불렀다. 식판에는 밥과 카레, 김치, 시금치나물, 그리고 맑은 콩나물국과 간장에 조린 계란 두 개씩이 담겨 있었다. 여느 날처럼 순예의 김치와 시금치나물은 잘게 썰려 있었다.

처음 잘게 썰린 반찬을 보았을 때 순예는 약간 충격을 받았다. 순예는 어금니가 부실했다. 그것은 가족들도 다 알고 있었다. 하지만 아들도 딸도 며느리도 심지어 순예 자신마저 반찬을 잘게 썰어서 먹을 생각은 하지 못했다. 인정하기는 싫지만 식판 속의 작은 조각들은 관심과 배려의 따뜻한 증표 같았다. 수저가 식기와 부딪치는 소리, 쩝쩝 음식물 씹는 소리들이 교실을 가득 메웠다. 순예도 음식을 먹기 시작했다. 카레는 손도 안 댔네! 우 선생이 어느새 옆에 와서 간섭했다. 그리곤 모두가 듣도록 큰소리로 말했다.

"카레가 치매 예방에도 좋고, 암 예방에도 좋고, 또 노화 방지에 아주 좋대요. 그러니까 다들 많이 드셔야겠죠?"

순예는 어쩔 수 없이 카레를 먹었다. 먹고 있던 원생들은 깨끗이 긁어 먹었다. 더 먹겠다는 사람도 있었다. 선생이 웃으며 더 먹겠다는 원생에게 카레를 가져다주었다. 계란을 안 먹는 원생 옆에서는 알통을 만들어 보이며 말했다.

"계란을 먹어야 근육이 생기죠. 이렇게 씩씩하게, 알통도 생기고."

원생들의 젓가락이 일제히 계란으로 향했다. 봉영은 반으로 자른 계란을 옥분의 입에 넣어주었다. 옥분이 희희낙락하며 제비새끼처럼 받아먹었다. 원생들이, 특히 여자 원생들이 눈을 흘겨도 둘은 서로의 입에 넣어주고 받아먹기에 여념이 없었다. 둘은 이 노치원의 공식 커플이었다. 처음에는 늙어빠진 노인네들이 죽을 때가 다 돼서 저게 뭔

짓이냐고, 추하다고, 원생들은 보는 족족 흉을 보며 선생에게 일렀다. 그러다 지쳤는지 이제는 웬만한 일에도 눈만 흘기고 말았다. 애틋함이나 연민 따위는 남편의 장례와 함께, 아니 그 훨씬 전에 묻어버렸던 순예는 그들의 식지 않는 열정이 놀라울 따름이었다. 고개를 숙이고 젓가락으로 계란에서 노른자를 분리하는 일에만 신경을 썼다.

"얼굴이 반반하면 다 그런가? 꼭 까탈을 부려요."

소리와 함께 서칫한 손이 식판 위로 넘어왔다. 가려놓은 노른자를 채갔다. 고개를 들자 재섭이 능글맞게 웃고 있었다.

"계란은 노른자가 맛있지. 노른자 빼면 무슨 맛으로 먹어."

아침에 딸꾹질이 나와 고생할 때도 듣기 싫다고 타박했다. 남이야 까탈을 부리든 말든. 순예는 재섭의 입으로 들어가는 노른자를 뺏어 식판에 으깼다. 생각 같아서는 숟가락으로 입을 몇 대 때려주고 싶었다. 졌다는 듯, 재섭이 두 팔을 들어 보였다.

점심을 다 먹고 여자들은 왼쪽 방으로 남자들은 오른쪽 방으로 들어갔다. 화장실 갈 때조차 손을 잡고 가는 옥분과 봉영도 이 시간만큼은 소리 없이 나뉘어 갔다. 원생들이 바닥에 카펫을 깔고 나란히 누웠다. 두 시까지 낮잠을 자는 시간이었다. 우 선생이 점검차 방으로 들어왔다. 선생을 본 옥분이 천천히 일어나 앉았다. 이런 말 하기는 싫은데…… 옥분이 입을 뗐다.

이곳에 처음 왔던 날, 어색하게 서 있는 순예에게 말을 걸어준 사람이 옥분이었다. 순예는 누운 채 고개를 돌려 옥분을 보았다. 약간

합죽한 얼굴은 나이보다 어려 보였고, 가무잡잡한 피부는 다른 원생들의 창백하다 못해 누르스름한 피부와 대비돼 건강하게 보였다. 짧게 자른 머리에는 갈색 빗핀이 꽂혀 있었다. 선생이 옥분의 얼굴을 들여다보며 친근하게 물었다.

"왜, 무슨 일이 생겼어요?"

"누가 내 화장품을 가져갔어요."

우 선생이 알만하다는 듯, 웃는 얼굴로 되물었다.

"그래, 어떤 건데요?"

"영양크림이요. 한 번도 안 쓴 건데, 내가 아까, 여기, 이 속에 넣어 뒀었거든요. 근데 없어졌어요."

옥분이 제 가방을 가리켰다. 잃어버린 것이 아까워서라기보다 누군가를 도둑으로 만들고 고자질까지 해야 한다는 사실이 몹시 안타깝다는 표정이었다.

"그래쩌요? 그래서 우리 옥분 씨가 잠을 못 잤구나, 내가 잘 찾아서 줄 테니까, 걱정하지 말고 잠이나 푹 자요, 알았죠?"

우 선생이 옥분의 엉덩이를 토닥거리며 안심시켰다. 그제야 옥분의 얼굴이 조금 풀어졌다. 뭉텅뭉텅 잘려나가는 기억 속에서 낚시질하듯 하나씩 건져 올리는가, 어제는 시계를 잃어버렸다고 했다. 우 선생은 몇 번을 더 다독거리다 옥분이 자리에 눕는 것을 보고 밖으로 나갔다.

등을 모두 꺼버린 실내는 조용하다 못해 고즈넉했다. 꿈결처럼 바람이 창문을 흔드는 소리, 배수관의 꿀럭거리는 소리만 간간이 들려왔다. 창밖으로 보이는 하늘은 파랬다. 가지에 잔뜩 꽃을 매단 어린 벚나무가 춤을 추듯 바람에 흔들리고 있었다. 순예는 눈을 감고 잠을 청했다.

몇십 년 전, 자신의 치맛자락을 잡고 유치원에 갔던 딸이 이번에는 앞장을 섰다. 순예는 그때의 딸처럼 겁먹은 얼굴로 멈칫멈칫 따라나섰다. 죄 없이 감옥에 끌려가는 기분이었다. 말만 유치원 같은 곳이지 건물은 낡아서 칙칙하고 안에는 해골처럼 마른 얼굴에 우울하고 괴팍한 노인들만 가득 있을 것 같았다. 그러나 삼진 주간보호센터는 생각보다 산뜻했다. 반듯하고 매끈한 외벽을 가진 건물에 안은 파스텔 톤의 꽃과 그림들로 잘 꾸며져 있었다. 한쪽 벽에는 화관을 쓰거나, 케이크 앞에서 고깔을 쓴 채 활짝 웃고 찍은 원생들의 사진이 걸려 있었다. 사진 속의 원생들은 실제로도 밝고 명랑했다. 게다가 활기차기까지 했다. 구성원의 평균 연령만 높을 뿐, 주간보호센터는 보통 유치원과 다르지 않았다. 수업의 내용이나 방식도 흡사했다. 원장과 상담을 마친 딸은 몇십 년 전 자신이 그랬던 것처럼 순예를 놓고 흡족한 표정으로 돌아갔다.

건물이 아무리 밝고 환해도, 구성원들이 명랑하고 활기차도 순예의 눈에 이곳은 대합실이었다. 한 데 모여서 저승행 열차를 기다리는. 같이 웃고, 노래하고, 꽃을 접다, 자신이 탈 열차가 오면 하나씩 올라타야 하는.

순예는 왼쪽으로 돌아누웠다. 중풍으로 떨어진 남편이 살아 있다면 여기에 오지 않았을까? 수족을 쓰지 못하는 남편을 순예는 삼 년동안 먹이고 입히고 씻겼다. 당연하지만 배설의 뒤처리까지. 그때 남편이 했던 유일한 생산적인 일은 먹고 대변을 만들어내는 일이었다. 순예는 문득 자신이 그때의 남편과 다를 게 없다는 생각이 들었다. 먹고 자고 배설을 하면서 느릿느릿 다른 세계로 끌려가는.

쿵, 딱, 쿵, 딱, 쿵, 딱. 묵직하고 규칙적인 소리가 적요를 깼다. 소리는 그렇잖아도 예민해진 신경에 못처럼 박혔다. 순예는 나가서 조용히 하라고 소리치고 싶은 마음을 누르며 돌아누웠다. 쿵, 딱, 쿵, 딱. 소리가 쉬지 않고 이어졌다. 예의도 배려도 없는 인간. 순예는 참다 못해서 일어났다. 마음만큼 몸이 벌떡 일어나주지는 않았다.

재섭이 어설픈 동작으로 교실을 맴돌고 있었다. 고개를 위로 치켜들고, 한 손엔 지팡이를 들고 다른 손은 둥글게 구부려 뻗고, 빙글빙글, 절뚝절뚝 돌고 있었다. 꼴에 스포츠댄스를 하는 모양이었다. 순예는 목을 가다듬고 말했다.

"그 되지도 않는 춤을 춘다고 남들 자는데 그렇게 쿵딱거려야겠어?"

재섭이 돌아보았다. 바나나에 핀 슈거 포인트처럼, 점점이 검버섯이 돋은 다른 원생에 비해 혈색 좋은 얼굴이었다. 그 얼굴에 반짝 심술기가 돋았다.

"왜, 멋져 보여? 같이 추고 싶으면 이리와. 내가 잡아줄게."

뒷골목 양아치처럼 불량스럽게 재섭이 대꾸했다. 빼질빼질 웃는 낯도 역겨웠지만 예순두엇이나 되었을까, 자신보다 한참 어린놈이 반말로 대꾸하는 것이 더 기분 나빴다. 순예는 낮게 쏘아붙였다.

"잠이 안 오면 얌전히 자빠져나 있지. 나이도 어린 게 버릇없이 반말이나 해대고."

"참나, 나이 먹은 게 자랑이야? 같은 원생끼리 유세는. 그리고 막말로 갈 때는 누가 먼저 갈지 모르잖아."

혀만 내밀지 않았지 메롱 하는 표정으로 재섭이 돌아섰다. 다시 팔을 펴고 빙글 돌았다. 오른쪽 다리를 쿵 짚고, 지팡이로 딱 바닥을 짚는 동시에 왼쪽 다리를 끌어 걸음을 옮겼다. 다시 성한 다리를 쿵, 짚고 이어 지팡이를 딱, 짚고 성치 못한 다리를 끌었다. 쿵, 다리를 짚고 딱, 지팡이를 짚고. 쿵, 딱, 쿵, 딱, 재섭이 걸음을 옮기는 대로 소리가 따라다녔다. 부러 더 소리를 크게 내는 것 같았다. 저 멍청하고 버릇없고 싸가지 없는…… 순예는 조용히 다가가 재섭의 지팡이를 나꿔챘다. 부드럽게 끌려오던 지팡이가 단단해졌다. 둘 사이에 밀고 당기며 실랑이가 벌어졌다. 여유가 있는 쪽은 당연히 남자인 재섭이었다. 실실 웃으며 지팡이를 당겼다, 밀었다, 크게 호를 그렸다. 순예가 지팡이 끝에서 당겨졌다 밀렸다 한 바퀴 원을 돌았다. 재섭과 파트너가 되어 춤을 추고 있었다. 그 사실을 알아챈 순예가 지팡이를 놓고 있는 힘껏 재섭의 무릎을 찼다. 재섭이 중심을 잃고 넘어졌다. 넘어지면서 순예의 팔을 잡는 바람에 순예 역시 바닥으로 나둥그라졌다. 순예는 옆에 떨어진 지팡이를 들어 재섭에게 휘둘렀다. 재섭이 두 팔로 순예를 껴안았다. 순예는 발로 차고 주먹으로 치며 재섭을 밀어냈다. 탈의실에서 뜨개질을 하고 있던 우 선생이 달려 나왔다.

"어르신! 좋으면 말로 하라고 그랬잖아요. 왜 순예 어르신을 따라다니면서 괴롭히세요?"

엉킨 두 사람을 떼어놓으며 우 선생이 소리쳤다. 좋다고 말로 하면 누가 얼씨구나 할 줄 알고? 순예는 더 화가 치밀었다. 어디 갖다 붙일 데가 없어서 저런 돼먹지 못한 놈을…….

"제가 괴롭힌 것 아니에요. 순예 씨가 먼저 그랬어요."

재섭이 순예를 가리키며 억울하다는 표정을 지었다. 저게 또. 순예가 위협하듯 눈을 부릅떴다. 깊은 잠에 빠졌는지, 아니면 일어나는 게 귀찮아서인지 원생들은 나와 보지도 않았다. 옥분만 빨간색 패딩 재킷을 입고, 손에 가방까지 챙겨들고, 비긋이 문을 열고 나왔다. 다 끝나면 가야지. 우 선생이 쫓아가 옥분을 방으로 밀어 넣었다. 점심 시간만 되면 자주 집에 간다고 나서는 옥분이 말없이 안으로 들어갔다. 붙임성이 좋고 명랑하지만 때때로 헐거워지는 정신이 가족들에게는 부담스러운 모양이었다. 옥분은 종일반이었다. 저녁 여덟 시까지는 이곳에 있어야 했다.

순예는 씩씩거리며 체육실로 들어갔다. 러닝머신으로 올라가서 스위치를 넣고 천천히 걸음을 옮겼다. 시속 1.5킬로미터. 여기는 낙원이야. 순예가 처음 이곳에 왔던 날, 누군가가 속삭였다. 그 말은 사실이었다. 순예가 남편에게 했던 것만큼은 아니지만 선생들이 시간되면 먹여주고 추우면 따뜻하게 해주고, 원하면 목욕도 시켜주었다. 심심치 않게 놀아주고 운동시키고 건강을 도모하도록 힘을 써줬다. 선생들은 그때의 순예처럼 짜증을 내지도 않았다. 그녀의 어눌한 말과 느린 행동도 참을성 있게 들어주고 기다려주었다. 그런데도 정은 들지 않았다. 혼자 집에 있는 것만 같지 않았다. 옆에서 사사건건 참견하고 귀찮게 하는 재섭 때문에 신경증도 생길 것 같았다.

"집에 가서도 열심히 운동하던데?"

또 재섭이었다. 어느 결에 하체 운동 기구에 앉아 바에 두 발을 끼고 웃고 있었다. 집 주변을 걷는 순예를 본 모양이었다. 순예는 들은 척도 하지 않고 러닝머신 벨트를 꾹꾹 힘주어 밟았다. 속도를 조금 높였다. 아이고, 여기 계셨네. 등 뒤에서 우 선생의 소리가 들려왔다.

"또 운동하셔? 이제 그만 하셔야 되는데…… 살이 삼 키로나 빠졌잖아요. 운동도 좋지만 기운이 너무 빠지면 쓰러져요."

선생이 웃는 얼굴로 책망했다. 두 발로 쇳덩이를 힘주어 들어 올렸다 내린 재섭이 그럴 줄 알았다는 시늉으로 빙긋이 웃었다. 고소하다는 표정이었다. 의사는 순예에게 운동을 권했다. 주간보호센터에 다니기 시작한 뒤로 순예는 틈만 나면 운동을 하였다. 끝나고 집에 가서도 집 주위를 두어 바퀴씩은 돌았다. 기운이 달렸지만 몸은 확실히 가벼워지는 느낌이었다. 딸과 며느리도 발음이 많이 좋아졌다고 했다. 그런데 선생은 운동을 너무 한다고 걱정했다. 순예는 마지못해 러닝머신에서 내려왔다. 한쪽의 온열침대로 걸어가는데 비명이 들렸다.

순예는 서둘러 체육실을 나섰다. 원생들이 매일 수업을 하고 밥과 간식을 먹는 긴 탁자, 탁자 너머 오른쪽에 여자와 남자 원생들이 쉴 수 있도록 마련된 두 개의 방, 현관 앞의 간이주방, 원생들이 언제라도 앉을 수 있게 ㄷ 자로 놓인 밤색 소파. 사달은 그 소파였다. 소파 위에서 봉영과 옥분이 애절한 몸짓으로, 입을 맞춘 채 껴안고 있었다. 껴안고 입을 맞추는 것만도 비명을 지를 만한데 봉영의 한 손이 옥분의 가슴을 더듬고 있었다. 살집 때문인지 옥분의 가슴은 나이가 믿기지 않도록 풍만했다. 그 풍만한 가슴을 봉영의 크고 두툼한 손이 열정적으로 애무하고 있었다. 순예의 얼굴이 화끈거렸다. 다른 원생들도 어쩔 줄 몰라 하며 탄식했다.

"저게 뭔 짓이야."

"아이고, 망측해라."

"별꼴이야."

봉영의 귀에는 탄식의 말들이 들어오지 않는 것 같았다. 이젠 옥분의 가슴에 얼굴을 파묻고 있었다. 옥분 또한 천연덕스럽게 가슴을 맡긴 채 두 팔로 봉영의 얼굴을 감싸 안고 있었다. 황홀의 경지에 오른 표정이었다. 다시 여자 원생들이 비명을 질렀다. 봉영이 옥분의 티셔츠를 들추고 젖가슴에 입을 가져다 대고 있었다.

"다들 보는데 이렇게 진하게 사랑을 하면 어쩐데, 질투 나게."

뒤늦게 나온 우 선생이 웃음엣소리를 하며 둘을 갈라놓았다. 옥분과 봉영이 마지못해 떨어졌다. 수군거리며 각자의 자리로 흩어지던 원생들이 다시 기겁을 했다. 어느 틈에 봉영이 바지춤을 까 내리고 있었다. 양기가 잔뜩 오른 성기가 드러났고 교실은 순식간에 아수라장이 되었다.

"우리 어르신이 오줌 마려웠구나. 오줌 마려우면 화장실로 가셨어야지."

선생이 바지를 끌어올리고 봉영을 화장실로 데려 갔다. 소요는 쉽게 진정되지 않았다.

꼼짝 못하고 누워만 있던 남편의 얼굴이 떠올랐다. 배설물을 치우고 깨끗이 씻겨서 밥까지 먹여 놓으면 남편은 감각이 조금 남은 한 손으로 자신의 성기를 조몰락거렸다. 볼썽사납게 팽창하기도 하는 그것을 볼 때마다 순예는 혐오감이 일었다. 행여 누가 볼까 창피하기도 했다.

선생이 서둘러 원생들을 자리에 앉혔다. 스케치북과 크레파스, 색종이와 가위를 나누어 주고 오후 수업을 진행시켰다. 스케치북에 여러 겹의 나선을 그린 뒤 그 선을 따라 사방 일 센티 크기로 자른 두 가지 색종이를 번갈아 붙이는 작업이었다. 원생들은 거칠고 서툰 손으로 열심히 나선을 그리고 색종이를 자르거나 자른 색종이에 풀칠을 했다. 옆에서 재섭이 꽤 진지한 표정으로 가위질을 했다. 순예도 스케치북을 펴고 정성들여 선을 그렸다. 색종이를 자르고 뒤집어 풀칠을 시작했다. 그때 허벅지에서 뭔가가 스물거렸다. 순예는 아래를 내려다보았다. 재섭의 손이 묘한 위치에 올라와 있었다. 순예는 깜짝 놀라 재섭을 보았다. 재섭도 놀란 눈으로 순예를 보았다. 너, 너, 너도, 사내새끼라고…… 얼굴이 빨개진 순예가 말을 잇지 못하고 크레파스 통을 집었다. 재섭을 향해 휘둘렀다. 재섭이 잽싸게 피하며 외쳤다.

"아냐, 아냐, 거기 색종이가 떨어져서."

"어디, 색종이가 어디 있는데? 이 엉큼한 놈."

순예는 크레파스 통을 휘둘렀다. 통 속의 크레파스들이 와르르 쏟아졌다. 순예는 통을 내려놓고 스케치북을 집었다. 몇 번 내리쳤지만 타격감이 신통치 않았다. 그것이 더 화를 돋웠다. 순예는 스케치북을 던져놓고 이번엔 주먹을 들었다. 그러나 그것 역시 신통치 않았다. 재섭이 이리저리 피하는 바람에 힘만 쓰고 제대로 맞추지 못했다. 순예는 더욱 화가 났다. 그때 선생이 큰 소리로 외쳤다.

"이재섭, 유순예 어르신!"

순예의 귀에는 그 소리가 들리지 않았다. 재섭을 향해 마구잡이로 주먹만 휘둘렀다. 요리조리 피하던 재섭이 중심을 잃고 의자와 함께 뒤로 넘어갔다. 쿵, 요란한 소리가 교실을 울렸다. 선생이 쫓아와 재섭을 일으키며 단호하게 말했다.

"안 되겠어요. 두 분은 따로 저기 소파에 가서 앉으세요."

순예와 재섭이 마지못해 소파로 가서 앉았다. 옥분과 봉영의 사랑놀음이 어제오늘 일이 아니듯 재섭과 순예의 다툼도 하루 이틀이 아니었다. 원생들은 색종이를 오리고 붙이는 일에만 신경을 썼다.

"진짜 색종이가 떨어져서 그랬다니까."

재섭이 소리를 낮추어 말했다.

"시끄러워!"

"정말이야."

"날마다 치대고 귀찮게 한 것도 모자라서 그런 수작까지……."

"정말이라니까."

"조용히 해!"

재섭의 등짝을 치면서 순예가 소리 질렀다. 멀리서 우 선생이 소리쳤다.

"계속 그러시면 두 분 귀 잡고 뽀뽀 시킵니다."

순예는 입을 다물었다. 분을 누르며 고개를 숙였다. 제 피와 살을 나눠준 자식들에게 버림받은 것도 서러운데, 이런 곳에 방기된 것도 억울한데, 저 멍청한 놈 때문에 나이 칠십에 벌이나 서고, 치욕을 당하고. 제 처지가 한심하다 못해 한탄스러웠다. 순예는 돌아앉아 눈물을 찍어냈다.

수업을 마친 원생들이 집에 돌아갈 무렵, 보호센터에 다시 작은 소동이 일었다. 하원 시간이 되면 선생은 원생들에게 미리 소변을 보도록 지도했다. 봉영에게는 나쁜 버릇이 있었는데 남들이 전부 화장실에 갈 때는 가만히 있다가 한쪽 발에 신발을 뀈 때야 소변을 보고 싶다고 하는 것이었다. 그런데 어쩐 일인지 양쪽 발에 신을 다 뀈 때까

56

지 봉영이 아무 말도 안 했다. 오늘은 오줌 마렵다고 안 하시네? 선생이 말하는 순간, 봉영의 가랑이를 타고 따뜻한 물줄기가 흘렀다. 이런 일은 누구에게나 있을 수 있는 일이라며 선생이 여벌의 팬티와 추리닝으로 갈아입혔다. 젖은 팬티와 추리닝은 빨아서 탈의실의 라디에이터 위에 널었다. 버스는 십 분 늦게 출발하였다.

다음 날 봉영이 결석했다. 보통 유치원생들이 결석을 하는 이유는 여러 가지겠지만 이곳의 원생들이 안 오는 이유는 거의 한 가지였다. 아파서. 봉영 역시 아파서 못 나온다고 했다. 원생들은 모두 근심어린 표정을 지었다. 멀쩡하다 갑자기 아파서 못 나온 봉영보다 봉영이 없이 외롭게 지낼 옥분이 걱정되어서였다. 그러나 옥분은 생각보다 명랑했다. 수업에 열심히 참여했고 밥은 물론 간식도 안 남기고 잘 먹었다.

재섭은 허벅지를 만진 게 색종이 때문이었다고, 틈만 나면 얘기했다. 정말 색종이 때문이었을 수 있겠다고 순예는 생각했다. 그러나 색종이가 떨어져서였든 느닷없이 음심이 발동해서였든 이제 상관없었다. 날마다 같이 엮여서 소란을 떠는 게 창피하고 지겨웠다. 순예는 냉랭한 얼굴로 외면했다. 따라다니며 귀찮게 굴던 재섭이 차츰 시무룩해졌다.

봉영이 결석한 지 나흘째 되는 날이었다. 안 좋은 소식이 있다고 운을 뗀 뒤 선생이 말했다.

"며칠 결석했던 박봉영 어르신이 이제는 못 온다고 합니다. 좀 전에 가족들이 연락을 해왔어요."

"요양원으로 옮길 만큼 나빠졌나?"

남자 원생 하나가 독백하듯 중얼거렸다.

"그랬으면 그나마 좋았겠지만……."

숙연함과 안타까움의 파문이 삽시간에 교실로 번졌다. 원생들의 눈은 약속이나 한 듯 일제히 옥분에게 쏠렸다. 구박도 많이 했지만 둘이 얼마나 뜨겁게 사랑을 했는지 잘 아는 그들이었다. 안 돼 보였던지 재섭이 일어나 옥분의 옆자리로 건너갔다. 옥분의 어깨를 안고 다독거려주었다. 다른 원생들도 옥분에게 다가가 위로의 말을 전했다. 죽은 봉영에겐 고생 많이 안 하고 갔다고 부러움 섞인 아쉬움을 토로했다. 그러나 옥분은 태평했다. 자신을 바라보는 걱정 어린 눈들을 말간 얼굴로 바라보며 웃었다. 그것이 보는 사람들의 마음을 더 안타깝게 했다. 분위기는 무거워졌고 원생들의 웅성거림이 그치지 않았다. 지켜보던 선생이 소리를 높였다.

"자, 모두 자리에 앉으세요. 오늘은 수업 시작 전에 노래부터 부를 거예요. 준비하세요. 우리는 새싹들이다, 시이작!"

"마음을 열고 하늘을 보라, 넓고 높고 푸른 하늘."

창백한 얼굴들이 입을 맞춰 노래를 불렀다.

"손뼉을 치면서 더 크게!"

우 선생이 소리쳤다. 원생들은 손뼉을 치면서 소리를 높였다.

"가슴을 펴고 소리쳐 보자, 우리는 새싹들이다."

순예는 입만 딸싹거렸다.

"더 크게!"

선생은 두 팔을 높이 쳐들며 소리쳤다.

"파란 꿈이 자란다."

"더 크게!"

"곱고 고운 꿈."

"더 크게, 힘차게!"

팔을 휘두르며 선생이 소리칠 때마다 원생들의 새된 목소리도 높아갔다. 힘찬 노랫소리가 원생들의 갈라진 마음을 구석구석 메웠다. 짧은 애도는 끝났다.

다시 수업이 시작되었다. 원생들은 고무찰흙으로 과일을 만드는 일에 몰두했다. 봉영과 낮 뜨거운 장면을 자주 연출했던 옥분도 그런 일이 언제 있었냐는 듯 차분히 수업에 임했다. 약간 의기소침했지만 애초에 봉영이라는 사람이 존재하지 않았던 것처럼 행동했다. 봉영은 벌써 잊힌 것 같았다. 달라진 건 재섭이었다. 수업 시간 내내 근심 어린 표정으로 옥분을 바라보았다. 쉬는 시간에도 옥분의 손을 잡고 스포츠댄스를 춰가며 기분을 맞춰주려 애썼다. 자연히 순예는 뒷전이 되었다. 따라서 귀찮게 굴지도 않았다. 순예는 기뻤다. 봉영이 간 것은 안 됐지만 재섭의 관심이 옥분에게 쏠린 것이 좋았다. 마음으로 덩실덩실 춤까지 추었다.

그런 시간이 지속되자 홀가분하다 못해 속이 텅 비는 느낌이었다.

벌레가 다 갉아먹고 잎맥만 남은 이파리처럼 맥도 풀어졌다. 봉영이 사라진 교실에서 원생들은 열심히 고무찰흙을 주물렀다. 재섭은 옥분과 다정히 얘기하고 있었다. 내게는 날마다 깐죽대고 못되게 굴더니, 나쁜 놈. 순예는 눈을 흘겼다.

순예는 마당으로 나왔다. 밥을 많이 먹어도 텔레비전을 보고 크게 웃어도 속이 허전했다. 잠도 올 것 같지 않았다. 순예는 화단 앞에 가지런히 놓인 나무상자 앞에 쪼그려 앉았다. 상자 속에는 잇그제 싹을 틔운 상추가 손톱 만하게 자라고 있었다. 지난번 원예수업 때 원생들이 씨를 뿌린 것이었다. 순예는 마른 나뭇가지를 주워 모종 주변의 흙을 살살 눌러 팠다. 흙이 일어서며 어린 모종을 들썩이면 다시 눌러주었다. 등 뒤에서 인기척이 들렸다. 순예는 몸을 반쯤 틀어 뒤를 보았다. 재킷을 입고 손에 가방까지 든 옥분이 현관을 빠져나오고 있었다. 옥분이 몇 걸음을 떼지 않아서 익숙한 소리가 들려왔다.

"김옥분!"

이어 쿵, 딱, 소리와 함께 지팡이를 짚은 재섭이 나타났다. 순예는 재섭을 보았다. 재섭도 분명히 순예를 본 것 같았다. 그러나 못 본 척 옥분의 팔만 잡아끌었다. 다 끝나고 가야지. 옥분이 얌전히 끌려 들어갔다.

햇빛이 하얗게 쏟아지는 마당에 순예만 남았다. 순예는 돌아앉아서 다시 흙을 파기 시작했다. 파면서 생각하니 괘씸했다. 아무리 내가 쌀쌀맞게 굴었다 해도 사람을 어떻게 유령 취급하냐. 못난 놈. 치졸한 놈. 욕을 하다 문득 생각했다. 내가 너무 쌀쌀 맞게 굴었나? 아니면 옥분이 때문에 마음이 급해서 정말 못 본 건가. 언제부터 지가 옥분에게 그리 자상했다고. 생각은 꼬리에 꼬리를 물고 순예는 공벌레처럼 앉아 흙만 팠다.

보호센터에 새로운 원생이 왔다. 약간의 치매와 우울증이 있다는 남자였다. 아들이 죽고 난 뒤 슬픔을 견디다 못해 발병했다고, 작고 둥실둥실한 몸이 뭉쳐놓은 감자떡 같은 아내와 웨이브 있는 긴 머리를 어깨까지 풀어 내린, 역시 작고 뚱뚱한 딸이 데리고 왔다. 어색하게 서 있는 남자에게 옥분이 다가갔다.

그리운 내 님이여 그리운 내 님이여. 체육실에서 남자와 옥분이 합창했다. 언제나 오려나, 까지 부르고 난 옥분이 남자에게 노래 정말 잘 한다고 칭찬했다. 남자가 기쁨이 가득 밴 얼굴로 빙그레 웃었다. 옥분이 남자에게 이번엔 무슨 노래할까, 닐리리 맘보? 황성옛터? 하더니 손바닥으로 찰싹찰싹 책상을 쳐가며 선창했다. 황성 옛터에 밤이 오니…… 부를까 말까 수줍게 바라보던 남자가 두 소절째부터 따라 불렀다. 노래를 다 끝낸 옥분이 이번엔 닐리리 맘보를 부르기 시작했다. 이럴 때의 옥분은 말짱한 것 같았다. 처음에 꿔다놓은 보리자루 같던 남자도 옥분을 따라 여기저기를 기웃거리더니 훨씬 활기차졌다. 남자와 옥분의 노래가 대합실 안에 울려 퍼졌다. 전동의자에 앉아 있던, 온열침대에 누워 있던 원생들도 흐뭇한 얼굴로 따라 불렀다. 입을 맞춰 노래하며 자신들을 태우러 올 열차의 속도를 늦췄다.

　순예는 러닝머신에서 천천히 걸음을 떼다 아래를 내려다보았다. 하체 운동 기구에 앉은 재섭의 눈이 옥분을 향해 있었다. 기분 좋게 풀려 있는 것이 마치 오랜 애인을 보는 듯, 오래비가 어린 누이를 보는 듯 다정했다. 순예는 러닝머신에서 내려 재섭에게 다가갔다. 손을 뻗어 뒤통수를 세게 쳤다. 놀라는 재섭에게 불쑥 손을 내밀며 말했다.

　"어떤 손으로 했게?"

악어를
사주세요

전동차는 가끔씩 뼈 부딪는 소리를 냈다. 사람들은 띄엄띄엄 앉아서 음악을 듣거나, 책을 읽거나, 스마트폰을 만지작거렸다. 말없이 서로를 밀어냈다. 출입문 쪽에 있는 애들만 조용히 부산스러웠다. 열두어 살쯤 돼 보이는 그 애들은 빈자리가 있음에도 서로 툭툭 치며 귓속말을 하거나 소리 죽여 킬킬대며 서 있었다. 스니커즈로 박자를 맞추던 기흠이가 몸을 낮추며 속삭였다. 쟤들, 우리 번개 가는 것 아냐? 고개를 돌려 기흠이를 봤다. 작은 얼굴에 댕그랗게 박힌 눈이 반짝거렸다. 다시 아이들을 봤다. 헐렁한 바지에 헐렁한 티셔츠들, 그럴 수도 있겠다 싶었다. 기흠이가 아이들에게서 눈을 떼지 못하며 말했다. 몇 명이나 올까? 너무 많아도 통제가 힘들어. 기흠이가 심각해 보이려 애쓰는 표정으로 말했다. 너무 적어도 재미없을 것 같지 않니? 나는 고개를 끄덕여주었다. 동의를 얻어낸 것이 기쁜 듯 기흠이가 헤 웃으며 말했어. 우리 술래잡기도 하자.

전동차 안은 한산했다. 사람들은 온순한 짐짝이 되어 어디론가 실려 가고 있었다. 그들은 몸짓도, 표정도 최대한 짐짝처럼 보이려 애쓰는 듯했다. 나는 스마트폰을 보았다. 악어를 이구아나로 착각한 남자? 미국 텍사스 주…… 윌리엄존슨…… 불법유턴…… 악어! 가슴이 세차게 뛰었다. 악어를 차에 태우고 다니다니. 그것도 백팔십 센티미터나 되는 것을. 나를 더 흥분시킨 건, 그 악어가 고속도로 순찰대에 발견되었을 때 재갈이나 사슬 없이 뒷좌석에 편하게 있었다는 거였다. 머릿속으로 많은 생각이 오갔다. 그렇게 큰 악어와 친구처럼 지내는 사람은 어떤 사람일까. 어느 정도 믿음이 있어야 재갈이나 사슬 없이 같이 다닐 수 있을까. 목숨을 건 우정인가? 나도 키워봤으면 좋겠다. 생긴 건 비슷해도 이구아나는 정말 약하다. 조금만 추워도 열등을 켜줘야 하고, 그러지 않으면 먹지도 움직이지도 않다가 서서히 말라죽고 만다.

전동차가 멈춰 섰다. 머릿속에서 악어가 빠져나가고, 짐짝처럼 앉아 있던 사람들 몇이 일어나 밖으로 나갔다. 또 몇이 들어와 앉았다. 기흠이는 멀건이 출입문 쪽을 보고 있었다. 갑자기 아이들이 환호성을 질렀다. 승강장에서 한 아이가 공중으로 뛰어올랐다가 바닥으로 곤두박질치고 있었다. 문은 열린 채였고 승강장엔 그 아이만 보였다. 바닥으로 곤두박질치던 아이가 허공을 한 바퀴 돌아 발딱 일어섰고 안쪽의 아이들은 다시 환호성을 질렀다. 그때 전화벨이 울렸다. 아드을! 엄마의 말꼬리가 길게 말려 올라갔다. 동시에 출입문이 닫히기 시작했다. 공중제비를 마친 아이가 문을 향해 뛰기 시작했다. 빨리!

빨리! 안쪽의 아이들이 소리 질렀다. 전화기 속에서 엄마도 소리 질렀다. 아들, 아들! 나는 아이에게서 눈을 떼지 못했다. 문은 점점 닫혀가고 아이들이 발을 굴렀다. 한 뼘이나 남았을까, 작은 틈을 비집고 아이가 뛰어 들어왔다. 안쪽의 아이들이 기뻐하며 돌아온 아이의 어깨를 두드렸다. 엄마의 전화는 끊겨 있었다.

기흠이가 맞은편 차창에 박혀서 흔들거렸다. 갑자기 장난기가 돌았다. 나는 기흠이의 귀에 대고 속삭였다. 다음 역에서 너도 해볼래? 기흠이의 눈이 커졌다. 작은 몸집에 작은 얼굴 똥그랗게 뜬 눈, 마치 치와와 같았다. 나는 웃으며 기흠이의 어깨를 쳤다. 짜식, 쫄긴, 농담이야. 기흠이가 겸연쩍어하며 말했다. 쪽 팔릴 것 같았거든. 웃긴 했지만 마음 한 쪽이 조금 쓸쓸했다. 몽촌토성역에 다다랐다. 일번 출구로 빠져나올 때 지하철 안에서 본 아이들이 우르르 달려 나갔다.

구월 중순인데도 한낮의 햇빛은 쨍쨍했다. 나무와 건물을 밀어내고, 햇빛을 가득 들인 마당 저만치에 평화의 문이 보였다. 눈이 확 틔는 게 마음이 절로 평화스러워질 것 같았다. 숨을 길게 들이마셨다. 나는 이렇게 넓고 환한 곳이 좋다. 막힌 곳, 특히 캄캄한 밤에 아파트에 혼자 있으면 답답해서 미칠 것 같다.

몇 시까지 할 거니? 느닷없이 끼어든 기흠이 때문에 잠시 어리둥절했다. 멍하니 서 있는 눈에 펜스에서 노는 아이들이 들어왔다. 나는 햇빛 속으로 걸어 들어가며 되물었다. 왜? 기흠이가 주저하며 말했다.

"오늘, 우리 엄마……."

기흠이가 말을 잇지 못하고 힐끗 내 눈치를 살폈다. 내가 멈춰 섰다.

"엄마? 엄마가 뭐!"

튀어나간 목소리는 내 귀에도 퉁명스러웠다. 기흠이가 다시 눈치를 보더니 쏟아내듯 말했다.

"오늘 우리 엄마 생일이야. 식구들이랑 삼겹살 궈 먹기로 했거든."

니네 엄만…… 참 뻔뻔하다, 고 말하려다 바꿨다. 오늘이 생신이시니? 그리곤 덧붙였다. 늦어도 일곱 시까지는 올 수 있지 않을까. 기흠이가 그래? 하더니 펜스 쪽으로 뛰어갔다. 그 애가 뛸 때마다 등에 매단 배낭이 깡충깡충 춤추었다. 펜스까지 달려간 기흠이가 펄쩍 뛰어오르더니 앞으로 고꾸라졌다. 쪼그리고 앉아서 무릎을 움켜쥐고 쩔쩔맸다. 넘는 순간 무릎을 찧었겠지. 다른 때 같으면 무지 아프겠다, 위로해줬겠지만 나도 모르게 빈정댔다. 너, 너무 깝친다. 기흠이가 잔뜩 찡그렸던 얼굴을 펴더니 벌쭉 웃었다. 지 엄마가 온 뒤로 기흠이는 잘 웃는다. 찌질한 새끼, 찌질한 엄마가 뭐가 좋다고.

엄마 생각이 났다. 기흠이 엄마처럼 가출한 적이 한 번도 없는 성실하고 책임감이 강한 엄마. 전화를 걸었다. 신호는 가는데 엄마가 전화를 안 받았다. 그새 손님이 많아졌나? 엄마 아빠는 결혼을 해서 자식을 낳고 그 자식을 위해 헌신하는 것이 평생의 사명인 것처럼 열심히 일하신다. 그래서 매일 내가 잠든 한밤중에야 지친 몸으로 돌아오신다. 그동안 나는 그분들의 열정과 사랑과 시간이 밴 물건들과 함께 지낸다. 노트북, 아이패드, 카메라, 최신형 스마트폰, 아니면 멋진 시계나 가방, 애완동물 같은. 친구들은 이런 나를 무척 부러워한다. 잔소리할 시간은 없고 뭐든 잘 사주시는 부모님은 친구들이 꿈꾸는 가장 이상적인 부모다. 나는 그 순하고 성실한 부모님을 가끔 속일 때가 있다. 의젓한 척, 점잖은 척, 외롭지 않거나 슬프지 않은 척, 아니면 반대로 슬픈 척.

햄스터가 죽었을 때도 나는 약간 슬픈 척을 했다. 엄마는 내가 마음 아파할까 봐 걱정했다. 엄마가 햄스터를 치우며 중얼거렸다. 왜 죽었는지 모르겠네. 털 코트가 따뜻하다고, 짐승들은 이런 털옷 때문에 한겨울에도 안 죽는가 보다던 엄마였으니, 햄스터가 베란다에서 빳빳하게 얼어 죽은 걸 이해할 수 없었을 거다. 그때 나는 사실을 바로 말하지 못했다. 전날 저녁, 내가 분무기로 장난을 좀 쳤다.

"아들! 아까는 왜 전화 끊었어?"

엄마의 목소리가 날아왔다. 조금 미안하다는 생각이 들었다.

"전동차 안이라, 지금 야마카시 번개 가는 길이거든요."

모두 열두 명. 첫 번개에 이렇게 많은 사람이 왔다는 사실이 놀라웠다. 모인 사람의 연령층이 다양하다는 건 더 놀라웠다. 중, 고등학생이 대부분이지만 어린 초등학생도 있고 대학생, 직장인은 물론 내 아버지뻘 되는 아저씨도 있었다. 둘러보던 기흠이가 속삭였다. 야, 여자도 있어. 나는 재빨리 기흠이의 옆구리를 찍었다. 다 들린다 인마. 그 말까지 들렸는지 여학생이 빙긋 웃었다. 둥글둥글한 얼굴을 어디서 본 듯했지만 기억은 나지 않았다.

"반갑습니다. 짱뚱어입니다."

내가 말을 시작했다. 동호회 리더이며 오늘 번개를 공지하고 주도한 사람이 나였다. 몇몇의 입에서 가벼운 탄성이 흘러나왔다. 짱뚱어라는 닉네임도 그렇지만 그동안 내가 카페에 올렸던 글들은 지나칠정도로 가벼웠다. 이번 모임공지 역시 장난스럽게 올렸었다. 날라린줄 알았는데 범생이네. 마른 얼굴에 이목구비가 뚜렷한 형이 말했다. 공감한다는 듯이 다른 사람들도 고개를 끄덕였다. 그때 파란 후드티를 입은 아이가 손을 번쩍 들었다. 짱뚱어가 뭐예요? 지하철역에서공중제비를 돌던 아이였다. 녀석을 내려다보며 나는 부드럽게 말해주었다. 스마트폰으로 검색해 보세요. 그래도 말해주세요. 후드티가떼쓰듯이 말했다. 나는 소리를 높였다.

"날씨도 더운데 이렇게 많이 나와 주셔서 감사합니다. 서로 협조해서 작은 사고 하나 없이 잘 놀면서 많이 연습하고 또 많이 배우고 돌아가시기 바랍니다. 즐거운 시간 되십시오."

사람들이 박수를 쳤다. 기흠이는 한쪽 팔을 쳐들고 우우, 환호까지보냈다.

기흠이가 일어나서 말했다. 저는 짱짱맨입니다. 에이, 짱짱맨은 아닌 것 같은데요? 후드티가 냉큼 말을 잘랐다. 기흠이가 아이를 바라보다 의젓하게 말했다. 너, 몇 살이니? 열두 살요. 너 니네 반에서 왕따지? 옆의 동그란 안경이 재빨리 대꾸했다. 아뇨, 얘가 지네반 애들을 전부 왕따 시켜요, 서른세 명이나. 후드 티가 입을 삐죽거렸고, 사람들이 웃었다. 모임은 생각보다 화기애애했다. 거의가 처음 보는 사람들인데도 같은 목적을 갖고 카페에서 정보를 주고받다 보니 모르는 새에 가까워진 것 같았다. 웃음소리가 잦아들자 기흠이가 말했다. 저는 제일중학교 삼학년 학생이고 야마카시 한 지는 육 개월 됐습니다.

기흠이는 나와 같은 아파트 단지에 산다. 우린 분양이고 걔넨 임대. 그 때문은 아니지만 예전에는 단지 내에서 마주쳐도 대개 생깠었다.

자기소개를 마치고 우리는 소마미술관으로 향했다. 그 여학생은 나랑 동갑이었다. 닉네임은 얼빠진 공주고 레고 머리여서인지 좀 더워 보였는데 얼은 빠지지도 그렇다고 충만해 보이지도 않았다. 그동안 눈팅만 했다고 했다. 내게 범생이 같다던 형은 카페에 야마카시에 대한 설명과 동영상을 자주 올렸던 스카이하이였다. 대학생인데 스턴트맨이 꿈이라고 했다.

아이들이 달려갔다. 한 아이가 달려가며 재주를 넘다 하마터면 코끼리열차와 부딪칠 뻔했다. 국익에 전혀 도움 안 되는 초딩들! 기흠이가 투덜댔다. 그러세요, 국익에 엄청 도움 되는 중딩님. 내가 놀렸다. 기흠이가 히히 웃더니 갑자기 소리쳤다.

"너네들, 거기 서봐!"

후드티와 안경이 달려가다 멈춰 섰다. 후드티가 돌아서서 짜증을 감추지 않고 물었다.

"왜요?"

기흠이가 빙글빙글 웃으며 말했다.

"너, 야마카시가 뭔 줄이나 알아?"

달려오느라 벌게진 후드티의 얼굴이 더 벌게졌다.

"야, 어린 게 게임이나 하지 야마카시는 뭐 하러 하냐?"

대답하지 않는 아이에게 기흠이가 놀리듯이 말했다. 후드티는 튀어나온 입을 굳게 다물었다. 그 모습이 재밌는지 기흠이가 히히 웃으며 제 물음에 대답했다.

"하긴, 이게 도망칠 때는 좋은 기술이지."

후드티는 볼을 씰룩거리며 서 있고 안경이 눈치를 보며 끼어들었다.

"그냥 좋아서요. 형은 높은 건물 보면 가슴이 두근거리지 않아요? 뛰어내리고 싶어서…….."

"그만 해라. 얘들이 너보다 훨 나은 것 같은데…….."

내 말에 후드티의 얼굴이 풀어졌다. 기흠이가 히히 웃고 아이들이 다시 달려갔다.

기흠이야말로 예전에는 완전 찌질이에 왕따였다. 공부도 못하고, 싸움도 못하고, 그렇다고 잘 놀지도 웃기지도 못하고, 돈 많고 빽 있는 부모가 있는 것도 아니고, 또 생긴것도 비리비리해서 누구한테나 만만한 상대였다. 한 대 쥐어박아도 찍 소리 못하던 찌질이.

그 찌질이와 우리는 미술관 옆길로 들어갔다. 길을 걷는다기보다 두 개의 높은 콘크리트 벽 사이를 지나갔다는 말이 맞을 것이다. 아늑한 느낌이 드는 벽 사이를 걸어가면 사방은 건물들로 막히고 올려다보면 파란 하늘이 보이는 공간이 나왔다. 바닥에는 잔디가 깔려 있고 잔디밭 주변에는 튼튼하고 반듯한 옹벽과 높고 낮은 담, 또 펜스들이 있어서 야마카시 하기에 딱 좋은 곳이었다. 사람들이 잔디밭 주변과 조각공원으로 이어지는 통로, 그리고 조각공원에서 커피빈으로 올라가는 콘크리트길에서 운동을 시작했다. 편한 옷으로 갈아입고, 오 분 정도 준비운동을 하고, 각자 실력과 경험에 맞게 우리들이 월담이라고 부르는 wall run과 볼트, 턴을.

기흠이는 월담을 한다며 벽 쪽으로 붙었다. 나는 초보자들에게 간단한 펜스 기술을 몇 가지 가르쳐주었다. 두 손으로 펜스를 잡고 넘는 기본적인 동작부터 빠르게 달려가다 두 발을 옆으로 빼서 넘는 것, 한 발 한 발 따로 올려서 잡고 넘는 것 등. 한참 가르치고 나는 오픈턴을 연습했다. 팔을 꼬았다 풀면서 열심히 펜스를 넘는데 등 뒤에서 새된 소리가 들렸다. 너, 나 알지? 돌아보니 얼빠진 공주가 얼굴 가득 해를 안고 웃고 있었다. 나야말로 약간 얼이 빠져 바라보았다. 그 애가 덧붙였다.

"생각 안 나니? 초등학교 오학년 때인가, 너 매일 우리 집에 왔었잖아."

도움닫기를 하려던 기흠이가 턱짓으로 물었다. 뭐야? 나는 어깨를 으쓱하는 걸로 대답했다. 내가 대답을 못하자 쑥스러워 그런 걸로 보였는지 얼빠진 공주가 뱅글거리며 말했다.

"너, 그때 우리 집에 나 보려고 왔었지?"

햇빛이 따가웠고 몇몇 회원들의 눈빛도 따갑게 쏟아졌다. 아무러면 내가 저런 밋밋한 얼굴을 좋아했을까. 눈만 껌뻑이는데 다행히 그 애가 말을 보탰다. 그 금붕어들은 다 어쨌니?

금붕어? 그때야 생각났다. 그 애는 수족관집 딸이었다. 나는 그때 수족관 위층에 있는 영어학원에 다녔고. 엄마의 성화에 못 이겨 학원에 갔다 올 때면 수족관 집에 들러 금붕어를 한 마리씩 사곤 했었다. 다 어쨌냐고? 집에 가면 옷도 벗기 전에 비닐봉지에 든 그것을 유리그릇에 쏟았다. 그리곤 가만히 들여다보았다. 한참 들여다보면 궁금증이 생기곤 했다. 비늘을 벗기면 어떻게 되는지, 지느러미를 자르면 정말 헤엄을 못 치는지, 배를 가르고 내장을 빼면 얼마 동안이나 숨을 쉬는지, 송곳으로 찌르면 피는 나는지…… 물론 조용히, 녀석들의 고요하고 우아한 몸짓을 바라보기만 한 날도 많았다. 그러다 밤이 깊어지면 금붕어들을 변기에 넣고 물을 내렸다. 나는 얼빠진 공주에게 말했다. 다 구워 먹었다, 어쩔래? 얼빠진 공주가 있는 힘껏 눈을 흘기더니 말했다. 오랜만에 만난 네 첫사랑에게 펜스기술 좀 알려줘라.

기흠이가 십 미터쯤 앞에서 벽을 향해 달렸다. 한 다리를 내밀어 벽을 참과 동시에 벽 위로 손을 뻗었다. 찰 때의 반동력을 이용해 팔을 구부리면서 벽 위로 올렸다. 그러나 몸까지 끌어올리지는 못하고 번번이 바닥으로 주저앉았다. 계속 미끄러지면서도 기흠이는 다시 악착 같이 달려들었다. 맨손으로 삼 미터가 넘는 벽을 기어오르려고 안간힘을 썼다. 마치 지가 이기나 벽이 이기나 씨름하려는 것처럼. 그럴 때 보면 녀석에게 은근히 독한 구석이 있다. 작년에 학교에서 소동을 벌였을 때도 그랬다.

5교시가 끝나고 쉬는 시간이었다. 나는 책상에 엎드려 있었다. 깜빡 잠들었나, 뒤쪽에서 비명이 터졌다. 고개를 들고 돌아보았다. 하얗게 질린 아이들의 얼굴이 눈에 들어왔다. 친구들을 깊은 충격에 빠트리고 순식간에 교실을 들끓게 한, 우리가 평소 찌질이라 불렀던 기흠이는 정작 피를 흘리면서도 태연했다. 아이들의 얼굴에 어린 경악, 공포와 태연자약한 기흠이의 모습이 커튼 새로 불어오는 오월의 바람처럼 싱그럽다는 생각이 들었다. 그러나 나는 반장이었다. 재빨리 달려가서 수건으로 기흠이의 팔을 감고 애들에게 소리쳤다. 119에 전화해! 기흠이는 결국 동맥을 끊지는 못했다. 어차피 죽을 생각도 없었던 것 같았다. 애들이 다 있는 교실에서 쇼한 것 보면. 기흠이는 여덟 시간에 걸쳐 스파게티 수술이라고 불리는 인대봉합 수술을 받았다. 애들은 두고두고 궁금해했다. 무시하지 말라고! 기흠이가 커터 칼로 손목을 그으며 했던 말이 누구에게 한 말이었는지, 무슨 의미였는지. 그날의 장면, 커터 칼과 피와 비명, 그리고 싱그러운 바람과 의연하던 기흠이의 모습 등은 나를 깊이 매혹시켰다.

기흠이는 땀을 뻘뻘 흘리며 계속 나자빠졌다. 그런 기흠이가 안 돼 보였는지 스카이하이 형이 와서 몇 가지 기술을 알려줬다. 발을 차고 그 반동력으로 다른 발을 차올리는 법, 팔을 뻗고 하나하나 올려가며 몸을 끌어올리는 법을. 핵심기술을 알려주어서인지 월담이 생각보다 쉽게 됐다. 스카이하이 형은 다른 기술들도 완벽하게 구사했다. 스턴트맨이 꿈이어서인지 몸놀림 자체가 우리와 달랐다. 후드티도 원래 겁이 없는 놈인지 제 키의 두 배쯤 되는 곳에서도 바람처럼 뛰어내렸다.

술래잡기 하자. 햇볕에 발갛게 탄 기흠이가 와서 말했다. 맞아, 더 지치기 전에 한바탕 뛰어줘야지. 말을 마치자 기흠이가 먼저 내 어깨를 치고 달아났다. 팔을 쳐든 채 몸을 꼬고 있는 여자 조각상 앞에서. 나는 술래가 되어 쫓아갔다. 기흠이가 지하로 내려가는 통로를 달려가다 벽에 손을 대고 몸을 삼백육십 도로 회전시켰다. 나도 같은 자세로 돌았다. 기흠이가 안전봉을 잡고 한 바퀴를 더 돌았다. 기흠이는 운동감각이 좋았다. 동작에 대한 분석은 내가 나았다. 기흠이가 미술관 옆 계단을 두 칸 세 칸씩 뛰어올랐다가 여덟 칸을 한꺼번에 뛰어내렸다. 다시 올라갔다가 펜스를 잡고 파워턴을 하며 내려왔다. 나도 같은 동작을 하며 따라갔다. 나는 어느새 낯선 소년이 되어 있었다.

분식집에서 라면을 먹을 때 한 소년이 눈에 들어왔다. 내 또래쯤되어 보이는 텔레비전 속의 소년은 계속 달리고 있었다. 달리고, 달리고, 또 달렸다. 열 몇 칸의 계단을 한꺼번에 뛰어내렸고, 거리를 달리며 마주치는 모든 장애물을 바람처럼 뛰어넘었다. 아니 장애물만 골라 타넘고 다녔다. 벽에 두 손을 대고 몸으로 컴퍼스처럼 원을 그리며 돌았고, 두 발로 벽을 차고 올라 백덤블링을 했다. 높은 벽을 스파이더맨처럼 기어 올라가 담과 담, 지붕과 지붕 사이를 새처럼 날아다녔다. 한참을 뛰고 난 소년을 카메라가 끌어당겼다. 벽에 기대앉은 소년이 거친 숨을 내뱉으며 말했다. "한 번 뛰고 나면 죽을 것 같아요." 그 말을 듣는 순간 가슴에서 쨍하고 얼음 갈라지는 소리가 들렸다. 숨통이 좀 트일 것 같았다. 나는 스마트폰으로 야마카시를 검색했다. 육 개월 전의 일이다.

기흠이는 가끔 어려운 기술도 구사했지만 대개는 기본적인 동작들을 하며 달아났다. 나도 야마카시 액션을 하면서 따라갔다. 이것이 이 술래잡기의 규칙이다.

햇빛이 머리통을 달구었고 숨은 턱까지 차올랐다. 좋아서 하는 일이라지만 뜨거운 태양 아래 장애물을 뛰어넘으며 달리는 일은 쉽지 않았다. 마침내 미술관 건물을 한 바퀴 돌았다. 숨이 턱까지 오른 기흠이가 조각상 앞에서 멈춰 섰다. 터질 듯한 가슴을 안고 달려간 내가 기흠이의 어깨를 쳤다. 다음은 내가 달아날 차례였다. 나는 우선 숨부터 골랐다. 기흠이도 옆에서 가쁜 숨을 토해냈다. 허리를 깊이 숙이고 숨을 쉬던 기흠이가 갑자기 쓰러졌다. 나는 놀라서 기흠이를 흔들었다. 이름을 부르며 뺨을 때렸다. 기흠이는 죽은 듯이 꼼짝하지 않았다. 나는 기흠이를 더 세게 흔들고 뺨을 때렸다. 그때 커피빈 파라솔 밑에 있던 사람들이 달려왔다. 누군가 기흠이의 얼굴에 물을 끼얹었다. 기흠이가 눈을 떴다. 내려다보는 눈들이 부담스러웠는지 도로 감았다. 사람들이 파라솔 그늘로 돌아가고, 경비 아저씨가 왔다. 다른 애들은 미리 피해 주변을 어슬렁거리고 있었다.

여기서 놀지 말라고! 머리를 단정하다 못해 단호하게 자른 경비 아저씨가 단호한 표정으로 말했다. 여기는 문화재들이 있어서 너희들이 함부로 장난치고 놀면 안 돼. 안 돼, 안 돼. 잔소리하는 아저씨의 얼굴은 작으면서 상대적으로 목이 길어 거북이처럼 보였다. 단단한 등껍질 같은 제복 위로 목을 쑥 뽑아 올린 경비 아저씨가 잔소리를 할 때마다 나는 대답했다. 알겠습니다. 네, 죄송합니다. 기흠이가 뒤돌아보는 체하며 중얼거렸다. 아, 씨발, 존나 재수 없어. 나는 공손하게 머리를 소아리며 예전에 키웠던 거북이를 생각했다. 등껍질에 점수를 적고 그 움직이는 다트 판에 화살을 날리면…… . 나는 아저씨의 얼굴에 무수히 화살을 날렸다. 하지만 결국 쫓겨났다.

우리는 호수 쪽으로 갔다. 호수로 내려가는 계단에서 칸을 늘려가며 뛰어내리기 연습을 했다. 조금하다 보니 재미가 없어졌다. 우리는 커피빈에서 조각공원으로 이어지는 고가다리로 갔다. 오 미터쯤 되어 보이는 곳에서 내가 먼저 뛰어내릴 준비를 했다, 기흠이가 아래를 내려다보고 말했다. 너무 높다. 발아래가 아득하고 멀게 느껴지기는 나도 마찬가지였다. 하지만 두려움은 도전하지 않으면 극복되지 않는다.

"될 것 같아."

내가 말했다.

"안 돼, 뛰지 마."

"착지만 잘하면 돼."

내 말이 어이없는지 기흠이가 웃었다.

"하긴 착지만 잘하면 63빌딩도 남산타워도 무서울 건 없지."

"그래, 착지만 잘하면……."

나는 숨을 고르며 머릿속으로 동선을 그렸다. 점프를 하고, 날고, 적당한 순간에 착지를 준비하고, 안전하게 땅에 닿고. 이 초? 삼 초? 환희의 순간은 짧다. 그래서 더 간절한가? 나는 숨을 길게 내쉬고 난간으로 올라갔다. 걱정하는 기흠이를 등진 채 두 발로 힘껏 지구를 박찼다. 두 팔을 벌리고 하늘로 뛰어들었다. 짜릿한 느낌이 전신을 휘감았다. 그동안 나를 짓눌렀던 짜증이나 우울, 슬픔 같은 것들이 순식간에 사라졌다. 이렇게 공중에 떠 있으면 새가 되고 바람이 되고 구름이 되는 것 같다. 하늘이 되고 우주가 되는 것 같다. 그 우주가 바람처럼 안으로 흘러 들어와서 가슴을 뿌듯하게 채웠다. 그럴 때 망설임 없이 다시 지구를 받아들여야 한다. 나는 발바닥이 땅에 닿았는가 싶을 때 재빨리 몸을 굴려주었다. 성공! 온몸의 세포들이 일제히 살아나 소리 질렀다. 아, 아, 아, 선풍기 앞에서 입을 벌려 소리 낼 때처럼 아우성을 치며 기쁨에 떨었다. 얼빠진 공주가 멀리서 엄지손가락을 치켜 올렸다. 다른 회원들도 박수 치며 내 성공을 축하해주었다. 공중에서의 짜릿한 느낌과 착지하고 난 뒤 가슴이 터질 듯한 이 황홀함, 행복감. 이것이 야마의 진정한 맛이 아닐까.

악착스레 월담을 연습할 때와 달리 기흠이는 주저했다. 나는 주먹을 쥐어 보이며 멀리서 기흠이를 응원했다. 파이팅! 파이팅! 용기를 낸 기흠이가 아래로 뛰어내렸다. 더위를 피해 물속에 뛰어드는 아이들과 반대로 태양과 맞장 뜨며 하늘로 뛰어들었다. 물속은 뛰어드는 순간 긴장이 풀리지만 야마카시는 땅에 닿는 순간에 더 긴장해야 된다. 안 그러면 대형사고 아니면 죽음이다. 그렇잖아도 내 몸은 거의 죽음 직전이었다. 땡볕에서 다섯 시간을 뛰어다녔더니 온몸이 녹초가 되었다. 배도 고팠다. 나는 한쪽 벤치에 쓰러지듯 드러누웠다. 여기저기서 연습을 하는 사람들이 눈에 들어왔다. 피식 웃음이 났다. 무엇이 저들을 이 태양 아래 땀을 쏟도록 하는가. 무엇이 그들을, 우리를, 가만 놔두지 못하고 죽을 만치 몸을 괴롭히도록 하는가. 기흠이가 비칠비칠 걸어와 옆 벤치에 누웠다. 그리고 신음처럼 내뱉었다. 정말 죽을 것 같아!

사람들의 환호소리가 아득하게 들려왔다. 스카이하이 형이 뛰어내리고 있었다. 칠 미터도 넘어 보이는 곳에서 공중회전까지 하며 뛰어내리는 게 인간이 아니라 한 마리 새 같았다. 지나가던 사람들도 놀라 입을 다물지 못했다. 기흠이는 특히 열광했다.

누군가 나를 흔들었다. 깜빡 잠이 들었던 것 같았다. 스카이하이 형이 라면 사준대요. 후드티가 말했다. 우리는 편의점으로 몰려가 무서운 기세로 라면과 음료수를 집어 들었다. 배고플 때 컵라면 불 동안만큼 긴 시간이 있을까. 그 긴 시간을 조각내고, 라면 값을 지불한 형에게 예의도 차릴 겸 말을 건넸다.

"어떻게 하면 그렇게 야마를 잘해요?"

"연습, 무엇보다 연습을 많이 해야지."

나무젓가락으로 라면 뚜껑을 누르고 있던 기흠이가 끼어들었다.

"우리도 연습은 많이 하는데요. 쉬는 시간이나 점심시간에 체육실 가서 낙법도 하고, 철봉도 하고, 틈날 때마다 학교 담벼락 같은 데서도⋯⋯."

"너는 왜 야마카시를 하니?"

아까 기흠이가 후드티한테 했던 질문을 형이 내게 던졌다. 다른 질문을 하기 위한 사전 질문이겠지, 생각하며 대답했다.

"죽음이나 무화의 욕망은 아닐까요? 아니면 죽음을 견디고 돌아온 육체가 느끼는 희열, 충만감⋯⋯."

형의 눈이 커졌다. 익숙한 광경이다. 나는 수줍은 얼굴로 형을 마주보았다. 똑똑하지만 아직은 순진하고 겸손한 딱 중 삼짜리처럼 보이도록. 아니나 다를까, 형은 내게 심하게 감동받은 눈치였다. 어른들은 생각보다 단순하다. 모든 중 삼짜리의 뇌에는 같은 수의 영어단어와 수학공식이 저장되었을 거라 믿는다. 드물게 나처럼 특별한 아이를 만나면 그들의 머리는 금방 혼란에 빠진다. 그럴 때 그들은 또 단순하게 결론을 내린다. 뇌 속에 보통 아이보다 많은 정보를 가지고 있는 이 아이는 또래보다 영악하거나 되바라지지 않았어. 순수하고 정직하고 신뢰할 만해. 스카이하이 형 역시 믿음직스럽다는 표정으로 나를 보았다. 늘 그렇듯이 기흠이가 자랑스럽게 나를 보았고, 나는 웃었다.

라면을 먹고 우리의 번개모임도 끝을 냈다. 머리끝에서 발끝까지 안 아픈 데가 없지만 즐겁고 보람된 하루였다고 모두 입을 모았다. 복근이 당겨서 웃지도, 재채기도 못하겠다고 하면서도 돌아가는 그들의 얼굴에는 진정한 기쁨이 보였다.

지하철역을 빠져나오니 어스름이 내리고 있었다. 하루 중 내가 가장 싫어하는 시간. 울적한 나를 위로하려는 듯 어디선가 활기찬 노래가 들려왔다. '술래잡기 고무줄놀이 말뚝 박기 망 까기 말 타기 놀다 보면 하루는 너무도 짧아' 예전에 개그프로그램에서 나왔던 노래다. 돌아보니 석양을 등지고 그물망 속에서 붕붕 날아오르는 아이들이 보였다. 요즘 애들은 술래잡기나 말뚝 박기, 망 까기, 그런 걸 할 시간이 거의 없다. 뛰어놀 장소도 없고, 무엇보다 같이 놀 애들이 없다. 공부를 잘하는 애들은 잘하는 대로 못하는 애들은 또 못하는 대로 전부 학원에 가 있다.

친구들은 내가 불가사의하다고 했다. 학교에서 지들과 똑같은 수업 받고, 쉬는 시간에 같이 놀고, 지들이 학원 다닐 때마저 노는 내가 시험만 보면 일등을 한다고. 엄마는 그럴수록 학원에 가야 한다고 말했다. 선행학습을 해둬야 고등학교에 가서도 상위권을 유지한다고. 엄마는 외할머니만큼도 나를 모른다. 나는 원래 뛰기 좋아하고 한 곳에 오래 앉아 있질 못한다. 그래서 별명도 짱뚱어다. 종일 지치지도 않고 뛰어다닌다고, 어렸을 때 부모님 대신 키워주셨던 외할머니가 붙여주셨다.

기흠이가 자꾸 휴대폰을 봤다. 집에 빨리 가고 싶은 것 같았다. 몇 시까지 가야 되는데, 물으려다 말했다. 우리 방방 타자. 기흠이가 고개를 절레절레 흔들었다. 차라리 나더러 죽으라고 해라. 나도 금방 쓰러질 것 같기는 마찬가지였다. 발을 내디딜 때마다 다리에서 삐걱거리는 소리가 나는 것 같고 흠씬 두들겨 맞은 것처럼 몸을 가누기도 힘들었다. 그래도 혼자 집에 들어가기는 싫었다. 나에 대한 부모님의 사랑으로 가득 찬 넓은 집, 그러나 내가 들어가기 전에는 언제나 비어 있는 집. 생각만 해도 가슴이 무거웠다.

우리 집에서 놀다 갈래? 자꾸 매달리는 듯한 내가 싫지만 혼자 집에 가는 건 더 싫었다. 이제는 익숙해질 만도 한데 혼자서 맞닥뜨릴 어둠은 여전히 나를 불안하게 했다. 기흠이가 난처하다는 표정을 지었다. 보진 않았지만 그런 느낌이었다. 그때 기흠이의 핸드폰이 울었다. 걔네 엄마인 것 같았다. 빨리 오라고 말하겠지. 삼 년 동안이나 팽개쳐 두었다가 이제 와서 살뜰한 척하기는. 지 엄마가 없을 때 기흠이는 매일 나와 놀았다. 우리 집에서 같이 자기도 하고. 응, 응, 작게 대답하는 기흠이를 바라보다 나도 주머니에서 핸드폰을 꺼냈다. 1번을 길게 눌렀다. 응, 아들! 언제나 밝고 상냥한 엄마의 소리가 들려왔다. 그러나 말과 말 사이는 촘촘했다. 매장에 손님이 많은가 보다, 생각하며 모르는 척 엉겼다.

"엄마, 오늘 일찍 들어오시면 안 돼요?"

"다 큰 아들이 갑자기 왜 이러실까?"

그렇지, 나는 항상 의젓하고 점잖고 다 큰 애였었지. 외할머니가 돌아가신 초등학교 일학년 이후로…….

"그냥, 우리도 집에서 삼겹살이나 구워 먹었으면 해서요."

엄마의 말이 더 촘촘해졌다.

"고기 먹고 싶어서 그래? 친구들 데리고 일등 갈비집 가서 먹어. 엄마가 전화해 둘게."

전화를 끊었다. 눈물이 쏟아질 것 같아서 하늘을 올려다보는 척, 가장 오래된 방법으로 눈물을 수습했다.

내 부모님은 가난한 어린 시절을 보냈다고 했다. 그래서 많은 형제와 사소한 것까지 나누었다고 했다. 그들의 희망과 꿈이 싹도 피우지 못하고 좌절되어야 했을 때, 가난한 부모님을 무척 원망하고 경멸했다고 했다. 내 부모님은 자라면서 어떤 일이 있어도 가난 때문에 자식이 주눅 들거나 꿈을 포기하는 일은 없게 해야겠다고 마음먹었다. 덕분에 나는 언제나 부모님의 사랑이 치환된 물건들에 둘러싸여 있다. 그런데 가끔 이런 생각이 든다. 자신들 사랑의 크기만큼 내게 많은 것을 주시는 부모님이 사실은 내게 경멸당할까 봐 두려워하는 것은 아닌가. 그래서 죽도록 열심히 일을 하는 것은 아닌가 하는.

그래도 엄마와 나는 사이가 좋다. 대화도 자주한다. 하루에도 몇 번씩 전화로. 지금 어디니? 뭐하니? 밥은 먹었니? 숙제 했니? 뭐 필요한 것은 없니?

방방은 얼마 타지 못했다. 쏟은 힘에 비해 몸이 과도하게 솟구치는 바람에 앞구르기를 하다 무릎에 코를 박고 말았다. 티셔츠에 코피를 조금 흘렸고 기분은 더 더러워졌다. 초딩들도 다 돌아가고 방방 위엔 기흠이와 나만 남았다. 우리는 누운 채 어둠에 먹혀가는 하늘을 보았다. 저만치 나뭇잎들 사이로 아파트 건물이 보였다. 나는 차근차근 눈으로 밟아 우리 집을 찾았다. 우리 몫의 창을 찾았다. 언제나 그렇듯 캄캄했다.

갈비집 가서 갈비 먹을래? 기흠이가 말없이 고개를 저었다. 하긴 오늘 집에서 삼겹살 먹는댔지. 잠시 하늘을 올려다보다 물었다. 엄마가 오시니 좋아? 아, 뭐, 그냥. 기흠이가 어물거렸다. 속으로 욕했다. 바보, 빙신, 찌질이, 찐따. 몸을 일으키며 말했다. 그만 가자, 너네 아파트 앞까지 데려다줄게. 거리엔 도시의 밤을 지킬 불빛들이 하나둘 살아나고 있었다. 재미있는 얘기 해줄까? 나는 걸음을 옮기며 말했다.

"예전에 치와와를 한 마리 키운 적이 있어. 연한 갈색의 아주 작고 마른 강아지였지. 그런데 이놈이 오던 날, 몸을 부르르 떨더니 바로 기절을 해버리는 거야. 알고 보니 원래 약한 품종이어서 조금만 많이 움직여도 저혈당이 온대. 병원에서 시키는 대로 설탕물을 먹였더니 금방 살아나긴 하더라. 그 개가 그렇게 작고 예민하지만 똑똑하고 주인에 대한 충성심도 강하다잖아. 중 1때였어. 가게를 옮기면서 엄마가 시간이 났지. 개를 고모 집에 맡기고 같이 엄마랑 유럽여행을 갔다 왔어. 보름 만에 여행에서 돌아왔더니 개는 벌써 그 집 식구가 되어있더라. 충격이 너무 컸어. 그때를 생각하면……."

걷다 보니 벌써 기흠이네 앞 동이었다.

"오랜만에 벨튀, 어때?"

내가 말했다. 좋은 놀이는 아니지만 야마카시의 기본기를 충실히 한다는 이유로 가끔씩 하던 장난이었다. 기흠이는 역시 내켜하지 않았다. 많이 지치기도 했고 엄마와 약속한 시간도 이미 지나 있었다. 왠지 초조해진 내가 기흠이의 눈을 보고 최면을 걸 듯 말했다. 잠깐이면 되잖아. 내가 측은해 보였던 걸까, 기흠이가 마지못해 대답했다. 알았어. 내가 다시 말했다. 오늘은 반대로 해보자, 네가 갔던 집에 내가 가고 내가 갔던 집에 네가 가는 거야. 기흠이가 고개를 끄덕거렸다. 좋아. 그럼 넌 구백십 호, 난 팔백십 호, 오케이? 말이 끝나고 우린 앞 동의 엘리베이터를 탔다. 이상하게 서먹한 기운이 흘렀다. 내가 말을 꺼냈다. 그 치와와 어떻게 죽었는지 모르지? 기흠이가 고개를 끄덕거렸다. 나는 빙긋이 웃었다.

팔 층에 도착했다. 다행히 복도에 사람이 하나도 없었다. 나는 팔백십 호까지 가지 않고 팔백구 호 앞에 섰다. 벨을 눌렀다. 누구세요? 안에서 늙은 남자의 소리가 새어나왔다. 나는 대답하지 않고 기다렸다. 누구세요? 남자가 현관 앞까지 와서 다시 물었다. 나는 말없이 서 있다 오른손 가운데 손가락을 세워들었다. 그리고 어안렌즈에 대고 소리쳤다. 뻑큐! 안에서는 아무 반응이 없었다. 잠시 뒤 잠금쇠 푸는 소리가 나더니 벌컥 문이 열렸다. 나는 용수철에 튕긴 듯이 내달렸다. 그러나 스릴은커녕, 금방 김이 새고 말았다. 따라오는 발소리가 없었다. 에이, 노땅, 그렇게 쉽게 포기하다니. 하긴 처음엔 대개 그렇다. 적어도 며칠간 같은 장난을 쳐줘야 그쪽에서도 열 받아서 끝까지 따라온다. 그럴 때 제대로 달려줘야 잡히지 않고 운동도 된다. 나는 혼자서도 열심히 달렸다. 계단을 통째 뛰어내리고 핸드레일을 잡고 주르륵 미끄럼을 타면서 금방 일 층으로 내려왔다.

기흠이도 구백십 호에 가서 벨을 눌렀을 것이다. 한 번, 두 번. 그리고 여유 있게 빽큐를 하고 났을 때 안에서 긴장한 형이 뛰어나왔을 것이다. 말은 안 했지만 구백십 호는 내가 계속 벨을 누르고 튀었다가 잡혀서 뒤지게 맞은 적이 있는 고딩 집이다. 그 형은 인상부터 사납다. 반삭한 머리에 스크래치까지 넣고 떡대도 갑바도 좋다. 기흠이도 열심히 달렸다. 그런데 비상구로 빠질 기회를 놓친 것 같다. 복도 끝에서 그 형과 대치하고 있다. 형이 한 발씩 거리를 좁혀왔다. 우락부락한 인상에 잔뜩 쫀 기흠이가 슬쩍 주변을 살폈다. 잡히면 맞아 죽을 것 같겠지. 하지만 거긴 빠져나갈 구멍이 없다. 오직 한 곳, 복도 난간을 빼곤. 형이 한 발 더 다가서며 으르렁댔다.

"어디 도망쳐 봐, 이 씹······."

순간, 기흠이가 난간으로 뛰어 올랐다. 형이 입을 딱 벌린 채 얼어붙었다.

기흠이가 난간 외벽에 매달렸다. 대롱대롱, 위태롭게. 그 애가 떨어지기 전에 누군가, 어떻게든, 빨리 행동을 해야 했다. 그러나 기흠이는 몹시 지쳤고 형은 놀라서 옴쭉하지 못했다. 나는 너무 멀리 떨어져 있었다. 숨을 죽이며 지켜볼 수밖에. 기흠이의 팔은 얼마 동안이나 기흠이를 버텨줄까. 삼 분? 오 분? 그때 불쑥 다른 생각이 끼어들었다. 기흠이가 엉겁결이 아니라 구 층이라는 사실을 알고 달려든 건 아닐까? 설마…… 하지만 기흠이라면 충분히 그럴 것도 같았다. 그렇다면 넌 정말 멋진 놈이다. 대단한 놈이다. 나는 감탄했다. 속으로 응원을 보냈다. 그래, 네가 찌질이가 아니란 걸 보여줘. 진정한 야마카시인이 어떤 건지 보여줘. 그새 내 말을 알아들은 것처럼 기흠이가 고개를 빼 아래를 보았다. 의외로 겁먹은 얼굴이었다. 기흠이의 불안하게 흔들리는 눈과 내 눈이 허공에서 마주쳤다. 나는 고개를 끄덕여주었다. 기흠이의 얼굴이 순간 환해졌다. 안도의 빛이 번져갔다. 나는 속삭였다. 그 형이 움직이기 전에 어서 행동해. 용기 있는 너를 보여줘. 기흠이가 다시 등을 보였다. 숨을 고르며 머릿속으로 동선을 그리고 있을지 모르지. 혹시 포기하려는 건 아닐까? 가슴이 두근거렸다. 기흠이가 다시 고개를 빼서 나를 보았다. 나는 주먹을 쥐어 보이며 소리쳤다.

"넌 할 수 있어. 파이팅! 파이팅!"

기흠이의 얼굴에 비장한 각오 같은 게 어렸다. 마침내 결정을 한 것 같았다. 기흠이가 두 발로 난간 벽을 박차더니 공중제비를 돌기 시작했다. 나는 넋이 나가서 바라보았다. 내 입에서 나도 모르게 한마디가 튀어나왔다. 너무 높다.

기흠이가 하늘에 떠 있다. 새처럼, 바람처럼, 구름처럼. 아니 치와

와처럼.

그날, 치와와를 안고 아파트 옥상으로 올라갔다. 난간 밖으로 손을 내밀었다. 허공에 들린 치와와가 바들바들 떨었다. 나는 불안하게 흔들리는 개의 눈동자를 보았다. 조용히 시선을 맞추자 개가 차츰 안정을 찾아갔다. 그때 가만히 손을 폈다. 치와와가 놀라 일어서다 휘우뚱 뒤집어졌다. 허공에서 연속으로 공중제비를 돌았다. 아크로바틱 액션을 하며 치와와는 그렇게 바닥으로 떨어졌다. 나는 어스름 속에서 차분히 지켜보았다.

쿵, 둔탁한 소리가 들려왔다.

돌아서며 생각했다. 내일부터는 누구랑 놀지? 낮에 만난 그 얼빠진 공주? 그 애가 또 가고 나면…… 문득 지하철에서 본 기사가 떠올랐다. 나는 전화기를 꺼내 1번을 길게 눌렀다. 통화 연결음을 들으며 주문처럼 외웠다. 어둠을 함께 견디고, 언제까지 친구가 되어줄…… 엄마의 밝고 상냥한 목소리가 들려왔다. 나는 빠르게 외쳤다. 엄마, 악어 한 마리만 사주세요!

우리는 많은 것을
땅에 묻는다

영배는 먼 데서 오는 소리에 잠을 깼다. 마을의 저지대를 돌아서, 펠트 천을 덧씌운 간이 계사를 넘어서, 언덕 등성이 컨테이너에 누운 영배의 잠을 깨운 그것은 소리라기보다 묵직한 울림이었다. 소리는 포효 직전의 천둥처럼 으르렁대며 언덕을 기어 올라왔다. 영배는 누운 채 꼼짝하지 않았다. 두 눈을 허공에 굴리며 다가오는 소리가 자신에게 어떤 의미인지 생각했다. 시련일지 행운일지는 시간이 가야 알 것이었다. 영배는 이불을 머리끝까지 뒤집어썼다. 미녀가 옆에서 앓는 소리를 내며 돌아누웠다. 영배는 손을 뻗어 미녀의 이마를 짚어볼까 하다 그만두었다. 손은 온기를 느낄 짬도 없이 팽개쳐질 것이었다. 미녀가 다시 앓는 소리를 하며 돌아누웠다.

소리는 쉬지 않고 비탈을 기어 올라왔다. 몇 번을 돌아눕던 미녀가 더는 견딜 수 없다는 듯 자리를 차고 일어서다 신음과 함께 주저앉았다. 발치께에 엎드렸던 로미오가 놀라 목을 길게 늘였다. 미녀가 울듯한 얼굴로 로미오를 쳐다보았다. 한 손으로 로미오를 끌어안고 다른 손으로 방바닥을 밀어내며 힘들게 일어섰다.

미녀가 문을 열었다. 한층 위협적이 된 소리와 십이월의 차가운 공기가 할퀴듯 달려들었다. 미녀는 어깨를 움츠렸다. 로미오가 그런 미녀의 품을 파고들었다. 미녀는 앞자락을 여미고 어둑새벽 속으로 성큼 발을 내디뎠다. 좁은 마당을 가로질렀다. 잡목 숲으로 경중경중 백 미터쯤 걸어가서 걸음을 멈췄다. 서리 내린 풀숲에 로미오를 내려놓고 꼬리치는 놈의 엉덩이를 밀며 짧게 말했다. 가! 그리고 돌아섰다. 영문을 몰라 어리둥절해 하던 로미오가 미녀를 놓칠세라 빠르게 따라붙었다. 미녀가 돌아보고 발을 구르며 소리쳤다. 가란 말여! 사나운 표정에 무르춤했던 놈이 미녀가 돌아서자 다시 따라붙었다. 영배가 멀찍이서 보고 소리쳤다.

"가지가지 한다. 너는 죽어도 누가 돈 한 푼 안 주지만…… 이년아! 그 개새끼는 죽더라도 돈값을 하고 죽어."

미녀가 섰다. 영배를 향해 눈을 흘기더니 어깨가 들썩거릴 정도로 거칠게 땅을 차며 컨테이너 쪽으로 걸어갔다. 살아났네. 영배는 웃었다.

잠시 뒤 포클레인을 싣고 온 트럭이 계사 옆에서 거친 숨을 뱉었다.

사람들이 비탈길에 죽 늘어섰다. 영배는 천천히 비탈을 걸어 내려가다 길의 가운데쯤에 서서 방역복 입은 사람들을 바라보았다. 모두 사십 명 남짓 되어 보였다. 영배는 그 속에서 미녀를 찾았지만 어떤게 미녀인지 알 수 없었다. 방역복에 달린 모자가 영배의 숱 적은 머리를 가리고 보안경이 우묵한 눈을 가렸듯이 다른 사람들의 특징도 감추었기 때문이었다. 더군다나 사람들은 하나같이 마스크를 쓰고 또 손에는 고무장갑, 발에는 흰 비닐로 감발까지 하고 있었다. 그렇게 온몸을 쌌어도 치명적이라는 보도가 준 공포는 줄지 않은 듯했다. 사람들은 웃지 않았다. 굳은 표정으로 말없이 하늘을 올려보거나 길의 반대쪽에 선 사람들을 지루하게 바라볼 뿐이었다. 반대편의 집행부원들 표정 역시 어두웠다.

　차고 맑은 겨울해가 그들의 머리 위를 고루 비추었다. 집행부원 중의 하나가 마스크를 내렸다. 가축방역관이었다. 살찐 비둘기만 한 닭을 들어 올리며 방역관이 말을 시작했다. 이게 육용 종곈데…… 사람들의 시선이 일제히 방역관에게 쏠렸다. 거꾸로 치켜 올려진 닭이 놀라 날개를 퍼덕였고 가까이 섰던 사람들은 기겁하며 발을 뒤로 물렸다. 떨어져 있던 사람들은 불쾌감을 눌렀다. 모멸감 같기도 했다. 방역관이 말을 이었다. 계사는 모두 세 동입니다. 닭은 여기 일 동에 팔천 수, 이 동에 칠천 수, 삼 동에…… 방역관이 손을 들어 계사를 가리킬 때마다 죽은 듯 늘어졌던 닭이 날개를 퍼득이며 까욱거렸다. 사람들은 그때마다 움찔움찔 놀랐다. 영배도 눈살을 찌푸렸다. 안으로 들어가서 일곱 명 정도는 닭을 한 쪽으로 몰아서 마대에 담아주고, 나머지 인원은 매몰지역까지 그걸 나르시면 됩니다. 방역관이 작업 지시를 마쳤다. 자신의 농장이고 여태 자신이 키워온 닭이지만 영배는 한 마디도 하지 못했다.

눈앞의 사료통이나 겨우 분간될 정도로 어두운 계사 안에서 수천 마리의 닭이 먹고, 싸고, 삐악거리며, 숨쉬기도 힘들만큼 역겨운 냄새를 풍기고 있었다. 사료와 배설물이 쌓이고 다져진 바닥은 뭉클하면서 푹신했다. 씨팔! 어둠 속에서 누군가가 화를 뱉어냈다. 영배는 그 욕이 자신에게 하는 것 같았다. 그러나 조류독감이 자신의 탓은 아니었다. 그들을 여기로 불러 모은 것도 자신이 아니었다. 영배는 사료통을 치우려다 짧은 욕을 뱉고 밖으로 나왔다.

포획자들은 폭 일 미터 정도의 두루마리에서 투명비닐을 풀어냈다. 밖에 남겨진 사람들 중 몇이 비닐하우스 위의 펠트 천을 걷기 시작했다. 미녀는 어디로 갔는지 여전히 보이지 않았다. 아무리 생각해도 영배는 알 수 없었다. 다른 때 같으면 이불 둘러쓰고 죽네 사네 사나흘은 뻗댔을 미녀가 오늘은 하루 만에 자리를 털고 일어났던 것이다. 또 그럴 필요가 없다는 데도 매립작업에 간다며 부리나케 비탈을 내려갔다. 어젯밤에 죽을 것처럼 무섭게 앓던 것이 꾀병이었나 싶을 정도였다.

"그나저나 이년은 대체 어디로 간 것여."

영배는 목을 빼 사방을 두리번거렸다. 계사 안은 밝아졌고, 포획자들이 길게 풀어낸 비닐을 적당한 간격으로 세워 잡고 있었다. 저만치 안쪽에 미녀가 보였다. 저게 언제 저기 들어가 있었지? 영배는 사람들을 제치고 성큼성큼 계사 안으로 걸어 들어갔다. 미녀에게 다가가 가볍게 어깨를 쳤다. 미녀가 돌아보았다. 모르는 사람을 보는 듯 뜨악한 얼굴이었다. 영배는 당황했다. 그러나 그동안 자신의 눈과 품에 익었던 몸, 보안경 속의 부리부리한 눈, 미녀가 분명했다. 영배는 턱을 들어 바깥을 가리켰다. 미녀가 꼼짝도 하지 않았다. 두 손으로 비닐만 움켜쥐었다. 영배는 팔꿈치로 미녀의 옆구리를 찔렀다. 미녀가 비닐을 더 세게 그러잡았다. 둘 사이에 몇 번의 실랑이가 오갔다. 말 없이 지켜보던 사람들의 눈빛이 사나워졌다. 마지못해 미녀의 옆에 끼어들면서 영배가 내뱉었다. 멍청헌 년이 고집은 세서. 그 말은 미녀 아버지가 자신의 아내를 두고 자주 썼던 말이기도 했다.

작년 유월이었다. 초여름이었음에도 무더운 날이 며칠째 계속되고 있었다. 때 이른 더위에 지상의 모든 것들이 지쳐갔고, 영배가 깊은 애정을 쏟진 않지만 밤낮으로 안위를 걱정했던 닭들도 고온히스테리를 일으켰다. 영배는 사료를 잘 먹지 않는 닭들에게 단미사료를 주고 항스트레스제로써 비타민C도 줘야겠다고 생각했다. 그래서 모처럼 시내에 나갔다. 마음먹은 사료를 사고, 비타민제와 항생제와 항균제를 사고 급수기에 찐득하게 끼는 물때를 제거하기 위한 소독약도 샀다. 물건들을 다 실은 영배가 차에 올랐다. 시동을 걸고, 액셀러레이터를 밟은 발에 힘을 주다 뺐다. 빠뜨린 것이 없나 다시 봐야 할 것 같았다. 그때, 조수석 문이 벌컥 열리더니 낭랑한 소리가 튀어들었다.

"정말 아저씨네!"

큰 체격에 유난히 큰 눈이 먼저 눈에 들어오는 젊은 여자였다. 영배는 어리둥절했다. 끝이 돌돌 말린 짧은 청치마 밑으로 허옇고 튼실한 허벅지를 드러낸 여자는 기억에 없었다. 여자가 해죽 웃더니 암호를 대듯 말하였다. 김, 만, 술! 복잡한 퍼즐을 숙제로 받아든 학생처럼 영배는 눈을 껌벅거렸다. 여자가 다시 해죽 웃더니 손가락으로 제 가슴을 가리키며 덧붙였다. 딸! 딸? 그제서 헝클어졌던 영배의 기억 퍼즐이 한 조각씩 맞춰졌다. 김만술은 영배가 공장에 다닐 때 가까이 지냈던 사람이있다. 오륙 년 선쯤, 김만술이 갑자기 숨을 거뒀을 때 영배는 그의 장례절차를 주도했다. 그에게는 총명치 못한 아내와 중학생 딸만 있었다. 영배는 망자에게 약간의 의리가 남아 있었다.

훌쩍 자란 여자에게서 중학생 시절의 미녀를 찾아낸 영배는 그녀를 차에 태웠다. 차가 움직이기도 전에 미녀가 질문을 퍼부었다. 지금도 공장에 다녀요? 왜요? 그럼 뭐해요? 누구랑 살아요? 영배는 웃었다. 갓 입식한 병아리 같았다. 질문을 마친 미녀가 이번에는 자신의 근황들을 얘기했다. 영배는 친근하면서 낯선 여자가 뿜어내는 숨과 향이 싫지 않았다. 오랜만에 맡아보는 젊음의 열기, 달짝지근한 여자의 향기. 그는 숨을 크게 들이쉬었다.

차가 멈추자 미녀가 음료수를 마시고 가라며 붙들었다. 영배는 망설였다. 들어가봐야 어색하고 서먹하기만 할 것 같았다. 더 이상 인연을 이어갈 구실이나 명분도 없었다. 그렇다고 거절할 마땅한 이유도 없었다. 영배는 미녀가 잡아끄는 대로 주춤주춤 안으로 따라 들어갔다. 처마가 낮은 기와집에 들어서자 작은 개 한마리가 길길이 뛰며 미녀를 반겼다. 미녀 어머니는 자다 일어난 듯 하품만 계속했다. 영배는 쌍꺼풀이 짙은 큰 눈과 넓은 콧방울, 튀어나온 광대뼈를 그대로 딸에게 물려준, 오랜만에 들인 손님 앞에서 목젖이 드러나도록 하품을 하는 미녀 어머니를 보다 피식 웃었다. 말도 안 되는 소리라고, 속엣말을 혼자 부정까지 했다.

장례식장에서 손님에게 줄 음식을 담으며 아낙들이 수군거렸다. 먼저 말을 꺼낸 건 쑥색의 넓은 등판을 가진 여자였다.

"미녀네, 어저끄 저녁에 동태찌개 먹었다믄서?"

얼굴이 작고 해반드르르하게 생긴 여자가 눈을 치뜨며 물었다.

"근디, 그것이 어쨌다고?"

말을 꺼낸 아낙이 목소리를 낮추며 말했다.

"어쩌기는, 거그 복어알이라도 들었던 건 아닌가 혀서 그렇지."

"에그, 저놈의 주둥아리, 누가 들으면 어쩔라고. 엊저녁으는 미녀 아버지가 기양 얌전히 잠만 잤다는디, 술은 마셨어도 살림도 안 뿌수고 사람도 안 뚜드려 패고."

호들갑스럽게 놀라는 척 타박해도 말을 받는 아낙이 더 신나 하는 것 같았다. 떨어진 반찬을 가지러 갔던 영배는 못 들은 척 돌아섰다.

미녀 어머니가 새벽에 설핏 깼을 때 남편은 옆에 없었다고 했다. 습관대로 화장실에 갔거니, 그녀는 생각했다. 그녀의 생각대로 남편은 정말 화장실에 있었다. 그러나 쓰러진 채였다. 그녀가 아침에 발견했을 때 남편은 이미 이승에서의 볼일을 모두 마친 뒤였고, 몸에 남은 마지막 온기를 걷어가는 중이었다. 그녀는 투덜대며 남편을 방으로 끌어들였고 소란스럽게 구급차를 부르는 대신 이웃들을 불러서 말했다. 미녀 아빠가 죽었어요, 오늘 새벽, 화장실 앞에서.

하품 끝의 눈물을 닦아내는 미녀 어머니를 보며 영배는 생각했다. 구급차가 아니라 하느님이 왔어도 살려내지는 못했겠지.

영배는 일어섰다. 운전석에 앉아 차의 시동을 걸려다 따라 나온 미녀에게 말했다. 우리 집에 가서 닭이나 몇 마리 갖다 먹을래? 손으로 차양을 만들고 섰던 미녀가 고개를 끄덕이고는 안으로 뛰어 들어갔다. 잠시 뒤 품에 개를 안고 나왔다. 검고 늘씬하고 우아한 미니어처 핀셔였다.

포획자들은 익숙하게 닭을 몰았다. 비닐을 길게 세워 잡고 마치 멸치 그물 후리듯 척, 척, 흔들며 앞으로 나아갔다. 심중의 두려움이나 모멸감, 불안과 분노 따위를 온몸을 다해 털어내려는 것 같았다. 그들은 말을 하지 않았다. 움직일 때마다 빠스락 소리 나는 탄도 낮은 비닐을 흔들며 묵묵히 앞으로 나아갈 뿐이었다. 미녀는 건성으로 팔을 흔들었다.

"지금이라도 들어가 쉬어."

미녀를 흘끔거리다 영배가 말을 건넸다. 미녀는 못들은 척 대꾸하지 않았다. 옆 사람과 보조를 맞추느라 급히 한 발을 내딛고 나서 영배가 다시 말했다.

"아퍼 죽네 어쩌네 허지 말고 쉬랄 때 쉬어."

미녀는 여전히 말을 하지 않았다. 고집스럽게 앞만 보는 보안경 속 눈두덩이 시퍼렜다.

포획자들이 앞으로 갈수록 비닐울타리도 그만큼 좁혀졌다. 포위망이 좁혀지는 데도 닭들은 당황하지 않았다. 이리저리 휩쓸리기만 할 뿐 나아가지 않는 닭들을 보다 못한 영배가 울타리를 넘었다. 걸어가는 그의 귀에 가시 돋친 말이 날아왔다.

"개새끼, 죽게 패지나 말지."

영배는 주춤하다 그대로 걸어갔다. 양팔을 크게 벌려가며 손뼉을 쳤다. 휘휘, 소리까지 냈다. 뒤쳐져 어치렁거리던 닭들이 날개를 푸득이며 무리 속으로 뛰어 들어갔다. 바닥에서 입자 굵은 먼지가 피어올랐다. 영배는 숨을 길게 내쉬었다.

사십이 다 된 영배에게 그동안 여자가 아주 없지는 않았다. 짧게는 며칠에서 길게는 오 년여 동안 동거를 한 여자도 네 명이나 되었다. 여러 여자를 거치면서 영배는 여자에 대해 많은 것을 알았다. 여자들은 한결 같았다. 그에게 작은 편의를 제공하는 대신 그의 시간과 돈을 축냈고, 사소한 행동을 간섭했으며, 인내를 시험했다. 영배는 참다못해 화를 냈다. 여자들은 그의 화를 가볍게 여겼다. 소통되지 않는 괴로움을 견디다 못한 영배가 어느 날 주먹을 썼다. 소통은 생각보다 쉬웠다. 그 뒤로 영배의 여자들은 간간이 눈두덩이나 어깨에 아니면 팔이나 허벅지에 단순하고 과격한 소통의 흔적을 가졌다. 그 흔적이 온몸으로 번질 때쯤 여자들은 어디론가 종적을 감췄다. 마을사람들은 떠나는 여자들을 보지 못했다.

사람들은 미녀도 언젠가 종적을 감출 거라 믿는 것 같았다. 세월의 깊이만큼 얼굴에 주름이 잡힌 마을 아낙들은 그런 미녀를 안쓰러워했다. 그래서 깊은 정을 주지 않았다. 필수 기능만 남은 주름진 물건으로 세월을 더 느끼던 남자들은 여자를 자주 갈아치우는 영배에게 경의를 표했다. 그리고 어차피 떠날 여자라면 공유도 좋지 않나 싶어 일쑤로 넘보았다.

닭을 마대에 담는 작업이 시작되었다. 닭들은 제 목을 향해 뻗어오는 사람의 손을 피하지 않았다. 사람들은 천적으로부터 도망칠 일 없이 안온한 삶을 산 닭, 제때 먹이와 물을 공급받으며 천적의 존재를 잊고 산 닭들을 무나 배추처럼 쉽게 마대에 담았다. 가끔 날개를 푸득거리며 손을 뿌리치는 닭이 있기는 했다. 더러 비닐 울타리를 뛰어넘기도 했다. 그러나 반대편으로 가서는 무엇 때문에 넘었는지를 잊어버린 듯했다. 멀뚱히 서서 물음표 같은 머리만 갸웃거렸다. 저런 멍충이, 닭대가리들. 영배는 중얼거렸고 미녀가 닭의 날갯죽지를 잡아다 마대 속에 쑤셔 박았다. 거칠게 욱여넣어진 다음에야 닭들은 다시 나오고 싶어서 버둥거렸다. 미녀가 바르작대는 닭을 발로 찼다. 닭은 얌전해졌다. 영배는 새로 잡은 닭을 그 위에 얹었고 들어간 닭이 튀어 오르자 미녀가 또 발길질을 했다. 영배는 인상을 찌푸렸다. 그러나 자비심이 일을 돕지는 못했다. 어차피 두고 보자는 관상용 닭도 아니었다.

102

"포르말린을 태우라 마라 지랄 생굿을 다 시키더만."

미녀가 들은 척도 하지 않았다. 마대 속의 닭을 향해 발길질만 했다. 영배는 흘끔 곁눈질을 하고 나서 말을 이었다.

"개새끼들. 헛심만 잔뜩 쓰게 혀놓고 닭들은 죽도 않고. 계사가 넓어서 약을 넣고 온도를 높이지 못혔네, 재래식 계사라 밀폐가 안 되네, 핑계만 대쌓고."

마대 속의 닭이 또 튀어 오르자 미녀가 다시 발길질을 했다. 열 마리 정도의 닭이 들어간 마대의 지퍼를 채우고 영배가 말했다.

"야, 그렇게 신경질 부릴라먼 기양 집에 올라가 버려. 아퍼 죽는다고 할 때는 언제고."

영배가 마대를 불끈 들어 계사 입구로 옮기며 중얼거렸다. 오늘은 일 안 혀도 된다니까 괜히 나와서 사람 성질만 돋구고 있어.

영배의 마을에 조류독감이 발생한 것은 열흘 전이었다. 전국에서 가장 큰 양계 사육지인 이곳은 지난 사십여 년 동안 태풍이나 홍수, 폭설이나 산불 같은 자연재해가 한 번도 없었다. 가뭄이나 전염성 질환도 늘 먼 곳의 얘기였다. 사소한 옥신각신을 빼면 마을은 세상 어디보다 안전하고 평화로웠다. 전날만 해도 영배는 미녀가 끓인 동태찌개를 두고 평화로움 속에서 저녁을 맞고 있었다.

영배는 기분이 좋았다. 미녀가 자신을 위해 차린 밥상을 대할 때면 전에는 알지 못했던 따뜻한 기운이 가슴에 차오르곤 했다. 냄비 속에서 명란을 집어 들며 영배가 말했다.

"설마, 복어알은 아니겠지?"

"그게 뭔 소리 데요?"

밥숟가락을 입에 가져가던 미녀의 낯빛이 바뀌었다. 영배는 아차 싶어 말을 거뒀다. 아녀, 암껏도. 영배는 얼버무렸고 미녀가 샐쭉 말을 받았다.

"암껏도 아닌 것이 아닌 것 같은디요?"

아니라는 데도 불퉁거리며 말꼬리를 잡는 미녀 때문에 영배의 좋았던 기분이 반감되었다. 영배는 뭐라 대꾸하지 못하고 국물을 떴고, 미녀가 고시랑댔다.

"사람이 나이를 먹어갖고 헐 소리가 있고 못 헐 소리가 있지."

울컥 화가 치민 영배가 동태 가시 뱉듯 말을 던졌다.

"정말 이 속에 복어알이 든 것 아녀?"

미녀가 애먼 소리 한다고 화를 냈다. 영배는 반대로 느물거렸다.

"너 정말 아무것도 모르는 거냐, 알면서 모르는 척 허는 거냐. 동네 사람들은 늬엄마가 아빠를 죽였을 거라고 허든디."

그 말을 들은 미녀가 팔팔 뛰었다. 영배 또한 지지 않았다. 사소한 농담으로 시작된 그들의 말은 시간이 갈수록 거칠어져 근처의 밤공기를 사납게 흔들었다. 팽팽하게 맞섰던 둘의 싸움은 언제나 그렇듯 영배의 주먹이 미녀의 입을 틀어막고서야 끝났다.

다음 날, 영배는 미녀를 달래서 시내에 갔다. 눈두덩에 유난히 파란 아이샤도우를 칠한 미녀에게 분홍색 파카를 골라 주고 대형 마트에 가서 몇 가지 겨울용품과 일상용품들을 샀다. 그들이 중국집에 들러 자장면까지 먹고 났을 때 한적하고 평화롭던 마을은 발칵 뒤집혀 있었다.

마을은 흰옷을 입고 몰려온 사람과 그들이 타고 온 차들로 혼잡했고, 알 수 없는 활기로 가득 차 있었다. 그러나 낯선 사람들이 자아내는 어수선한 활기 속에 정작 마을 사람들은 소외된 듯 보였다. 표정이 가라앉아 있었다. 차에서 내린 영배가 조심스레 물었다. 무슨 일이 생겼어요? 장작 불가에 모여 있던 사람들 중의 하나가 시퉁하게 내뱉었다. 몰라, 조류독감인가 뭔가.

그날 저녁, 영배는 타미플루와 방역복을 지급받고 최초 AI 발병 농가에 가서 밤을 새워 닭을 묻었다. 아침이 돼서야 집에 온 영배는 종이박스에서 선풍기 모양의 히터를 꺼냈다. 텔레비전에서는 발병농가로부터 반경 오백 미터 이내 오염지역 농가는 닭뿐 아니라 모든 가축들, 심지어 집에서 기르던 개와 고양이까지 살처분 한다는 얘기가 흘러나왔다. 로미오를 품에 안고 있던 미녀가 걱정스레 말했다. 정말 다 죽일까? 눈이 몹시 충혈된 영배가 대답했다.

"우리 닭은 해당 안 되야."

"그려도, 멀쩡한 개까지 다 죽인다는디."

영배는 다시 돌아보았다. 미녀가 양손으로 로미오의 앞다리를 잡고 있었다. 두 다리를 잡힌 로미오가 방아깨비처럼 폴짝폴짝 뛰어올랐다. 길게 하품을 한 영배가 말을 받았다.

"너는 안 죽일 팅게 걱정허들 마라. 그리고 그 개새끼 좀 밖에 못 내다놓냐?"

미녀가 로미오를 품에 안아 들었다. 뛸 때의 흥분이 가시지 않은 놈이 미녀의 무릎 위에 뻣뻣이 서서 눈만 뒤룩거렸다. 미녀가 손바닥으로 개의 등허리를 쓰다듬었다. 개가 천천히 몸을 낮추었다. 히터의 조립을 끝낸 영배는 플러그를 꽂고, 열선이 달아오르자 미녀 쪽으로 돌려주었다. 불빛을 받은 미녀의 얼굴이 환해졌다. 빈 박스를 윗목에 밀쳐두고 영배는 자리에 누웠다.

가물가물 잠 속으로 빠져들던 영배의 눈에 낯익은 얼굴이 들어왔다. 영배는 눈을 크게 떴다. 훤칠한 키, 가무잡잡한 얼굴과 널찍한 이마. 남자는 영배에게 양계를 권유했던 정 씨였다. 정 씨는 삼 년 전에 칠억 원을 융자받아 계사를 모두 현대식 무창계사로 신축했다. 그러나 지금은 살처분이 확정된 일곱 개 농장 중의 하나였다. 텔레비전 속의 정 씨가 말했다.

"이십 년이 넘도록 닭을 키웠어도 이런 날벼락은 처음입니다. 도대체 뭘 어떻게 해야 될지 모르겠어요. 생계는 고사하고 외상으로 산 사료값과 은행의 대출이자 갚을 일이 막막헙니다."

정 씨가 말끝에 허공을 잠시 바라보았다. 정말 막막하다는 표정이었다. 영배는 채널을 돌렸다. 몇 명의 패널이 말굽 모양 테이블에 둘러앉아 조류독감에 대해 얘기하고 있었다. 말끔하고 점잖고, 한 마디

말에도 위엄을 실을 줄 아는 그들이 필요 이상으로 전문용어를 썼으므로 영배는 곧 잠에 빠져들었다. 로미오도 미녀의 품에 안긴 채 잠이 들었다. 놈을 내려다보는 미녀의 눈에서 오래도록 근심의 빛이 떠나지 않았다.

계사 밖으로 마대자루가 나왔다. 밖에서 기다리고 있던 사람들이 어깨에 마대를 하나씩 둘러멨다. 죽지 않기 위해, 죽음을 무릅쓰면서 한 무더기의 죽음자루를 둘러멨다. 그리고 계사 뒤로 난 좁고 어설픈 길을 앞서거니 뒤서거니 걸어갔다. 본격적인 매립작업이 시작되었다.

겨울답지 않게 햇살은 밝고 따뜻했다. 전능하신 이가 처음 만들고 보시기 좋았다던 그때 그랬을 것처럼 하늘도 티끌 하나 없이 파랬다. 소독약 냄새가 가끔 바람에 실려 오기는 했지만, 공기 또한 신선하고 맑았다. 소변을 보러 나온 영배는 답답한 닭장 안으로 들어가기 싫었다. 마대를 둘러메고 행렬을 뒤따랐다.

구덩이 앞까지 간 사람이 마대자루를 메다꽂았다. 무표정한 얼굴이었다. 뒤따라간 사람도 마대자루를 던졌다. 들 것에 담아온 사람들은 털어내듯 힘을 합쳐 던졌다.

어깨를 기울이다 영배는 소스라치게 놀라 땅에 주저앉았다. 커다란 짐승이 아가리를 벌리며 달려들었던 것이다. 일어나서 도망가려 했지만 다행히 더는 쫓아오지 않았다. 겨우 숨을 돌린 영배가 조심스레 아래를 내려다보았다. 검은 아가리는 몸통을 가늠할 수 없을 정도로 컸다. 조금이라도 방심해 빨려 들어가면 영영 빠져나오지 못할 것 같았다. 이상했다. 며칠째 매립작업에 참여했고, 이보다 크고 깊은 구덩이도 여럿 봤지만 무서움이 들기는 처음이었다. 구덩이를 감싼 검은 비닐 때문인 것 같았다. 그동안 영배가 참여했던 매립장에서는 모두 바닥에만 비닐을 깔았다. 침출수로 인한 토양과 식수의 오염을 막기 위해서, 라고 방역관이 말했다. 마음을 진정시킨 영배는 마대를 들어 구덩이에 던졌다. 한참을 굴러가던 마대가 바닥에 닿았다. 돌아가는 그의 귀에 삐악거리는 소리가 날아와 송곳처럼 박혔다.

옛날부터 땅에는 많은 것이 묻혔다. 자연사나 사고사를 당한 인간 말고도 불온 불순한 모든 것들이 다 묻혔다. 지난 오 년 동안만 해도 돼지 콜레라로 돼지가 묻혔고, 몇 번의 조류독감으로 수백만 마리의 닭이 묻혔으며, 브루셀라에 걸린 소가, 구제역에 걸린 소와 돼지가 무더기로 땅에 묻혔다. 인간에게 키워져 인간의 혀에 봉사하는 것 말고는 따로 존재 이유를 찾을 수 없던 그것들이 언제부터인가 인간을 위협했다. 그래서 전부 땅에 묻혔다.

언제 따라왔는지 미녀가 마대자루를 메다꽂았다. 의외로 담담한 표정이었다. 마주 오는 사람에게 길을 비켜주던 영배는 고개를 갸웃했다. 언젠가 이런 상황이 있었던 것 같았다.

첫 번째 계사가 거의 비워질 무렵 자원봉사자들이 밥을 가져왔다. 붉어진 태양은 서쪽 산꼭대기에 걸터앉고, 바람이 품에 날을 세우기 시작했을 때였다. 영배는 식판을 들고 줄의 끝에 가서 섰다. 눈으로 미녀를 찾았지만 보이지 않았다. 갈잎을 흔들고 가는 바람과 마른 억새 위로 날아가는 검은 새를 바라보는 동안 줄이 당겨졌다. 영배는 밥을 받아들고 사람들을 따라 비탈길을 올라갔다. 길 가운데 숲에서 주워온 삭정이로 누군가 모닥불을 피워놓았고 그 주위에 모여앉아 사람들이 밥을 먹고 있었다. 미녀는 거기에 있었다.

"혼자 먹응게 목구멍에 밥이 잘 넘어가냐?"

굳이 미녀의 옆을 비집고 들앉으며 영배가 말했다. 미녀는 대꾸하지 않았다. 흘깃거리며 장갑을 벗다 영배가 다시 말을 던졌다.

"아퍼서 죽는 시늉은 다 허더니 일만 잘 헌다."

그래도 미녀는 반응하지 않았다. 육개장 국물에 뻘게진 밥만 꾸역꾸역 입에 퍼 넣었다. 영배는 종일 불어터져 있는 미녀가 못마땅했다. 뒤통수를 몇 대 쳐주고 싶어 손이 근질거렸다.

어제도 영배는 매립작업에 갔다. 하루 종일 닭을 묻고 돌아왔을 때, 미녀는 고추장과 양파를 넣고 보글보글 닭볶음탕을 끓여놓고 있었다. 같이 올라온 정 씨까지, 모처럼 셋은 상을 마주하고 앉았다. 상을 당겨 앉으며 영배가 말했다.

"너 좋아허는 고기만 처먹지 말고 이럴 때 술이나 한 잔 갖고 와봐라. 언제나 눈치가 좀 있을래."

로미오를 무릎에 앉혀놓고 살을 발라주던 미녀가 일어섰다. 주방으로 가는 미녀의 뒤를 로미오가 따라갔다. 또 그 뒤를 정 씨가 눈으로 쫓았다. 미녀의 펑퍼짐한 엉덩이에서 겨우 눈을 떼며 정 씨가 물었다.

"보상금이 적잖을 틴디, 다 뭣에 쓸랑가?"

"형님헌티 비허믄 푼돈이지요. 그것도 나와 봐야 뭣을 허든지 말든지 헐 것이고."

"어차피 몇 달 동안 일도 없을 틴디, 휴가라 생각허고 둘이 놀러도 다니고 맛있는 것도 사 먹고 허지."

미녀가 술병과 술잔을 들고 왔다. 기대에 찬 얼굴로 영배를 보았다.

"놀고먹고 헐 돈이 어디 있데요."

영배가 마른 가지 분지르듯 말을 잘랐다. 미녀의 얼굴에 실망스런 기색이 스쳤다. 인심 쓰듯 정 씨가 말했다.

"아따, 새경은 따로 못 줘도 가끔 멕이고 입히고는 혀야 헐 것 아닌가. 먹고 마시는디 그깟 돈이 들믄 얼마나 든다고."

"형님, 저것이 지금 머슴이오? 그리고 내가 여태 저것 밥을 굶겼소, 깨를 벳겼소. 다 멕이고 입히고 헝게 걱정허지 마시오."

불쑥 뱉어놓고 영배는 머쓱해했다. 정 씨가 얼른 눙치며 대꾸했다.

"그려, 자네 돈잉게 자네가 알아서 쓰겄지, 내 뭐라 헐라든가."

술잔이 여러 차례 오갔다. 술기운이 오른 정 씨가 은근슬쩍 미녀의 손을 잡았다. 예전부터 영배의 여자들에게 종종 해오던 버릇이었다. 영배는 말없이 술잔을 비웠고 로미오가 틈틈이 상 위로 얼굴을 디밀었다. 영배의 인상이 구겨졌다. 야! 이 개 좀 못 치우냐? 미녀가 재빨리 로미오를 품에 안았다. 허, 그놈 참 늘씬하게는 빠졌네. 정 씨가 미녀의 손을 뚜덕거리며 말했다. 잡힌 손을 비틀어 빼며 미녀가 슬쩍 영배의 눈치를 봤다. 얼굴이 붉어져 있었다. 정 씨가 술을 한 잔 더 마시고 손을 미녀의 어깨에 올렸다. 로미오가 다시 상 위로 얼굴을 내밀었다. 영배의 인상이 사나워졌다. 미녀는 어깨를 틀어 정 씨의 손을 털어냈고 정 씨가 또 모른 척 미녀의 어깨를 끌어당겼다. 영배는 말없이 자기 잔에 술을 따랐다. 고개를 젖혀 술을 마셨다. 정 씨가 미녀의 볼에 자신의 볼을 대고 비비적거렸다. 미녀가 히죽거리며 정 씨의 얼굴을 밀어냈다. 정 씨가 고개를 젖히고 게슴츠레한 눈으로 찬 찬이 바라보다 갑자기 미녀의 얼굴을 끌어당기며 입을 맞추려고 덤볐다. 미녀가 킬킬대며 도리질을 했다. 영배는 술잔을 내려놓고 고개를 푹 꺾었다. 정 씨가 입을 내밀며 달려들고 미녀는 고개를 크게 가로저었다. 실랑이를 하던 두 사람이 얼크러지며 바닥으로 넘어졌다. 상이 들썩였다. 술병이 바닥으로 뒹굴었다. 그 틈을 탄 로미오가 상 위에서 고기 한 점을 날름 집어 먹었다. 고개를 숙이고 있던 영배가 벌떡 일어났다. 동시에 로미오가 방구석으로 날았다. 영배가 쫓아가 로미오를 걷어차기 시작했다. 그의 옴팡진 눈이 살기로 번득였다. 날카로운 비명을 지르며 로미오가 허공으로 떠오르다 고꾸라지기를 반복했다. 미녀가 달려가 로미오를 안았다. 영배의 발이 미녀의 등으로 쏟아졌다. 정 씨가 비틀거리며 일어나 영배를 말렸다.

"정신 사납게 개새끼까지 지랄허고 있어."

영배는 씩씩거렸다. 취중에도 더 있으면 안 되겠다 싶었던지 정 씨가 허위허위 언덕을 내려갔다.

영배는 방을 빠져나가는 미녀를 낚아챘다. 미녀가 뒤로 벌렁 나뒹굴었다. 영배는 미녀의 머리끄덩이를 잡아다 패대기쳤다. 노려보는 미녀의 눈에 독기가 가득했다. 어쭈, 니가 노려보면 어쩔 건데. 영배는 미녀의 머리통을 사정없이 갈겼다. 옆구리를 박질렀다. 비명과 함께 미녀가 방바닥으로 뒹굴었다. 미녀가 비틀비틀 일어나 영배에게 달려들었다. 영배는 미녀를 떠다 밀쳤다. 발로 차고 지근지근 밟았다. 간간이 미녀가 반격을 시도했지만 오랜 시간 몸으로 밥벌이를 해온 사내의 강단과 완력을 당하지는 못했다. 쐐기를 박듯 발로 미녀의 등을 내려찍으며 영배가 소리쳤다. 이게 어디서 함부로 뎀비고 지랄이여.

영배는 방바닥에 주저앉았다. 거친 숨을 달래며 담배를 끌어다 불을 붙여 물었다. 길게 연기를 내뿜었다. 편안했다. 일상생활이 주는, 사소한 것을 인내하는 데서 생기는 짜증, 불만들이 연기와 함께 사라졌다. 늘 느끼는 것이지만 영배는 한바탕 힘을 쓴 뒤에 살아나는 몸의 감각들이 좋았다. 담배 한 개비가 거의 타들어 갔다. 영배의 눈에 미녀가 들어왔다. 허옇고 퉁퉁한 다리를 벌린 채 널브러진. 영배의 눈이 빛났다. 서둘러 담배를 끈 영배가 미녀를 끌어다 방 가운데 놓았다. 달려들어 치마를 걷었다. 왁살스럽게 팬티를 끌어내리고 다이빙하듯 덤벼들었다. 피가 맺히고, 찢어지고, 부풀어 올라 엉망이 된 미녀가 무거운 팔과 다리를 들어 영배를 뿌리쳤다. 하지만 억세게 밀어붙이는 사내를 당할 수는 없었다. 미녀는 손가락 하나 까딱하지 못하고 다시 늘어졌다. 얼마 간의 시간이 지났다. 자신의 방식대로 격렬하고 흡족하게 화해를 마친 영배가 몸을 일으켰다. 미녀는 죽은 듯이 꼼짝하지 않았다.

하여간 소갈딱지 허고는. 영배는 혀를 찼다. 엊저녁에 심하다 싶게 싸우기는 했지만 남들 다 하는 싸움이고, 또 그 자리에서 바로 화해하지 않았던가. 그런데도 하루 종일 꽁하고 있는 미녀가 한심스럽기만 했다. 고개를 살래살래 흔들어가며 영배가 말했다.

"독혀. 아무리 봐도 지 에미를 닮았어."

깍두기를 입으로 가져가던 미녀가 영배를 째려봤다. 예상한 반응이었다는 듯이 영배가 입꼬리를 올리며 비긋이 웃었다.

"니네 아버지, 동태찌개 먹고 죽은 거 정말 맞냐?"

미녀가 그대로 얼어붙었다. 모닥불 너머 검은 숲만 뚫어져라 바라보다 고개를 돌렸다. 빳빳하게 굳은 얼굴, 목구멍까지 차오른 무엇을 뿜어내는 듯 강렬한 눈빛. 영배는 찔끔했다. 그러나 곧 능글능글 웃으며 맞바라보았다. 한참을 쏘아보던 미녀가 뛰다시피 아래로 걸어내려갔다. 영배는 그런 미녀의 뒤통수에 대고 소리쳤다.

"내일은 개, 돼지 살처분 헌다는 거 알지? 니가 죽고 못 사는 그 개새끼도……."

한결 두터워진 어둠 속으로 미녀가 스며들 듯 사라져 갔다. 영배는 흐흐 웃고 나서 수북이 담긴 밥 위에 숟가락을 꽂았다. 듬뿍 뜬 밥을 육개장 국물에 말아 게걸들린 사람마냥 훌훌 입에 퍼 넣었다. 숙주나물 한 오라기 남기지 않고 아귀아귀 다 먹었다.

사람들이 웅성거렸다. 총리와 농림부장관이 마을에 온다는 것이었다. 닭을 나르던 사람들이 총리를 마중하러 안동네까지 휘적휘적 걸어갔다. 총리는 생각보다 많은 약속을 했다. 육 개월 분의 생계 안정비도 지급하겠다고 했다. 영배는 농장의 가동 중단에 따른 보상을 삼 개월 정도로 잡았다. 뒤엉킨 하늘과 땅을 손전등으로 분별해가며 돌아오는 길에 영배는 생각했다. 보상금이 나오면 뭘 할까. 정 씨 말처럼 미녀와 여행도 다니고 맛있는 것도 사먹고 할까. 지난가을은 유난히 기온변화가 심했고 일교차도 컸다. 조금이라도 폐사율을 낮추려고 영배는 하루 종일 계사에 살다시피 했다. 쉴 겨를이 없었다. 그렇게 키운 닭을 팔아서 먹고 마시고 놀러 다니라고? 영배는 고개를 세차게 저었다. 이참에 융자금을 보태서 무창계사를 만들까? 그 냄새나고 더럽고 시끄러운 계사를 하루에도 몇 번씩 들락거릴 것이 아니라 정 씨처럼 깨끗하게 옷 입고 따뜻한 아랫목에서 모니터로 관리하면 좋을 거야. 그런 생각이 돌아오는 영배의 발걸음을 가볍게 했다.

세 번째 계사도 어느새 반 가까이 비워졌다. 연일 매립 작업에 동원되었던 사람들의 얼굴에는 지친 기색이 역력했다. 늘어진 전선에 달린 알전구도 생기 없는 빛을 뿜었고, 미녀 역시 눈에 띄게 터덕거렸다. 엉덩이와 허벅지 아래로 붉은 흙물이 든 걸로 보아 넘어지기도 했던 모양이었다. 느릿느릿 걷는 미녀를 앞지르며 영배가 말했다. 지금이라도 올라가서 쉬어. 미녀는 그 말이 들리지 않는지 무거운 걸음만 묵묵히 떼어놓았다. 구덩이 앞에 다다른 미녀가 털썩 주저앉았다. 그녀의 지친 그림자가 따라와 아예 드러누웠다.

자정이 가까워져갔다. 밤이 점점 깊어갔고 닭들의 뾰족한 외침만 간간이 들려올 뿐 어떤 소리도 소요도 없이 일은 진척되었다. 마대를 나르는 사람의 수는 처음보다 많이 줄어 있었다. 총리 일행이 떠날 때 시청의 간부급 직원들이 수행 차 따라나섰고, 약삭빠른 인간들 몇도 그들에 휩싸여 사라졌기 때문이었다. 너무 지쳐서 비탈길에 아무렇게나 주저앉아 쉬는 사람도 적지 않았다.

영배는 구덩이 앞에 섰다. 미녀가 마대자루를 쌓아놓고 늘펀하게 기대앉아 있었다.

"뭐 허고 자빠졌냐?"

미녀의 다리를 툭 차며 물었다. 미녀는 뒤퉁스러운 표정을 지을 뿐, 꼼짝하지 않았다. 그녀의 어깨에서 미끄러진 어둠이 허벅다리 안에 그득하게 고여 있었다.

"너, 그 닭 다 빼돌렸다가 나중에 잡아먹을라고 그러지?"

이죽거리는 소리에도 미녀는 못 들은 척 고개를 틀었다. 영배의 눈초리가 사납게 치켜 올라갔다. 이게 사람 알기를…… 미녀는 그래도 묵묵부답이었다. 허벅지 안의 어둠이 뭉클 움직였다. 로미오였다. 두 발에 턱을 괸 채 영배를 올려다보던 로미오가 슬그머니 일어섰다. 겁먹은 눈을 두릿거렸다. 미녀가 손을 펴 로미오의 눈을 가려주었다. 하여튼 이따 보자. 영배가 잇새로 낮게 중얼거렸다.

영배는 구덩이 속으로 힘껏 마대를 던졌다. 그때였다. 불빛이 긴 꼬리를 끌며 달아나더니 숲이, 어둠이, 하늘과 달이 영배의 눈앞으로 달려들다 사라졌다. 순식간이었다. 그리고 영배는 구덩이 바닥에 납작 엎어져 있는 자신을 발견했다. 얼떨떨했다. 무엇에 떠밀렸나 의아해하며 몸을 돌렸다. 멀리서 불빛을 광휘처럼 두른 미녀가 굽어보고 있었다. 화가 치밀었다.

"저 멍청헌 년, 빨리 줄을 넌지든지, 사람을 불러야지!"

미녀가 깜짝 놀라 옆에 있던 것을 재빨리 영배를 향해 던졌다. 묵직한 것이 날아와 영배의 얼굴을 때렸다. 눈앞에서 별이 튀었다. 코가 으스러지는 것 같았다. 별이 사라지자 무겁고 단단한 어둠이 영배를 짓눌렀다. 숨이 막혔다. 마스크를 쓴 데다 얼굴을 덮은 닭의 부피와 무게 때문에 금방이라도 질식할 것 같았다. 갑자기 죽은 미녀 아버지가 떠올랐다. 제 아버지의 관 위에 담담하게 흙을 뿌리던 미녀의 얼굴도 떠올랐다. 영배는 발작하듯 마대를 밀어냈다. 기다렸다는 듯이 또 하나의 마대가 배에 떨어졌다. 영배가 벌떡 일어나 소리쳤다. 씨발년, 지금 장난허냐? 미녀가 씨익 웃었다. 허리를 구부리는가 싶더니, 누릿한 것이 빠른 속도로 허공을 가로질렀다. 방심하고 섰던 영배는 다시 뒤로 벌렁 나자빠졌다. 그때부터였다. 미녀가 영배의 위협 따윈 아랑곳없다는 듯이 본격적으로 마대를 던지기 시작했다.

"저년이 뒈지고 잪어서 환장혔어."

영배는 걸음을 옮겼다. 움푹진푹 벽 쪽을 향해 걸어가는 그 순간에도 마대는 쉬지 않고 날아왔다. 구덩이 너머에 낯선 얼굴이 나타났다. 어이! 어이! 영배가 다급히 소리 질렀다. 그러나 소리가 닿기도 전에 미녀가 그 사람의 마대를 빼앗다시피 받아서 영배를 향해 던졌다. 마대를 멘 다른 사람이 나타났다. 미녀가 다시 받아서 던졌다. 던지고 또 던졌다. 그중 하나가 영배의 머리를 정통으로 때렸다. 머리가 핑 돌았다. 이 정도로 그를 약 올린 여자는 여태 없었다. 영배의 몸이 분노로 벌벌 떨렸다. 심장이 터질 듯 벌렁거렸다.

"쌍년, 올라가기만 하면 바로 숨통을 끊는다."

악만 남은 영배가 날아오는 마대를 피하며, 때로 맞아가며, 걷다 기다, 엎어지다 뒤집어지다 하면서 앞으로 나갔다. 마침내 검은 벽이 나타났다. 발로 홈을 파면 금방 위로 올라갈 것 같았다. 마침 미녀도 보이지 않았다. 이년을 당장에 요절내리라. 영배는 씨근벌떡대며 발길질을 하기 시작했다. 금세 홈이 파였다. 영배는 홈을 딛고 올라서서 구덩이 밖으로 손을 뻗었다. 손가락 끝에 힘을 주며 가까스로 턱을 올렸다. 검은 덩어리가 눈앞으로 다가왔다. 로미오였다. 로미오가 영배의 손을 할퀴기 시작했다. 영배가 손을 들면 뒤로 물러섰다가 내리면 다시 다가와 할퀴었다. 땅을 짚은 영배의 손에서 자꾸 힘이 빠져나갔다. 저놈의 개새끼까지. 욕을 내뱉으며 영배는 땅을 짚은 손에 힘을 싣고 한쪽 다리를 구덩이 밖으로 걸쳤다. 바들바들 떨며 나머지 다리를 올리려는 순간, 육중한 흰 기둥 두 개가 눈앞을 막아섰다. 치켜든 손에는 맷돌만한 돌이 들려 있었다. 설마, 하며 웃음기 가신 미녀의 얼굴과 손에 들린 돌을 번갈아 보는 짧은 사이 퍽, 영배의 세상이 박살났다. 주저할 틈도 없이 영배는 구덩이 속으로 떨어져 갔다. 멀어져가는 의식 속으로 동거했던 여자들의 얼굴이 하나씩 달려들었다.

W

도움이 W를 다시 찾은 건 진희의 임신 소식을 들은 날이었다. 물론 그 전부터 도움은 많은 문제를 W와 상의했다.

　보통 아이들처럼 어릴 때의 도움도 머릿속에 사소한 궁금증들이 넘쳐났다. 파리에게도 피가 있나, 있다면 빨강색일까, 파란색일까, 검정색일까. 낮 동안 파랗던 하늘이 저녁이면 왜 붉어지는가. 숫자 열과 손가락의 개수는 어떻게 같을 수 있을까. 어린 도움의 궁금증은 매번 출구를 찾지 못했다. 아버지는 무심했고 어머니는 바빴다. 교육열만은 남다른 어머니가 사둔 책이 많이 있었지만 책 속에서 답을 찾는 길은 멀고 험난했다. 답을 찾는 동안 궁금증은 새로 떠오른 궁금증에 눌려 압사되곤 했다. 어린 도움의 머릿속은 압사한 궁금증의 잔해들로 항상 어수선했다. 중학생이 되어서는 많은 학생들이 그러하듯 급격한 신체적 발달과 정서적 혼돈의 시기를 보냈다. 어느 날은 꿈에, 정류장에서 본 소녀가 나타나 가슴을 뭉클하게 하더니 아랫도리까지 뭉클하게 해놓고 갔다. 도움은 그 야릇한 참담함을 누구에게도 말하지 못했다. 아버지는 여전히 무심했고 어머니는 바빴다. 도윰은 할 수 없이 W를 찾아갔다. 그 방면에 탁월한 식견을 가진 W는 세상의 어느 상담교사보다 친절했고 입이 무거웠다. 사실 W는 거의 모든 방면에 감탄할 만큼의 지식을 갖고 있었다. 기억력 또한 비상했다. 자신이 한 번 듣거나 본 것은 절대 잊지 않는 것 같았다. 그러면서도 아는 것을 뽐내거나 자신의 생각을 상대에게 강요하지 않았다. 묵묵히 들어주고 선택지만 제시했다. 스스로 깨우치고 선택하게 만들었다.

평범하고 소심한 청년 도윰에게 진희의 임신은 경천동지의 대사건이었다. 진희는 도윰보다 세 살이 많은 대학 선배였다. 올해 졸업과 동시에 여행사에 취직하였다. 그러나 도윰은 일학년, 그것도 한 학기만 겨우 마친 대학생이었다. 매일 동사무소로 출근하는 상근 예비역 군인이며 가장인 아버지가 이 년째 행방이 묘연한 상태였다. 제 처지만으로도 시름이 깊은 도윰이 말했다. 떼는 게 좋지 않겠어? 그러자 진희가 인상을 사납게 구기며 외쳤다. 나쁜 새끼! 온몸에 차오른 분노를 눈으로 뿜어내다 가방을 들고 휙 가버렸다. 드라마 속의 한 장면 같네, 하고 생각하면서 도윰은 스마트폰을 집었다. W를 불러내 시시껄렁한 농담을 주고받았다.

집에는 아무도 없었다. 어머니는 외출했고 동생은 기숙사에서 오지 않았다. 이 년째 행방이 묘연한 아버지도 묘연한 이 년에 하루를 더 보태고 있었다. 도윰은 제 방으로 들어가서 침대에 몸을 던졌다.

느닷없는 공격에 침대가 거칠게 저항하다 얌전해졌다. 도윰은 다시 스마트폰을 꺼냈다. W와 노닥거리는데 진희의 목소리가 귓전을 찔렀다. 너 같은 놈은……

차를 마실 때마다 숙우와 다반과 찻잔, 그리고 퇴수기까지 갖춰 우아하게 마시는 어머니도 화가 날 때마다 아버지에게 쏘아붙이곤 했다. 너라는 인간은……. 아버지는 조용히 멸시의 눈빛만 보냈다. 그것이 어머니를 더 화나게 하는 것 같았다. 집 안은 자주 난장판이 되었다. 도윰은 그때마다 제 방에 들어가서 아무 책이나 뽑아들었다. 글자들이 눈에 들어올 리 없었다. 언젠가 아버지의 어머니에 대한 분노가(반대로 어머니의 아버지에 대한 분노였는지 모른다) 도윰의 팔뚝에 유리 파편으로 찍힌 적이 있었다. 도윰은 병원에 실려가 깁스를 하였고 돌아와 다시 책상 앞에 앉았다. 책은 부모님과 자신을 분리하는 가장 효과적인 도구였다. 더 효과적인 건 사실 W였다. 하지만 부모님이 W를 무척 싫어하였다. 인간미도 없고 무책임한 데다 방임주의자라는 것이었다. 허구한 날 악을 쓰며 싸우는 당신들이 얼마나 비인간적이고 비교육적인지는 모르는 것 같았다. 자신들이 W를 찾아가도록 알게 모르게 부추긴 사실도 모르는 것 같았다. 도윰이 보기에 W는 세상 누구보다 인간적이며 박식했다. 친절하고 자상했다. 도윰이 알고 싶어 하는 것들을 상세히 알려주었으며 무리하고 낯 뜨거운 질문도 낯 붉히지 않고 잘 설명해주었다. 어리다고 무시하지 않았고, 짜증을 내거나 버릇없이 굴어도 화내지 않았다.

진희의 임신은 책으로 도피한다고 없어질 성질의 것이 아니었다. 그렇다고 결혼을 하자고 할 수도 없었다. 도윰은 십이 개월하고도 칠일 동안 군복무를 더 해야 했다. 전역한 뒤에는 삼 년 육 개월 동안 학교를 더 다녀야 하고 취직을 하면 학자금대출을 갚는데 그 정도의 세월을 탕진해야 했다. 그리고 지난한 시간을 버틴 자신을 위로하는데 또 그 정도의 시간을 써줘야 했다. 그런데 임신이라니. 결혼이라니. 어린 나이에 남편과 아빠라는 수갑을 수용해도 될 만치 진희를 사랑하는 것도 아니었다. 아무리 생각해도 결론은 한 가지였다. 원래의 상태로 돌아가는 것. 멋대로 도킹해서 (도윰의 입장에서) 진희의 신체 일부를 무단 점유 중인 정자와 난자를 늦게나마 체외로 배출시키는 것. 그것이 가장 현실적이고 합리적인 방법이었다. 더 커져서 우환덩어리가 되기 전에 고통을 나눠 가져야 했다. 지금쯤 흥분이 가신 진희도 같은 결론에 도달했을지 몰랐다. 도윰은 추리닝 바지로 갈아입고 침대에 누웠다. 싸늘하던 진희의 눈빛이 되살아났다. 아무래도 W와 상담을 해야 할 것 같았다.

도윰은 W를 찾아갔다. 겉보기에 평범한 W의 집은 크고 작은 방들이 아주 많았다. 서재와 공부방이 있고, 음악실과 영화방이 있고, 많은 사람이 환담할 수 있는 거실에 게임방까지 있었다. 너그러운 W는 도윰이 무시로 드나들어도 싫은 기색을 하지 않았다. 어설픈 훈계나 잔소리도 하지 않았다. 뒷방에 들어가 하루 종일 게임만 해도 모르는 척 눈감아 주었다. 그런 W를 깊이 흠모하는 도윰이 고민을 털어놓았다. 여자 친구가 임신했는데 어떡하면 좋을까요? 제가 아직 어리고 결혼할 형편이 못 돼요. W가 생각에 빠졌다. 그때 곁에 있던 사람들이 말했다. 같은 상황에 빠진 사람들이 주변인으로부터 받는 압력도 전했다. 그들이 한 말 중에는 네가 뿌린 씨는 네가 거둬라, 라는 점잖은 말에서부터 무능한 비겁자, 책임감 없는 색골, 같은 원색적 비난도 있었다. W가 직접 한 말이 아님을 알지만 도윰은 기분이 나빴다. 이 모든 게 진희의 탓이었다. 갑자기 사라진 아버지도 원망스러워졌다.

아버지는 태풍이 심하게 불던 날 사라졌다. 바람은 아침부터 세력을 키워오다 한낮이 되자 미친 듯이 세상을 흔들어댔다. 세상의 일부가 찢기고 부서지고 무너졌다. 학생들은 등교를 면제받았고 우편집배원인 아버지와 동료들도 출근은 했지만 휴업을 해야 했다. 건물이 쓰러지고 차가 뒤집히는 마당에 오토바이를 타고 나서는 건 자살행위나 마찬가지였다. 또 세상 어디라도 동시 소통이 가능한 이때에 목숨을 담보할 정도의 급한 우편물도 없었다. 하지만 아버지는 꿋꿋이 바람 속으로 나갔다. 동료들이 말려도 듣지 않았다. 치기인지 만용인지 객기인지, 만류하던 동료들이 불안한 혀를 찼다. 바람은 더욱 거세졌다. 한 시간쯤 지나서 우체국으로 주민의 전화가 한 통 왔다. 빨간 오토바이 한 대가 자기 동네의 큰 나무에 묶여 있다고. 아버지는 돌아오지 않았다. 도윰은 그날 밤새 W의 집에서 보냈다. 수집벽이 남다른 W의 방에서 그가 수집한 보물들의 갈피갈피를 기꺼이 헤맸다. 편안했고 진심으로 행복했다.

진희로부터는 그 뒤로 연락이 없었다. 일이 바빠서인지 '너 같은 놈'과의 미래를 제 삶에서 아예 삭제했는지 알 수 없었다. 차인회 멤버인 어머니는 시에서 주관하는 야생차 대회에 참여하느라 바빴고 아버지는 계속 부재로 존재했다. 도윤은 날마다 알람의 도움으로 출근해서 중대장과 선임의 히스테리를 받아내다 퇴근했다. 퇴근해서는 W와 시간을 보냈다.

진희로부디 언락이 끊긴 지 일주일이 되었다. 그날 도윤은 중대장과 선임으로 부족해서 칠십여 명의 예비군에게 단체로 욕을 먹었다. 훈련 변경을 통지했다는 것이 이유였다. 도윤은 집에 와서 군복을 벗고 가스렌지에 냄비를 얹으며 쉬지 않고 욕을 했다. 중대장과 예비군들에게 어느 정도 욕을 돌려주고 나자 마음이 진정되었다. 라면이 끓었다. 면의 투명도를 가늠하며 도윤이 불을 끌지 말지 망설일 때 전화벨이 울렸다.

"그동안 생각 좀 해봤어?"

다짜고짜 진희가 말했다. 불을 끄면서 도윤이 무슨 생각? 하고 물었다.

"정말 너란 인간…… 일주일이나 시간을 줬는데……."

기막혀 숨넘어가는 소리를 들으며 도윤은 냄비를 식탁으로 옮겼다. 무슨 생각이 퍼뜩 떠올랐다.

"누나야말로 여태 결정을 못 내렸어?"

깜짝 놀라 반문했다.

"나 봐, 아직 학생이고 군인이잖아. 또……."

"그래?"

이어 싸늘한 목소리가 고막을 때렸다.

"잠깐 창밖 좀 봐."

"어?"

"지금 당장 거실 창밖을 보라고."

도윰은 입으로 가져가던 면을 내려놓고 거실로 나왔다. 어두컴컴해진 앞 동의 옥상 난간 너머에 검은 실루엣이 보였다. 진희가 분명했다.

"왜, 왜, 왜 그래? 무슨, 무슨 일이야?"

또박또박 진희가 말했다.

"네 눈앞에서 죽어줄게, 잘 살아라. 이……."

"잠깐, 잠깐, 잠깐만 기다려!"

팬티바람의 도윰이 달려 나갔다.

도윰은 비로소 사태의 민감성을 깨달았다. 상황의 심각성을 눈치 챘다. 이건 아버지의 가출과는 격과 급이 다른 문제였다. 하지만 결혼이라니, 스물두 살에 애 아빠라니. 누군가 자신을 무너뜨리려고, 자신을 질식시켜 죽이려고 획책한 술수가 분명했다. 그런데 누가? 도대체 왜? 도윰의 정신적 멘토인 W도 이때만큼은 뾰족한 수를 제시하지 못했다. 아니 한 가지 수밖에 없다는 걸 둘 다 알고 있었다. W는 아까부터 말했다. 인생 망치고 싶지 않으면 책임져. 도윰도 같은 말을 계속했다. 섣불리 책임지는 것 역시 망하는 지름길인데요. 그럼 어떡할래, 죽는다잖아. 차라리 내가 죽고 싶어요. 베란다 난간에서 뛰어내리고 싶어요. 그런다고 일이 해결 되니? 그럼 어떻게 해요? 인생 박살내고 싶지 않으면 책임져. 얘기는 원점으로 돌아갔다. 아무리 그래도 도윤은 결혼만큼은 하고 싶지 않았다. 비난과 고성, 불화로 점철된 부모님의 생을 답습할까 두려웠다.

현관문이 열렸다 닫히는 소리가 들려왔다. 어머니였다. 제중을 실어 종종걸음을 걷는 것이 발을 끌며 스적스적 걷는 아버지와 달랐다. 뚜벅뚜벅 걷는 동생과도 달랐다. 발소리는 한동안 거실과 주방을 오락가락하다 사라졌다.

도윤은 혼자 안절부절못했다. 결혼을 한다고 말해야 하지만 입이 떨어질 것 같지 않았다. 돈 한 푼 못 버는 주제에, 아버지의 생사도 불확실한 이때에, 결혼을 하겠다고 차마 말할 수가 없었다. 곧 할머니가 된다는 사실에 어머니가 어떻게 반응할지도 걱정되었다. 그렇다고 말을 안 할 수도 없었다. 이대로 일주일을 더 버텼다간 진희가 목을 매달지도 몰랐다. 도윤은 심호흡을 하고 천천히 몸을 일으켰다. 거실을 지나 안방 문을 열었다.

어머니는 테두리에 장미무늬가 양각된 거울 앞에 앉아 있었다. 화장을 지우고 허름한 티셔츠를 입은 모양이 생동감 없이 지쳐 보였다. 공연을 마친 마리오네트 인형 같았다. 도윤은 눈치를 보며 어머니 곁에 엉거주춤 앉았다. 거울 속으로 아들을 일별한 어머니가 핏기 없는 얼굴에 스킨을 발랐다.

"나 결혼할까 하는데……."

도윤이 다시 소리를 끌어올렸다. 얼굴에 돼지껍데기를 붙이고 있던 어머니가, 중학생 때까지도 도윤의 엉덩이를 두드리며 아이고 이쁜 내 새끼, 라고 했던 어머니가 고개를 돌리지도 않고 말했다.

"미친놈."

도윤이 초등학교에 입학하면서 어머니는 더 바빠졌다. 자식을 명문대에 보내려면 할아버지의 재력과 아버지의 무관심과 어머니의 정보력이 필수라는 말이 교육의 정석으로 회자될 때였다. 할아버지의 재력은 몰라도 아버지의 무관심은 충분히 확보되었으므로 정보력을 두 배로 키우면 될 것 같았다. 자식이 파워엘리트로 성장해서 세상을 호령하리라 믿어 의심치 않던 어머니는 정보 교환을 위해 다른 어머니들을 열심히 만났다. 이런저런 명목으로 모임을 자주 가졌는데 몇 달이 지나지 않아서 몇몇 어머니들은 거의 매일 만나게 되었다. 만나서 차를 마시고 밥을 먹고 심심치 않게 고스톱을 쳤다. 그것은 저녁 식사나 술자리로도 자주 이어졌다. 도윤은 학교에서 돌아와 혼자 밥을 차려먹고 학원에 갔다. 고마운 W가 틈틈이 도윤을 들여다봐주었다. 도윤에게서 파워엘리트의 후광이 완전히 사라지자 아버지의 표정은 더 어두워졌고 어머니의 열정은 다도로 옮겨졌다. 어머니는 찻잎을 따서 말리고 달여 마시며 몸과 마음을 수련했다. 예의와 범절에 맞춰 우아하고 고상하게 포차를 하던 그 손으로 어머니는 얼굴에 돼지껍데기를 펴 발랐다. 도윤이 다시 소리를 끌어올렸다.

"여자 친구가 임신했어."

"장하다, 이놈아!"

어머니가 도윤의 뒤통수를 후려쳤다. 떨어진 돼지껍데기를 주워 다시 얼굴에 붙였다.

다음 날은 진희 어머니로부터 호출이 왔다. 칭찬과 격려를 하기 위함은 아닐 터, 거대한 구름과 같은 짜증이 긴장과 함께 밀려왔다. 도윤은 여느 때처럼 W에게 갔다. 안색이 좋지 않은 도윤에게 W는 무슨 일이냐고 묻지 않았다. 상대가 털어놓기 전에 그는 절대 먼저 묻지 않았다. 도윤은 진희 어머니로부터의 호출을 얘기할까 하다 그만두었다. 어떤 옷차림을 할 건지 무슨 말을 할 건지도 묻지 않았다. 간단한 인사만 건네고 뒷방에 들어가서 게임을 했다. 어느 순간 긴장이 풀리고 마음이 편해졌다. W 효과였다. W와 만나 얘기를 하다 보면, 아니 그의 집 어느 방에 앉아 있기만 해도 긴장이 풀렸다. 두려움이 사라졌다. 슬픔이나 아픔, 분노나 짜증 같은 것이 눈 녹듯 사라졌다.

도윤은 단정해 보이는 사복을 입었다. 꺼병이 같은 머리에 야구모자와 비니를 번갈아 써보다 무스를 발라 머리카락을 세웠다. 길을 나서자 산들바람이 머리카락들 사이로 지나갔다. 길가의 이팝나무들은 눈부실 정도로 하얗게 꽃들을 피워내고 있었다. 도윤은 이탈리안 레스토랑에 들어갔다. 처음 진희의 임신 소식을 들었던 곳이었다. 다행히 진희와 진희 어머니는 보이지 않았다. 도윤은 구석자리에 앉아 스마트폰을 꺼냈다. 다리를 길게 뻗고 W를 불렀다. 그때 진희가 어머니와 함께 나타났다. 도윤이 튕기듯이 일어섰다.

"지금 군인이라고?"

키가 크고 화장기 없는 얼굴에 생머리를 길게 늘어뜨린 진희 어머니가 도윤에게 물었다. 부드럽지만 냉담한 어투였다.

"네."

"아버지는 뭐 하시는 분이고?"

"얼마 전까지 공무원이었는데 지금은 퇴직하시고⋯⋯."

도윤은 침을 꿀꺽 삼키고 나서 말했다.

"시골에 잠시 내려가 계십니다."

"어머니는?"

"전업주부신데 취미로 다도를 하고 계십니다."

웨이터가 주문한 봉골레마레 파스타와 닭가슴살 샐러드를 가져왔다.

"결혼하면 뭐 먹고 살 거야?"

웨이터가 사라지자 진희 어머니가 한동안 당신 딸을 갉아먹고 살게 분명한 도윤을 추궁했다. 진희가 재빠르게 말했다. 엄마는, 지금 내가 벌고 있잖아. 진희 어머니가 한심하다는 눈빛으로 딸을 보았다. 익숙한 눈빛이었다. W와 어울릴 때마다 보이던 아버지와 어머니의 눈빛. 그 눈빛이 충동적인 허세를 불렀다. 도윤의 입에서 생각지 않은 말이 튀어나왔다.

"퇴근 후에 마트 알바라도 하겠습니다."

도윰에게 결혼은 발목에 쇠뭉치를 달고 사막을 행군하는 것이었다. 모래바람은 벌써 하늘을 뒤덮고 도윰에겐 지도와 나침반이 없었다. 햇빛가리개와 물통도 없었다. 도윰은 막막했다. 어쩌다 친척의 결혼식에 가서 서성거리다 밥을 먹고 온 게 전부였으므로 결혼식에 대해 아는 것이 전혀 없었다. 그 과정이 그렇게 복잡할지 몰랐다. 도윰은 W가 가까이 있음에 감사하며 그에게 매달렸다. 눈물겹도록 친절한 W가 먼저 상견례부터 하는 것이라고 말했다. 도윰은 상견례가 무엇이며 어떻게 하는 건지 물었다. W가 상견례의 의의와 상견례 시 지켜야 할 예절, 그리고 대화의 내용과 범위까지 자상하게 얘기해주었다. 장소로는 가격이 비싸지 않고 조용하면서 품위와 격조가 있는 한정식집이 적합하다고 했다. 맛좋고 서비스까지 좋다고 소문난 집을 몇 집 추천까지 해주었다. 도윰은 고마워하며 그중 한 곳을 예약했다.

아버지는 사라진 지 일주일 뒤에 우편으로 사직서를 제출해왔다. 그동안 아버지의 행방을 좇던 어머니는 그 일을 그만두었다. 아버지가 자신의 우울한 얼굴과 함께 어머니의 악다구니를 가지고 갔으므로 집안은 고요했고 평온했다. 도윰은 아버지의 부재가 나쁘지 않았다. 누군가 '가장 좋은 아버지는 죽은 아버지' 라 했다지만 연금을 남겨놓고 사라진 아버지는 더 좋은 아버지였다. 무엇보다 W를 만날 때 한쪽의 눈치만 봐도 되어서 좋았다.

아버지가 돌아가신 건 아닐까, 하고 가끔 걱정도 되었다. 그때마다 어머니는 고개를 세차게 저었다. 절대 죽을 위인이 못 된다는 것이었다. 아버지의 가출에 기여도가 높은 사람이 할 만한 행동은 아니었다. 말투에도 죄책감이 전혀 없었다. 아버지가 사라지기 전날에도 어머니는 자정을 넘겨 들어왔다. 아버지는 이미 잠든 뒤였고 둘 사이에 언쟁이나 다툼은 없었다. 잠들기 전에 아버지가 현관문을 열고 어딘가를 나갔다 오는 소리는 있었다. 다음 날은 며칠 전부터 예보됐던 태풍이 도시를 덮쳤다. 도시는 바람 속에서 사납게 울부짖으며 몸부림쳤다. 동대 근무를 마친 도윤은 서둘러 집으로 돌아왔다. 바람이야 불다 지치면 스러지겠지. 한시라도 빨리 W를 만나고 싶었다. 중대장과 선임에게 받은 스트레스를 털어내고 싶었다. 도윤이 종종걸음으로 경비실 옆을 지날 때 익숙한 소리가 들렸다. 경비에게 의류수거함을 열어달라는 어머니 소리였다. 도윤이 주춤하는 사이 어머니가 소리쳤다.

"우리 남편 그 씨발 놈이 내 옷을 전부 갖다 버렸어요."

도윤의 얼굴이 달아올랐다. 탕변, 형변, 성변, 기변을 논하며 고상하게 끽다를 하는 사람이 입에 올릴 만한 소리는 아니었다. 그러나 아버지는 그전에 카펫을 버리기도 했었다. 어머니는 그때도 욕을 하며 카펫을 찾아왔었다. 경비아저씨가 구겼다 편 초상화 같은 얼굴로 열쇠는 수거업체에서 관리하므로 안 된다고 말했다. 빨리 전화해서 가져오게 하라고 어머니가 재촉했다.

그랬던 어머니가 결혼이 현실로 닥치자 아버지를 찾아야겠다고 말했다. 왜? 없어도 되잖아. 도욤이 시큰둥해서 대꾸했다. 어머니는 아버지의 가출을 알려 사돈 될 사람들에게 얕보이기 싫다고 했다. 도대체 속을 알 수 없는 어머니를 보며 도욤은 생각했다. 책갈피 속에 든 단풍잎도 아니고, 이 년 동안 행방이 묘연했던 사람을 어디서 찾지?

도욤은 여기저기에 전화를 걸었다. 큰아버지와 고모는 핏줄의 행방을 몰랐다. 아버지와 가깝게 지냈던 친구와 동료들도 모른다고 했다. 아버지의 친한 친구이자 동갑내기인 삼촌은 뭔가 아는 듯했지만 입을 열지 않았다. 다시 W에게 의지하는 수밖에. 다행히 W는 자신의 인맥을 동원해주었다. 최선을 다해 도욤에게 협조했다. 그럼에도 아버지는 쉽게 발견되지 않았다. 산속 깊숙한 곳에서 초근목피 하는지, 외딴 섬에서 해초와 물고기로 연명하고 있는지 알 수 없었다. 도욤은 포기하지 않았다. W의 힘을 믿었다. 그리고 결국 아버지를 찾아냈다.

아버지는 신축 중인 작은 빌라에서 일을 하고 있었다. 벽돌공의 조수로 벽돌을 올려주고, 모르타르를 만들고, 벽돌공의 동선에 맞게 발판을 매주는 일이었다. 도욤이 소도시 건축현장에 갔을 때 능숙한 삽질로 시멘트와 모래를 건비빔하는 여자가 먼저 눈에 들어왔다. 가을 단풍잎색 머리에 딱 붙는 민소매 티셔츠와 짧은 치마를 입고 귀걸이와 목걸이를 치렁치렁 매단 여자였다. 희게 분칠한 얼굴에는 색조화장을 짙게 하고 있었다. 그러나 팔뚝과 검정 그물 스타킹 아래의 종아리가 매끈하지 않았다. 너무 울퉁불퉁해서 도저히 여자라고 믿기힘들 정도였다. 도윰은 노골적이지 않게 여자를 훔쳐보았다. 여자는그런 시선에 익숙한 듯 땀을 흘리며 삽질만 열심히 했다. 흘깃거리던도윰이 숨을 멈췄다. 아버지였다.

아버지가 모래 위에 삽을 꽂았다. 치마 주머니를 뒤져 담배와 라이터를 꺼냈다. 불을 붙여 담배를 한 모금 길게 빨고 난 뒤 아직 경악에서 벗어나지 못한 도윰에게 말했다.

"아직 내가 할 일이 남았니?"

먼지가 잔뜩 낀 소리였다. 도윰은 눈앞에 아버지를 보면서도 확신이 서지 않았다. 이 여장 남자가 정말 내 아버지인가, 다른 사람을 착각한 것은 아닐까. 그러나 아버지가 아니라면 나를 대하는 저 사람의자연스러운 태도는 뭐란 말인가. 약간의 확신을 얻은 도윰이 말했다.

"저, 결혼해야 돼요."

아버지가 잠시 도윰을 쳐다보았다. 바닥에 구르는 벽돌처럼 표정없는 얼굴이었다. 장하다 이놈아, 하고 뒤통수를 때린 어머니가 고마울 정도였다. 말없이 위로해준 W는 또 얼마나 감사한가. 아버지가현장사무실로 쓰는 듯한 컨테이너 박스에 들어갔다. 뾰족구두를 신고 나와 삐딱삐딱 도로로 내려갔다.

아버지가 울퉁불퉁한 종아리 아래로 망사스타킹을 밀어 내렸다.이런 모습의 아버지는 난감했다. 마주보기 민망했다. 까맣고 거친 얼굴에 파운데이션을 처덕처덕 바르고, 입술과 눈두덩에는 붉고 푸른

색을 짙게 바른. 아무리 분칠을 했어도 드러나는 굵은 주름과 수염, 그리고 성별과 체형을 고려하지 않은 옷차림은 혐오스럽기까지 했다. 스스로 예쁘다고 느끼는 걸까. 아니면 화장을 하고 여자 옷을 입고 주렁주렁 액세서리를 하는 자체를 즐기는 걸까. 도윤은 어머니에게 어떻게 말해야 할지 걱정스러웠다. 또 진희와 그 가족에게는……. 아버지가 치마를 벗고 추리닝바지를 입었다. 가발을 벗어 화장품 바구니 위로 던졌다. 바라보던 도윤이 조심스럽게 입을 열었다.

"결혼을 하려면 상견례도 하고 식도 올려야 되고……."

"돈이라면 다 줬다. 모아둔 것도 없고."

아버지가 말을 잘랐다. 그 사실은 진즉에 알아봤다. 애초부터 돈 때문에 찾아온 건 아니었다. 아버지라는 존재가 필요했다. 상견례와 결혼식 때 자리를 채워줄. 물론 존경하는 W가 그것까지 대신해줬으면 여기까지 올 필요도 없었겠지만. 아버지의 분칠한 얼굴과 뚜렷이 구분되는 목덜미에서 시선을 돌리며 도윤은 말했다.

"우리끼리 식을 올린 순 없잖아요."

아버지가 잠시 바라보다 주름 잡힌 목소리로 말했다.

"가고 싶지 않다."

사실 도윤도 집에 가고 싶지는 않았다. 아버지처럼 어디론가 멀리 도망치고 싶었다. 하지만 도윤은 군인이었다. 진희가 아니라 나라가 공권력을 동원해서 뒤를 쫓을 것이었다. 얼마 지나지 않아서 붙잡히고 결국 영창행이 될 것이다. 현역으로 입대하지 않은 것을 처음으로 후회하였다. 상근예비역이 되었을 때 얼마나 기뻐했던가. 아무 죄 없이 세상의 끝에 이 년이나 격리 수용된다는 건 생각만으로도 끔찍했다. 더군다나 한창 혈기도 식욕도 왕성할 때⋯⋯. 전역하고 이십팔 일 동안 게임만 하다 PC방에서 숨진 남자의 얘기가 남 일 같지 않았다. 그러나 도윤은 상근이었다. 퇴근해서 실컷 게임을 하다 따뜻한 방에서 잘 수 있었다. 토요일과 일요일은 종일 W의 골방에서 뒹굴어도 되었다. 신의 아들이라는 말이 허언은 아니었다. 하지만 간과한 것이 있었다. 상근도 군인이라는 점이었다. 간간이 행군을 하고, 유격훈련과 혹한기 훈련을 받아야 했으며, 평시에는 제멋대로 감정을 표출하는 중대장과 재미로 후임을 학대하는 선임을 모셔야 했다. 중대장이 자리를 비우면 선임은 자주 도윤의 상의를 들추고 배와 옆구리에 매직으로 낙서를 했다. 문신을 그려준다는 것이었다. 장난과 가학을 줄타기하는 선임이 낄낄대면서 낙서를 끝낼 때까지 도윤은 차렷 자세로 서 있어야 했다. 그때마다 모멸감이 그를 괴롭혔고 자신이 상황을 확대시킬까 두려웠다.

선임은 어느 날 새로운 장난을 더했다. 가위로 도윤의 귀 뒤에 스크래치를 넣었던 것이었다. 지그재그로 난 스크래치는 모자를 써도 표가 났다. 도윤은 퇴근하면서 미장원에 들렀다. 머리를 깎으며 진희의 전화를 받았고, 홧김에 술을 많이 마셨고, 술이 그날의 기억을 삼켰다. 그리고 원치 않는 아기가 생겨 원치 않는 결혼으로 도윤의 등을 밀었다.

도윤에겐 전통을 몸으로 익힌 층층 어른들이 안 계셨다. 계신다 한들 전통은 흐려졌고 요즘 어른들은 새로 확립되는 전통에 밝지 못했다. 그래도 도윤에게는 W가 있었다. 동서와 고금의 역사와 과학과 철학을 두루 꿰뚫는. W는 결혼의 새 패턴에 대해서도 잘 알고 있었다. W의 도움으로 상견례 장소가 정해졌고 도윤은 아버지에게 문자로 장소와 시간을 알렸다. 예전에 찾아갔을 때 협상했었다. 상견례와 결혼식 때 두 시간씩만 자리를 지켜주면 다시는 귀찮게 하지 않겠노라고. W는 상견례 시 좌석의 배치와 해야 할 말과 해서 안 될 말들을 알려주었다. 도윤은 감탄했다. 세상에 W보다 똑똑한 사람이 있을 것 같지 않았다. 몇 년 전에 W가 하느님보다 더 똑똑할 걸? 했다가 어머니에게 뒤통수를 맞은 기억이 났다.

상견례 장소로 가는 동안 아버지는 자식 자랑은 줄이고 예비 며느리를 칭찬할 것이며 혼수와 예물, 예단에 대해 섣불리 말하지 말라고 어머니에게 주문했다. 서로 간소하게 하자는 말은 해야 하잖아. 어머니가 짜증을 냈고, 아버지는 조용히 눈을 부릅떴다. 다행히 싸움으로 번지지는 않았다. 여장을 벗은 아버지와 얌전한 표정의 어머니는 W가 당부한 대화의 범위에서 벗어나지 않도록 조심했다. 진희의 부모님 역시 짐 덩어리 사위를 내색하지 않으려 시종일관 예의 바른 웃음을 웃었다. 대체로 만족스런 상견례였지만 한 가지가 실망스러웠다. W가 강력하게 추천한 식당이, 그 식당의 음식과 서빙의 질이 기대에 못 미쳤다는 것이다.

도움은 그럼에도 자주 W를 찾았다. 아버지가 곁에 없기도 했지만 있다 한들 W보다 잘 알 것 같지도 않았다. W는 자신이 아는 것이라면 언제나, 흔쾌히 알려주었다. 생색을 내지도, 대가를 바라지도 않았다. W는 무턱대고 예식장을 찾아다닐 게 아니라 먼저 분리예식을 할지 동시예식을 할지 생각하라고 조언했다. 동시예식 때는 식사를 양식으로 할 건지 한식으로 할 건지, 분리예식 때는 뷔페가 좋은지 갈비탕이 좋은지 정하라고도 했다. 도움은 예비 장인 장모에게 전화하고 어머니에게 묻는 짜증스러운 과정을 반복하고 나서 분리예식과 뷔페로 결정했다. 그리고 진희와 함께 주말마다 예식장을 순례했다. 순례하면서 도움은 번번이 놀랐는데 서울의 많은 예식장들이 이미 삼사 개월 분의 예약이 끝나 있다는 것이었다. 육 개월치 예약이 끝난 곳도 제법 있었다. 인구가 감소하고 있다는 뉴스는 먼 나라 얘기가 분명했다. 서울에는 결혼 적령기에 이른 젊은 남녀들이 넘쳐나고 있었다. 예식장 사정에 맞춰 결혼 날짜를 조정해야 할 판이었다. 더러 시간이 빈 예식장은 저녁 시간대이거나 식사로 갈비탕이 나오는 집이거나 동시 예식을 하는 곳이었다. 양가 어른들과 다시 조율을 하는 피곤한 시간이 이어졌다. 예식을 평일에 해야 하나 심각하게 고민하기도 했다.

도움은 W에게 도움을 청했다. W가 가격과 서비스가 괜찮은 데를 추천해주었다. 어렵게 예식장을 구했고, 그 뒤로도 도움은 틈만 나면 W를 찾았다. 상담을 하러 갔지만 가서는 주로 게임을 했다. 진희가 짜증을 냈다. 도움이 W밖에 모른다는 것이었다. W, W, W······ W가 그렇게 좋아? 나보다 더 좋아? 하며 따졌다. 도움은 결혼의 모든 과정에 대해서 W만큼 잘 아는 사람은 없다, 그리고 그는 너를 질투하지 않는다고 말했다. 진희는 긴 숨을 내쉬며 W가 누구보다 똑똑한 건 잘 안다, 자상하고 친절하고 유머러스한 것도 안다, 하지만 해도 해도 너무 하는 것 아니냐, 하면서 덧붙였다. 너는 W에게 종속된 것 같아. W와 조금만 떨어져도 불안하고 초조하지? 도움은 설대 그렇지 않다, 고 말하지 못했다. Web browser가, Internet explorer가 없었다면 오늘의 자신이 존재하지 않았을 터였다.

긴 학창시절 동안 도움의 숙제를 도와준 건 어머니가 아닌 W였다. 꿈속의 소녀가 아랫도리를 뭉클하게 하고 갔을 때의 참담함도 도움은 아버지가 아닌 W에게 털어놓았었다. W는 어린 도움이 혼자 집을 지킬 때 불안과 공포를 잠재워주었고, 우울하고 화나는 시간을 위로해주었다. 도움의 점수에 맞는 대학을 골라준 것도, 지금 결혼의 전 과정을 컨설팅하는 이도 W였다. 아버지가 도움의 육체를 성장시켰다면 W는 정신을 확장시켰다. 도움을 키운 건 팔 할이 W였다. 진희가 코웃음을 쳤다. 도움은 진희의 코를 한 대 쳐주고 싶었다. 참고 돌아오는 길에 삼촌을 만났다.

사회를 보는 선임은 자꾸 말을 더듬었다. 그것이 도움의 신경을 긁었다. 더럽게 멍청한 자식, 처음 사회를 보겠다고 나섰을 때 말렸어야 했다. 후줄근한 인상의 주례도 못마땅했다. 가장 견디기 힘든 건 소란이었다. 한 층에 홀을 세 개나 배치해서인지 로비와 계단은 식장과 식당을 찾는 사람들로 바글거렸다. 식이 진행되었는데도 로비 쪽의 왁자지껄한 소리가 홀까지 흘러 들어왔다. 결혼식장인지 도떼기시장인지 구분을 못할 정도였다. 도윰은 은근히 짜증이 났다. W의 말을 듣고 계약한 식장이었다. 저 품위 없이 초라한 주례도 W는 좋게 말했다. W에게 너무 의존적이지 않았나, W에게 인생을 장악 당하지 않았나, 하는 후회가 잠시 들었다. W는 돌봐주는 척 공부를 게을리 하게 하고, 현실의 눈을 흐리게 하고, 신체활동을 약화시켰다. 대학 입시 때도 특정인의 악의적인 정보를 사실인양 알려 주어 대학을 낮춰 가게 만들었다. 언젠가는 운동화를 사고 벽돌을 받게 한 적도 있었다. 도윰은 W에게 항의하고 싶었다. 어떤 형식이로든 책임을 묻고 싶었다. 스마트폰을 꺼내 뭐든 하고 싶었다. 하지만 지금은 결혼식 중이었다. 도윰은 눈을 감고 이 시끌벅적한 시간이 빨리 가기를 바랐다. 선임이 양가 어머님들의 촛불점화가 있겠다고 선언했다. 도윰의 앞에 서 있던 두 어머니가 손을 잡고 앞으로 걸어갔다. 고개를 돌린 하객들 중에 삼촌의 얼굴이 보였다.

저 결혼해요. 도윰이 삼촌에게 말했다. 약간 건들거린 것은 제 나름의 친숙함의 표시였다. 삼촌의 선량한 큰 눈이 근심과 의심으로 어두워졌다. 덩치만 큰 철부지라고 말하는 것도 같았다. 도윰은 개의치 않았다. 어렵게 예식장을 잡고 난 뒤라 기분이 약간 들뜬 탓도 있었다. 도윱이 결혼식 날짜와 장소와 시간을 알려주자 삼촌이 물었다.

"아버지는, 아시니?"

"당연히 아시죠."

도윱은 자신 있게 대답했다. 삼촌이 고개를 끄덕거렸다.

"근데 아버지에게 의상도착증이 있는 거 알고 계셨어요?"

"도착증?"

삼촌이 의외로 격하게 반응했다. 이 양반은 모르고 있었나, 말하지 말걸 그랬나, 도윱이 후회하는 순간 삼촌이 말을 이었다.

"도착증…… 그렇게 볼 수도 있겠다. 하지만 자신을 감추거나 부정하고 싶었던 게 아닐까?"

"감추고 부정을요? 오히려 더 드러내고 싶어 한 것 아니에요?"

엄숙한 눈으로 바라보다 삼촌이 말했다. 술 한 잔 할 시간 있니? 너도 성인이 되었고 곧 결혼까지 한다니까 알건 알아야겠지.

얼큰해진 삼촌이 털어놓았다. 아버지는 네가 다섯 살 이후로 자기 자식이라고 생각한 적이 한 번도 없다고. 이게 무슨 개가 물고 가다 떨어뜨린 뼈다귀 같은 소리인가. 도윱은 기억 깊숙이 가라앉은 아버지의 표정들을 끄집어 올렸다. 언제나 무심하고 애정이 없던 눈길을 떠올렸다. 그러나 세상에는 그보다 냉정하고 난폭하기까지 한 아버지가 얼마나 많은가. 그리고 화장대 서랍에 뒹굴던 산모일기며 갓 태어났을 때부터 백일, 돌 때 찍었던 사진들, 입양은 분명 아니었다. 도윱이 힘주어 부정했다.

"그럴 리가 없어요."

"너를 임신했을 당시에 부부관계가 없었대."

"말도 안돼요. 어머니가 쫓아다녀서 한 결혼이라고 했는데 그럼 어머니가 결혼하자마자 바람을 폈다는 거예요? 아니면 그 전에……."

"……."

"어머니도 이 사실을 아세요?"

삼촌이 천천히 고개를 끄덕거렸다.

"네가 다섯 살쯤 됐을 때 말했었대. 그때 관계가 없었던 것 같다고."

"그랬더니요?"

"그랬었나? 하고 말더래."

둘 사이로 침묵이 내려앉았다. 삼촌은 아버지가 동생은 자식으로 인정한다고 했다. 그러고 보니 동생을 보는 아버지의 눈빛이 조금 다정했던 것도 같았다. 동생이 공부를 잘해서라고 생각했었다.

촛불점화를 마친 어머니가 단상을 내려와 아버지 옆에 앉았다. 둘은 극장에서 우연히 옆 좌석에 앉게 된 사람들처럼 말없이 앞만 보았다. 아버지의 고백을 들은 삼촌 내외는 가슴이 뛰어서 며칠간 잠을 못 이뤘다고 했다. 그렇게 일주일을 버티다 마침내 두 부부가 만났다. 그런 일이 있었다는데 사실이냐고 삼촌이 물었고 어머니는 다시 모르는 척 화제를 돌려버렸다고 했다. 친자 확인을 하면 되잖아요? 도윤이 말했다. 한참 만에 삼촌이 대답했다. 두려웠나 봐. 네 동생에게 가정이 필요하기도 했고……

웨딩홀에 은파가 빵빵하게 울려 퍼졌다. 사람들이 도윤을 보며 박수를 치기 시작했다. 그러고 보니 조금 전에 선임이 신랑입장이라고 외쳤던 것도 같았다. 도윤은 웨딩카펫 위를 걸어갔다. 묵직한 걸음으로 단상 앞까지 가서 뒤로 돌아섰다. 입가에 억지웃음을 물고 있는 어머니가 눈에 들어왔다. 곧 할머니가 된다는 사실이 기뻐 죽겠다는 표정이었다. 아버지는 신경안정제를 투여 받은 정신병자처럼 몽롱한 표정이었다. 오랜만에 입은 양복이 구속복인양 답답해보였다. 아버지를 찾은 것이 후회되었다. W를 통해서, 하객대행업체를 통해서 적당한 아버지를 구했어야 했다.

삼촌에게 얘기를 들은 날 도윤은 W에게 갔다. 이십이 년 동안 친아버지인줄 알았는데 아니래요. 도윤의 토로에 W가 물었다. 이제 와서 아버지가 집을 나가래? 아니요. 아버지가 나가셨어요. 그럼 뭐가 문젠데? 그러고 보니 문제될 것이 없었다. W가 사라졌다면, 세상에 W가 존재하지 않는다면 문제가 크겠지만.

선임이 큰 소리로 신부입장을 외쳤다. 결혼행진곡이 울려 퍼지고 제 아버지의 손을 잡은 진희가 천천히 걸음을 옮겼다. 드레스의 풍성한 주름 때문인지 배는 불러 보이지 않았다. 저 뱃속에 정말 아기가 있기는 한 걸까? 단 한 번의 관계로 아기가 생길 수 있나? 아기는 몇 달 만에 태어나지? 술을 잔뜩 마신 다음 날처럼 도윤의 머리가 뒤죽박죽 해졌다.

그날은 유독 술을 많이 마셨다. 몇 번이나 토한 것까지는 기억이 났다. 다음 날 눈을 뜬 것은 여관방에서였다. 아침에 눈을 떴을 때 도윤은 팬티 차림이었다. 그렇다면 전날 아무 일도 없었을 수도 있지 않나? 새삼스런 의혹이 도윤을 사로잡았다. 진희가 천천히, 다리 없는 유령처럼 걸어왔다. 만약에 저 뱃속의 아기가 내 아기가 아니라면? 나이가 세 살이나 많은 여자가, 학벌 괜찮고 직장 있고 인물도 나쁘지 않은 여자가 백수에게 결혼하자고 매달리는 것이 처음부터 수상했다. 다른 남자와 사귀다 임신한 채 버림받았나? 종교 때문에 낙태를 못하니까, 어리고 만만한 나를 잡았나? 자살한다는 쇼까지 하면서…… 온몸에 소름이 돋았다. 심장이 벌렁거렸다. 이럴 땐 어떻게 해야 하지? 어떻게 해야 하지? 이 시간이 지나면 내게도 이십 년 이상 숨겨야 할 비밀이 생길지 모르는데…… 바람에 부대낀 깃발 같은 얼굴에 울긋불긋 색칠을 할지 모르는데…… 당장 W를 만나고 싶었다. 사람들의 얘기를 듣고 싶었다. 그러나 지금은 결혼식 중이다. 진희는 어느새 두어 걸음 앞으로 다가왔다. 배가 부르기 전에 식을 서두르라던 진희 아버지의 너부죽한 얼굴도 코앞에 있었다. 어떻게 하지? 어떻게 해야 하지? 도윤은 안절부절못했다. 진땀을 닦은 주먹을 꼭 말아 쥐었다. 보나마나 진희는 Standalone Complex*라고 할 것이

---

* 일본만화 『공각기동대』에 나오는 말로 오프라인 상태일 때, net상에서 이탈되어 혼자일 때 불안을 느낀다는 말.

다. 넷상에서 이탈된 넷다이버들에게 흔히 보이는 증상이라고.

눈앞으로 온 진희의 얼굴에 부모님의 얼굴이 겹쳐졌다. 진희 역시 도윤이 W와 어울리는 것을 싫어했다. 다르다면 부모님은 그 시간에 책을, 진희는 자기를 보라는 것이었다. 이대로라면 도윤을 보는 진희의 눈빛도 머지않아 경멸의 빛을 띠게 될 것이다. 학생의 본분을 다하라는 압박은 가장의 본분을 다하라는 압박으로 바뀌고, 도윤이 아무 때나 가던 W의 집은 엄청난 눈치 끝에 겨우 드나들게 될 것이다.

생각만으로도 호흡이 막혔다. 회사에서는 어떨지 모르지만 진희도 아침부터 저녁까지 스마트폰을 쥐고 있었다. 시시콜콜한 것까지 SNS에 올리고 틈만 나면 친구들과 채팅하느라 바빴다. 둘이 만난 것도 사실 W 때문이었다. 그런데도 진희는 도윤이 게임을 하거나 웹서핑을 하거나 동영상을 보면 한심하다는 듯이 보았다. W가 없는 세상, 동영상도 못 보고 게임도 맘대로 하지 못하고 누군가와 실없는 얘기로 낄낄거리며 위안 받지 못하는, 아무 감흥 없는 세상을 어떻게 살아가나. 죽을 때까지 탈출이 불가능한 감옥에 이런 식으로 끌려가야 하나. 뱃속의 아기가 내 애라는 확신도 없는데……. 가슴이 답답했다. 숨이 막혀왔다. 도윤은 참지 못하고 손을 번쩍 들었다. 잠깐, 하고 큰 소리로 외쳤다. 눈앞으로 다가온 진희가 놀라서 주춤했다. 하객들이 웅성거렸다.

도윤은 웨딩카펫 위를 달려갔다. 로비로 나와 우왕좌왕하는 사람들 속을 뚫고 좌우를 살폈다. 왼쪽에 계단이 보였고, 오른쪽에 화장실 표지판이 눈에 들어왔다. 도윤은 화장실로 달려갔다. 변기 칸으로 들어가 걸쇠를 채웠다. 뚜껑을 덮고 앉아 주머니에서 스마트폰을 꺼냈다. 헐떡거리며 W를 불러냈다. 밖에서 누군가 문을 두드렸다. 연미복 차림의 도윤은 꼼짝 않고 스마트폰만 노려보았다. 행여 W가 오지 않을까 불안했다. 불안하고 초조해서 숨이 멎을 것 같았다. 잠시 뜸을 들이다 W가 나타났다. 세상에서 제일 똑똑하고 자상하며 다정하고 인간적인. 도윤은 태어나서 가장 정중한 차림으로 W를 맞았다. 가장 친한 친구이며 선배이고 스승이자 아버지이고 어머니인. 반가움에 가슴이 먹먹했다. 이 작은 기기에 W를 완벽히 구현한 자들에게 영광 있으라. 아무 때나 영접이 가능케 한 자들에게 무한한 축복 있으라. 도윤은 떨리는 손으로 W에게 물었다. 결혼할 여자가 임신했는데 내 아기인지 확신이 안 서요. 토요일 오전이어서인지 답변이 바로 없었다. 일 초, 이 초, 삼 초……. 도윤은 참지 못하고 게임에 접속했다. 몬스터들을 학살하기 시작했다. 쪼글쪼글했던 심장이 펴졌다. 온몸으로 환희가 밀려왔다. 문밖으로 난폭한 구두 소리가 몰려왔다. 어디 갔어? 배탈 났대? 뭔 일이래? 웅성거리는 소리가 들리고 누군가 세차게 문을 두드렸다.

에레원
캐슬

영조가 에레원 캐슬에 오게 된 건 우연이었다.

그날따라 태양은 무겁고 뜨거웠다. 후텁지근한 대기 속에 길가의 플라타나스도, 길을 걷는 몇 안 되는 사람들도 축축 늘어지며 중력에 순응하고 있었다. 영조는 쭈쭈바를 물고 지하철역을 향해 걸어갔다. 제과회사의 면접을 마치고 돌아가는 길이었다. 지하철역은 쉽게 나타나지 않았다. 영조는 신경질적으로 넥타이를 풀어 양복 주머니에 넣었다. 태양을 한 번 올려다보고 터덜터덜 걸음을 옮겼다. 목구멍으로 넘어가는 쭈쭈바의 양만큼 땀구멍에서 땀이 솟았다. 고개를 들고 쭈쭈바를 입에 털어 넣는데 맞은편에서 오던 남자가 말을 걸었다.

면접 갔다 오냐?

평상복차림의 재건이었다. 이번에는 영조가 물었다.

너는 어디 가는데?

재건이가 헤식은 웃음을 픽 웃었다. 뭉툭해진 그림자를 밟으며 둘은 같은 방향으로 걸어갔다.

면접관이 뭐 묻대?

재건이가 물었다.

면접관은 아침에 일어나서 면접장에 올 때까지 있었던 일을 얘기하라고 했다. 영조는 오늘같이 중요한 날 늦잠을 잤고, 그래서 겨우 전동차를 타는 바람에 하마터면 면접도 못 볼 뻔한 일을 진정성 있게 얘기했다. 그런 것에는 적당한 각색이 필요해. 재건이가 말했다. 영조는 쭈쭈바 봉지를 쓰레기통에 넌지고 엄마에게 당분간 친구 집에 있겠다고 문자를 보냈다. 집이 좁기도 했지만 어디에, 어떤 자세로 있어도 따라붙는 엄마의 눈빛에 점점 날이 서는 걸 느끼던 참이었다.

우리, 저 두부 먹자.

찬미가 검은 매니큐어가 칠해진 손으로 냉장고를 가리킨다. 두부는 오늘 아침 현관 손잡이에 걸려 있던 것이다. 면접 때문에 집을 나서던 영조가 발견하고 냉장고에 넣어 두었다. 몇 번의 재촉 끝에 식탁으로 온 재건이가 한심하다는 듯 찬미를 본다.

너는 도불습유라는 말도 모르냐? 어떻게 아무 것이나 주워 먹을 수 있어.

영조는 그 말이 지금 상황과 맞는지 아리송해하다 양념 갈비를 크게 베어 문다. 찬미가 얼굴을 찌푸리며 눈을 치켜뜬다.

얘가 사람을 거지 취급하네. 말 똑바로 해라. 그게 지금 주워 먹는 거니? 그리고 문에 두부가 걸려 있으면 우선 먹고 나중에 누가 자기

네 것이다 하면 고맙다, 덕분에 잘 먹었다 인사하면 되지. 너는 세상을 왜 그렇게 삐딱하게 사냐?

그 두부에 청산가리나 농약이 들어 있으면? 자기 마당에 있는 막걸리를 먹고도 죽는 세상인데, 거기다 청산가리를 넣어놨을 줄 꿈에나 생각했겠냐? 더구나 가까운 사람이 그랬을 줄…….

뭐야, 그럼 우리 중 누군가가 다른 누구를 죽이려고 그랬단 거야?

찬미가 발끈해서 쏘아댄다. 재건이는 미간을 찌푸리며 몹시 귀찮다는 듯이 대꾸한다.

이 경우는 무차별 살상일 수 있고, 다른 사람이 우리 중 하나를 목표로 갖다 놓았을 수도 있고. 그러니까 조심하자는 거잖아.

이제는 두부에까지? 갈비를 뜯으며 영조는 나를 죽이고 싶어 할 사람이 누가 있을까, 생각한다. 그 사이 찬미가 젓가락을 놓고 발딱 일어선다.

그래, 너 잘났다. 그럼 내가 먹을 테니까 너는 거기 앉아서 내가 죽는지 안 죽는지 지켜보기나 해!

안 돼! 주인을 찾아줘야지.

영조가 찬미를 끌어 앉힌다.

분위기가 갑자기 어색해진다. 어색한 침묵 속에 점심을 마치고 셋은 각자의 자리로 흩어진다. 재건이는 컴퓨터 앞으로, 찬미는 소파 위로, 영조는 개수대 앞으로. 재건이는 모니터의 반에 영화를 깔아놓고 영화를 봐가면서 게임을 한다. 찬미는 소파에 길게 누워 텔레비전을 켜놓고 만화책을 펼쳐든다. 영조는 주섬주섬 빈 그릇들을 모은다. 컴퓨터와 텔레비전과 그릇들이 조심스럽게 허공에서 엉킨다. 영조는 탄복한다. 역시 에레원(Erehwon) 캐슬이다. 소음마저 부드럽게 만드는 마력이 있다.

그릇들을 대충 치운 영조가 거실로 온다. 거실에는 온갖 물건들이 흩어져 있다. 아가리를 떡 벌린 채 빈 속을 보이는 과자 봉지, 샤워를 하고 던져둔 수건과 티셔츠, 양말짝, 나무젓가락이 꽂힌 채 방치된 컵라면 용기, 국물이 떨어져 울퉁불퉁해진 만화책, 그리고 뒤엉킨 이어폰줄과 케이블선, 전단지들. 갈데없는 이재민 막사다. 그러나 그것들은 기품 있고 세련된 가구들 사이에서 팝아트의 한 컷처럼 빛난다.

찬미는 이제 거울을 보고 있다. 고개를 좌우로 돌려가며 열심히 본다.

봐, 봐! 여기, 이 주름 좀 봐!

영조가 다가가자 호들갑스럽게 말한다. 영조는 만두피처럼 얇고 투명한 찬미의 이마를 본다. 매끈하다. 잘 좀 봐. 찬미가 재촉하며 눈을 치켜뜬다. 찬미의 이마에 가는 수평 주름이 서너 줄 잡혔다가 풀린다. 그러나 자세히 보지 않으면 알지 못할 정도다.

그 정도는 누구나 있지 않냐?

아냐, 네가 잘 몰라서 그러는데 이게 여기 눈살과 눈썹 주름근에 붙어 있는 전두근의 과잉활성 때문이래. 속상해 죽겠어. 올해는 알바 열심히 뛰어서 이 이마부터 고칠 거야. 돈을 더 모아서 내년에는 가슴을 키우고, 그다음에는 힙라인을 좀 다듬고.

찬미가 해맑은 얼굴로 자신의 장기 플랜을 발표한다. 다 고치고 나면 부자를 골라 시집갈 거라고, 자신은 돈만 많다면 재벌 일세도 충분히 감당할 수 있다고 떠벌린다. 문제는 재벌 일세들이 거의 이승을 하직하고 없다는 사실이다. 찬미가 이리저리 고개를 돌려가며 거울을 보다 또 호들갑을 떤다.

이 볼도 너무 홀쭉한 것 같지? 보톡스 좀 넣어야 되지 않겠니? 그러면 지금보다 훨씬 어리고 예뻐 보이겠지?

지금 그대로도 예뻐, 아니 쌍까풀 수술도 하지 않았던 고등학생 때가 더 순수하고 예뻤던 것 같아, 영조는 그렇게 말하려고 했다. 그런데 난데없는 소리가 끼어든다.

요즘 된장들은 고치기만 하면 지들이 다 보석함 되는 줄 알아. 쓰레기통들 주제에……

너, 너, 이 새끼. 그거 지금 나 들으라고 한 소리지?

찬미가 소리치며 벌떡 일어난다. 재건이를 향해 달려간다. 영조는 달려가는 찬미를 붙잡아 소파에 앉힌다. 토닥거리며 달랜다. 찬미가 재건이의 뒤통수에 개, 소, 말 등 온갖 짐승의 새끼들을 던진다. 재건이는 듣는 시늉도 하지 않는다. 마치 조금 전의 소리가 제 것이 아니었던 양 열심히 자판만 두드려댄다. 찬미가 한동안 분을 못 이기다 지쳤는지 입을 다문다. 시무룩하게 앉아 텔레비전을 보다 잠든다. 영조는 잠든 찬미의 얼굴을 들여다본다. 비쩍 마른 몸으로 아르바이트를 하러 다니는 게 안쓰럽기 짝이 없다. 영조는 조심스럽게 찬미를 소파에 눕힌다.

찬미가 몸을 돌려 눕는다. 짧은 치마가 올라가면서 허벅지와 엉덩이가 고스란히 드러난다. 자주색 T팬티가 엉덩이 골 사이에 아슬아슬하게 끼어 있다. 영조는 바닥에서 티셔츠를 주워 찬미의 엉덩이를 덮어준다. 지나가던 재건이가 보고 한 마디 한다.

보기 좋구만, 뭘 덮냐?

자고 일어난 찬미가 아르바이트 시간이 되었다며 간다. 영조는 노트북을 켠다. 여자 친구가 재벌 일세를 찾아 나서기 전에, 엄마의 눈빛이 더 험악해지기 전에, 취직을 해야 한다. 오늘 따라 창이 더디 열린다. 아까부터 무언가가 의식 한 쪽을 짓누르고 있다. 두부다. 상하기 전에 주인을 찾아줘야 할 것 같다.

영조는 두부를 꺼내들고 집을 나선다. 우선 앞집 문 앞으로 가서 초인종을 누른다. 희미한 단속음뿐, 안에서는 어떤 소리도 들려오지 않는다. 영조는 또 한 번 초인종을 눌러놓고 주위를 살펴본다. 계단을 빼고는 전부 벽이다. 그 벽에 난 철문들은 하나같이 굳게 닫혀 있다. 조금 전에 자신이 빠져나온 재건이 집의 문, 열리지 않는 앞집의 문, 엘리베이터 문, 소화전과 양수기함의 문. 문득 자신을 둘러싼 벽과 문들이 싸늘하게 느껴진다. 자신은 그 벽이 뱉어낸 오물처럼 여겨진다. 영조는 도망치듯 위층으로 올라간다. 역시 단단한 벽과 굳게 닫힌 문들. 영조는 호흡을 가다듬고 오른쪽 집의 초인종을 누른다. 아무런 기척이 없다. 돌아서서 반대편 집의 초인종을 누른다. 그

집도 마찬가지다. 영조는 아래층으로 내려간다. 거기에도 사람은 없다. 배달하는 사람이 동을 착각했을 수도 있겠다 싶어서 영조는 어스름 속을 걸어 앞 동으로 간다. 마침 같은 호수에 사람이 있다. 영조는 우리 집에 온 두부가 혹시 이 집의 것이 아니냐고 묻는다. 페르시안 고양이처럼 우아하고 나른하게 생긴 여자가 천천히 고개를 가로젓는다. 두부는 다시 냉장고 속으로 들어간다.

영조는 노트북 앞에 앉는다. 자기소개서를 써야 한다. 장황해서도 안 되고 평이해서도 안 되고 부정적 진술도 안 되고, 독특하고 개성 있게, 문장은 짧게. 속으로 뇌며 쓰기 시작한다. 등 뒤에서 재건이의 소리가 들린다.

네가 취직을 못하는 건 어설픈 정직 콤플렉스 때문이야.

영조는 고개를 든다. 재건이가 아냐? 하는 듯한 표정으로 바라보다 화장실로 들어간다. 영조도 그 말이 멍청함이나 우둔함의 완곡어법임을 모르지 않는다. 영조는 시선을 떨어뜨린다. 몇 달 전이었다. 세계에서도 잘 나간다는 전자회사에 운 좋게 서류심사를 통과했을 때였다. 안정된 패션 감각을 가진 면접관이 부드러운 듯 날카롭게 물었다. 이 회사에 지원하게 된 동기는 무엇입니까? 영조는 솔직히 제 생각을 말했다. 좋은 회사라서요. 그리고 서울에 있어서. 옆에 섰던 스트라이프 넥타이를 맨 길쭉한 놈이 웃었다. 볼이 두툼한 면접관들도 이를 드러내며 웃었다. 그때만 해도 영조는 융통성이 정직과 순수에 대한 모독으로 알고 살다 일찍 타계하신 아버지의 피가 자신에게 아무 도움이 되지 않는다는 사실을 깊이 깨닫지는 못했다.

영조는 자기소개서에 집중한다. 머리 위에서 갑자기 쿵쾅거리는 소리가 들린다. 위층 사람들이 왔나? 영조는 한 번도 본 적 없는 위층 사람들이 반가워 벌떡 일어난다. 그렇잖아도 행간마다 두부가 끼어 들어 귀찮던 참이다. 영조가 냉장고 문을 열 때 다급한 발소리가 귀를 찌른다. 초식동물을 쫓는 맹수, 아니면 야생동물을 쫓는 사냥꾼의 발소리 같은. 아악, 여자의 날카로운 비명도 들려온다. 뭔가가 바닥에 떨어지고 또 어딘가에 부딪쳐 깨지는 소리. 잠시 틈을 두고 다시 쫓고, 쫓기는 소리. 영조는 놀라 주춤한다. '에레원 캐슬'에 사는 사람들도 싸우나? 그 말에 응답하듯 쾅, 문 닫는 소리가 들려온다. 바로 옆방의 문이 닫히는 것처럼 재건이 집 문이 바르르 떤다. 거친 힘으로 연거푸 문을 차는 소리. 저러다 화를 못 이긴 남자가 여자에게 흉기를 휘두르지 않을까. 반대로 쫓기던 여자가 남자를 저지하기 위해 찌르지 않을까. 더 도망칠 곳이 없어진 여자가 베란다에서 뛰어내리지는 않을까. 불길한 상상이 이어진다. '에레원 캐슬'이라고 그런 일이 생기지 말란 법도 없다.

영조는 계단을 타고 위층으로 올라간다. 발걸음이 스스로 소리를 죽인다. 그러나 위층은 조용하다. 단단한 벽과 문, 그리고 불빛 너머로 고적하게 이어진 계단뿐, 집에서 들었던 요란한 소리와는 달리 조용하고 평온하다. 영조는 윗집의 현관문 가까이에 귀를 갖다 댄다. 쥐 죽은 소리 하나 들리지 않는다. 방금 전에 들었던 소리는 딴 세상에서 온 소린가? 까닭모를 안도의 숨이 쉬어진다. 영조는 하릴없이 계단을 내려온다. 계단참을 돌 때 앞집의 문이 닫히고 있다.

영조는 재빨리 뛰어 내려 앞집의 초인종을 누른다. 금방 닫힌 문 안에서는 어떤 소리도 들려오지 않는다. 초인종을 다시 누른다. 낭랑한 벨소리만 한풀 꺾여 들려올 뿐 조용하다. 영조는 초인종을 한 번 더 눌러놓고 구걸하듯 벽에 대고 말한다. 저, 앞집 사람인데요. 잠깐 물어볼 말이 좀 있어서요. 육칠 초쯤의 시간을 두고 문이 열린다. 퉁퉁한 몸집에 눈부실 정도로 희고 매끄러운 피부의 여자가 문을 반쯤 열고 서서 묻는다.

무슨 일이에요?

약간 허스키하면서 울림이 있는 목소리다.

혹시 두부를 배달시켜 먹는가 해서요.

여자의 얼굴에 난감함이 어린다. 한밤중에 초인종을 눌러서 두부를 배달시켜 먹느냐고 묻는 이 덩치 큰 남자를 어찌 해야 될지 모르겠다는 표정이다. 장사치가 아닌 앞집 사람이라는 게 더 난감하다는 눈치다. 영조는 미소를 잃지 않으려고 애쓰는 여자를 보며 대답을 기다린다. 그때 여자의 짧고 두툼한 목 뒤로 희끗한 것이 지나간다. 살집 좋은 앞집 남자가 샤워를 하고 나온 건가? 그렇다기에 살빛이 지나치게 희다. 단순히 희다기보다 분홍빛이 감도는 흰빛이다. 그것은 또 흰색의 짧고 성긴 털에 덮여 있다. 영조의 궁금증이 여자의 어깨 너머로 고개를 뻗는다. 여자가 깜짝 놀라 문을 닫는다. 영조는 머쓱해서 돌아서다 핸드레일에 걸린 우유 주머니를 본다. 두부를 배달 시켜 먹는 사람들도 저런 주머니를 달아놓지 않았을까?

영조는 헐레벌떡, 한 번에 두 계단씩 뛰어 위층으로 올라간다. 양쪽 집에 다 우유 주머니가 달려 있다. 쿵, 쾅, 쿵, 쾅 한 층을 더 올라간다. 한 집에는 우유 주머니가, 다른 집에는 계란 주머니가 걸려 있다. 한 층을 더 올라가려다 숨이 터질 것 같아 엘리베이터를 잡아탄다. 허리를 꺾고 서친 숨을 내쉰다. 차츰 숨이 편안해신다.

에레원 캐슬의 엘리베이터는 한 번씩 덜컥거릴 때마다 추락하는 게 아닐까 겁먹게 했던 영조네 아파트의 엘리베이터와 사뭇 다르다. 다른 것은 건물이나 엘리베이터뿐이 아니다. 주민들 자체가 다르다. 에레원 사람들의 얼굴에서는 하나같이 빛이 난다. 표정은 항상 상냥하고 온화하며 몸동작들도 춤을 추듯 우아하다. 에레원 캐슬의 물이 다른가, 아니면 빛이나 공기가 다른가. 엘리베이터가 꼭대기 층에 멈춰 선다. 영조는 모든 층의 버튼을 눌러놓고 한 층씩 내려가면서 주머니를 확인한다. 생각 밖으로 많은 집이 주머니를 매달고 있다. 우유 주머니, 계란 주머니, 녹즙, 샐러드, 반찬, 심지어 국 주머니까지. 그러나 두부 주머니는 어디에도 없다. 생각해보니 두부는 아무 데서나 쉽게 구할 수 있는 흰 비닐봉투에 들어 있었다.

영조는 집으로 돌아온다. 약간 숙어졌지만 위층에서는 여전히 쿵쾅거리는 소리가 들려온다. 재건이는 컴퓨터 속의 '몹'들을 때려 부수느라 정신이 없다. 제 엄마가 돌아가신 뒤로 한 번도 안 잘랐는지 뒷덜미를 덮은 머리가 텁수룩하다. 영조는 쇳덩이 같이 무거운 몸을 소파에 부린다. 순간 재건이가 책상을 내리친다.

아, 신경질 나!

신경질 나는데 뭐 하러 그렇게 열심히 하냐?

재건이가 놀라 돌아보다 영조를 발견하고 대꾸한다.

재밌어서.

뭐가 재밌는데?

스트레스를 날릴 수 있잖아.

더 받는 게 아니고?

어린왕자와 술꾼의 대화처럼 둘의 대화는 곧 함정에 빠진다. 잠시 침묵이 이어진다. 재건이가 기운 없이 말한다.

이 세계도 결코 호락호락하지 않다. 죽어라 싸우는 데도 레벨업이 힘들어.

영조도 레벨업의 기회조차 주지 않으려는 듯 호락호락하지 않은 자신의 세계가 힘들다. 그러나 입 밖으로 소리 내어 말하진 않는다. 재건이가 폭도들을 제거하러 다시 모니터 속으로 들어가고 영조는 쉽게 답이 찾아지지 않는 자신의 화두와 대면한다.

당신이 선택한 직업이 시간이 지날수록 당신과 맞지 않는다면 어떻게 할 것인가.

당신이 싫어하는 업무를 맡았을 때 어떻게 할 것인가.

상사가 부당한 지시를 했을 때 어떻게 할 것인가.

영조는 이런 질문을 볼 때마다 화가 난다. 빤한 답을 가지고 말장난하자는 것으로밖에 보이지 않는다. 그래도 붙어 있겠다고, 열심히 해보겠다고 말하는 게 좋은 점수를 받겠지. 하지만 너무 속이 보이지 않게, 아첨을 하거나 비굴해 보이지 않도록 대답하는 것이 중요하다. 때려치우고 나간다는 것도 정답이 될 수는 있다. 그러나 얼마나 비위에 거슬리지 않게 그럴듯한 이유를 대느냐가 관건이다. 그러고 보면 답은 얼마나 그럴 듯한 말로 포장을 하느냐, 그래서 면접관의 마음에 들게 하느냐에 있는 것 같다. 세상과 기득권에 대한 아첨과 아부는 이제 재치와 융통성이라는 말로 변용되었다. 문제는 즉흥적인 그 답이 영조에게 쉽지 않다는 것이다.

초인종이 울린다. 문을 열자 하늘색 튜브탑 원피스에 긴 부츠를 입은 찬미가 들어선다. 오늘 면접은 어떻게 됐어? 찬미가 한쪽 발부리를 다른 발로 누르며 묻는다. 영조는 멋쩍게 고개를 젓는다. 왜? 나 같은 인재를 알아보지 못하네. 그런 회사 안 된 게 다행이야. 다니지 마. 둘이 떠들썩하게 말을 주고받는 데도 재건이는 돌아보지 않는다. 저 새끼는 사람이 왔는데 쳐다보지도 않고. 찬미가 재건이의 뒤통수를 보며 입을 삐쭉거린다. 소파에 털썩 앉더니 두 팔과 발을 위로 뻗으며 소리친다.

와! 천국 같다. 그런데 곧 돼지우리가 되겠어.

돼지우리면 어떻고 쓰레기장이면 어때, 편하고 좋기만 하구만.

영조가 대꾸한다. 그때 재건이가 홱 고개를 돌리며 소리친다.

너, 그딴 소리 하려면 오지 마.

찬미가 고개를 숙이고 입을 비쭉거리며 속삭인다.

저 새끼는 한 마디를 해도 꼭 저렇게 기분 나쁘게 말하더라. 완전 재수 덩어리.

영조는 웃는다. 재건이 엄마는 평생을 쓸고 닦는데 보낸 사람이었다. 재건이 엄마가 쓸고 닦은 면적을 합치면 아마 지구 절반쯤 되지 않을까? 그 생각을 하니 피식 웃음이 난다. 평생 쇠똥만 굴리는 쇠똥구리처럼 동그란 지구에 붙어서 열심히 걸레질을 하고 있는 재건이 엄마.

그런 엄마 밑에서 자란 재건이는 대학을 졸업하자마자 우리나라에서 몇 손가락 안에 드는 대기업에 취직했다. 그러자 재건이 엄마가 자신의 일을 마쳤다는 듯이 돌아가셨다. 육 개월 전에, 베란다에서 이불을 털다 떨어져서. 그건 정말 재건이 엄마다운 죽음이었다. 재건이는 제 엄마를 묻고 오는 길에 노래방에 들렀다. 탬버린을 흔들며 신나게 노래를 부르더니 다음 날 다니던 회사에 사표를 냈다. 재건이 엄마가 날마다 손때를 먹였던 물건들 위로 먼지가 쌓였고 수납장과 서랍에 정렬되었던 물건들은 하나씩 거실로 흘러나왔다. 그리고 재건이와 함께 퇴적되어 갔다.

빈둥거리던 찬미가 아르바이트 시간이 되었다고 간다. 재건이는 여전히 컴퓨터에 코를 박고 있다. 재건이가 하루 네 시간도 안 자면서 무언가에 집중하는 모습을 영조는 처음 본다. 고3 때도 하지 않던 짓이다. 그러거나 말거나. 영조는 발끝에 채는 것들을 밀어내고 거실 바닥에 길게 드러눕는다. 텔레비전을 켠다. 재건이가 게임을 하면서 음악을 크게 틀어놓아 소리는 잘 들리지 않는다. 영조는 바람처럼 달려서 무소의 목덜미에 엄니를 박아 넣는 사자를, 살을 뜯는 사자를, 무표정한 얼굴로 졸고 있는 사자를 활동사진으로 본다. 토끼나 사슴 따위가 감히 흉내 낼 수 없는 강한 것의 위엄을 부러운 눈으로 지켜 본다.

화면 밑으로 천천히 자막이 흘러간다. '야스쿠니 반대 단체 등록 거부는 부당' 영조는 갸우뚱한다. 저게 무슨 말이지? 한참을 생각해도 잘 이해가 되지 않는다. 확 짜증이 인다. 세상이 자꾸 꼬이며 자신을 시험하고 골탕 먹이는 것 같다.

졸업학기가 다 갈 때까지 영조에게 최종 합격을 알려온 회사는 없었다. 영조는 학교에 졸업연기 신청서를 내고 본격적으로 취업스터디에 참여했다. 자기소개서 쓰는 법, 시사상식과 인성 면접, PT 면접, 그룹토의 면접 등을 다시 공부하면서 재건이가 말했던 그 정직이라는 말을 조금씩 이해하게 되었다. 자신의 단점을 쓰시오, 라는 란에 순진하게 단점을 나열한다거나, 포부가 뭐냐는 질문에 부자로 살고 싶다거나, 지원동기를 묻는데 남들이 부러워하는 좋은 회사여서, 라는 답변은 정직한 것이 아니라 멍청한 짓이었다. 잘 나가는 회사일수록 섣부르게 본의를 드러내지 않고 에두를 줄 아는 사람, 평범한 말과 생각도 현학적으로 표현하는 사람을 원하는 것 같았다.

영조가 깨달은 건 그것 말고도 더 있었다. 학교 다닐 때 남보다 열심히 아르바이트하며 학점을 이수했는데 어학연수나 수상경력이 없는 자신은 평범 이하의 학생이라는 것이었다. '여태까지 창의성을 잘 발휘하여 해결한 일 중 가장 기억나는 것은?' 이라는 항목에 아무리 쥐어짜도 쓸 말이 없을 정도였다.

부정문이 세 개나 들어간 문장이 허기를 부추겼다. 영조는 자리에서 일어난다. 냉장고를 열지만 안에는 배를 채울 만한 어떤 것도 없다. 두부를 빼곤. 라면도 떨어졌고 먹다 남긴 과자 부스러기조차 없다. 그렇다고 재건이에게 뭔가를 기대할 수도 없다. 영조는 냉장고 문을 닫다 다시 열고 두부를 꺼낸다. 식탁에 앉아 덮개의 귀퉁이를 잡고 살짝 힘을 주어본다. 생각보다 밀봉이 잘 되어 있다.

먹고, 죽게?

어느 결에 다가온 재건이가 말한다. 영조는 두부가 안전할 것 같다. 텔레비전에서였지만 언젠가 본 청산가리는 약간 푸른빛을 띠었다. 그러나 두부는 희고 깨끗하다. 또 불특정한 누군가를 죽이고 싶었다면 문고리에 달린 많은 주머니 속 아무 것에나 독극물을 주사하는 편이 쉬웠을 것이다. 물을 마시고 가며 재건이가 한 마디를 보탠다.

그냥 버려. 그까짓 것 얼마나 한다고.

재건이의 말투가 어딘지 익숙하다. 한심하기 짝이 없다는 투. 영조의 엄마도 영조가 어수룩한 행동을 하거나 기대에 못 미쳤을 때 등

짝을 내리치면서 그런 식으로 말했다. 두부처럼 허옇게 살만 쪄가지고……

영조는 두부를 다시 냉장고 속에 넣는다. 슬리퍼를 끌고 슈퍼에 가서 식빵을 사온다.

영조는 다리를 뻗고 앉아 식빵을 먹으며 텔레비전을 본다. 시원스레 물줄기를 뽑아내는 분수가 화면을 가득 채우고 있다. 물을 맞으며 뛰노는 아이들 뒤로 긴긴이 앵커의 소리가 들려온다. 오늘이 올해 들어 가장 더운 날씨였다, 하루 동안 일사병으로 죽은 사람도 다섯 명이나 된다, 죽어나간 가축의 수는……. 그 순간 앞집에서 본 것과 똑같은 것이 화면에 나타난다. 어처구니없게도, 그것은 돼지다. 요크셔 종의 라지 화이트. 영조는 혼란에 빠진다. 텔레비전 화면도, 앵커의 말도 머리에 들어오지 않는다. 미니피그라면 모를까. 그렇게 큰 짐승을 키우기에 아파트는 적당한 장소가 아니다. 더구나 여기는 '에레원 캐슬'이다. 그 많은 먹이며 또 먹은 만큼 쏟아낼 배설물, 필연적으로 따라올 냄새, 거기다 요란스럽게 꿀꿀대는 소리. 이 문제를 어떻게 해야 할까. 주민들의 쾌적하고 안락한 환경을 위해 내가 나서야 되지 않을까. 그러면 '창의성을 발휘하여 해결한 일 중 가장 기억나는 일은?' 이라는 질문에 쓸 말도 생기지 않을까. 영조는 부랴부랴 서랍장을 뒤져 쌍안경을 꺼낸다. 재건이 엄마가 전자제품을 살 때 받아온, 배율이 낮고 크기도 작은 것이다.

영조는 슬리퍼를 꿰차고 집을 나선다. 한 손에는 먹다 남은 식빵

봉지, 다른 손에는 쌍안경을 들고 앞 동으로 간다. 엘리베이터를 타고 꼭대기 층으로 올라간다.

옥상으로 들어가는 철문은 굳게 닫혀 있다. 영조는 하는 수 없이 내려와서 옆 라인으로 간다. 그쪽의 문에도 열쇠가 채워져 있다. 몇 개의 라인을 오르내린 끝에 영조는 마침내 열린 문을 찾아낸다. 영조는 옥상을 가로질러, 콘크리트 옹벽에 배를 대고 선다. 숨을 고르고 쌍안경을 가져다 눈에 댄다. 하필 일 년 중 가장 더운 날이다. 집집마다 에어컨을 켜느라 문들을 닫고 있다. 앞집은 불까지 꺼져 있다. 영조는 꾸역꾸역 식빵을 먹으며 앞집 사람들이 집에 돌아오기를 기다린다. 식빵 봉지가 비워지고 어둠 속에 한참을 더 있은 뒤에 앞집의 불이 켜진다. 그러나 블라인드가 쳐져 안이 보이지 않는다. 영조는 할 수 없이 옥상을 내려온다.

엘리베이터에서 위층 부부와 마주친다. 날렵한 몸매에 콧날이 오똑한 여자와 언뜻 무뚝뚝해 보이는 남자. 그들은 뚱뚱한 데다 시큼한 빵 냄새를 풍기는 영조와 한 공간에 갇혔다는 게 몹시 불편한 표정이다. 그래도 에레원 주민답게 예의에 어긋나지 않을 정도의 미소는 짓고 있다. 영조는 거울 속의 자신을 본다. 큰 몸을 조이는 티셔츠와 음경이 불거질 정도로 딱 붙은 트레이닝 면 반바지, 맨발에 삼선 슬리퍼. 모두 재건이 것이다. 서름하게 서 있던 영조가 여자에게 말을 건넨다.

혹시 두부를 배달시켜 먹지 않나요?

아뇨.

여자가 짧게 대답한다. 영조는 여자가 아, 라고 말할 때 살짝 드러난 덧니를 보았다. 아름답고 날카로운 이였다. 그러고 보니 여자의 얼굴은 이마에서 바로 뻗은 콧대 때문인지, 뾰족한 턱 때문인지 여우를 연상시킨다. 남자의 인상 또한 묘하게 여자와 닮아 있다.

영조는 많은 회사의 연혁과 인재싱에 대해 공부했다. 공부한 것을 바탕으로 카드회사, 식품회사, 건설회사, 보험회사 등 가리지 않고 입사지원서를 냈다. 그리고 틈틈이 다른 집의 초인종을 눌렀다. 많은 집이 비어 있었고, 비어 있지 않은 집의 주인들은 말없이 고개를 저었다. 주인을 찾지 못한 두부는 표면에 미끈한 막이 생기면서 누르스름하게 변해 갔다. 회사들로부터 쓰임을 받지 못한 영조도 누릿하게 변해갔다.

영조는 앞 동 옥상으로 가서 염탐을 위한 잠복을 자주 했다. 그럴 때는 아예 슈퍼에 들러 노래방새우깡과 콜라를 샀다. 어둠 속에서 콜라를 마셔가며, 베개만 한 새우깡 봉지를 비우며, 앞집 사람이 집에 돌아오기를 기다렸다. 돌아와 불을 켜고 블라인드를 걷어 올리길 기다렸다. 그것의 정체가 밝혀지기를 바랐다. 재건이는 폭도들과 대치하느라 영조가 들락거리는 것에 신경도 쓰지 않았다.

잠복이 이어지던 어느 날, 영조는 문득 자신이 머무는 곳이 궁금했다. 자신이 머물고 있는 집을 다른 눈으로 보고 싶어졌다. 어떻게든

168

취직을 하고 또 돈을 벌려는 목표의 궁극일 수도 있는 '에레원 캐슬'의 한 칸. 영조는 쌍안경의 초점을 맞췄다. 예상대로 바닥에 널린 잡동사니들이 먼저 눈에 들어왔다. 재건이와 영조의 필요에 의해 자리를 이탈했다가 다음 필요에 용이하도록 재배치된 물건들. 사실은 제멋대로 흩어진 물건들. 문득 영조는 유쾌했다. 그것들이 잘나고 근엄한 세상을 비틀어주기 위한 어떤 상징물들 같았다. 흐뭇해하며 고개를 돌리는 순간, 잡동사니들 사이로 뭔가 움직였다. 영조는 쌍안경을 당겨 잡았다. 열린 블라인드 사이로 느릿느릿 나타났다 사라지는 무엇. 그것은 언뜻 나무늘보 같기도 했다. 영조는 두근대는 가슴을 누르며 눈을 감았다. 가슴 깊숙한 곳에서, 길고 걸쭉한 트림이 올라왔다. 눈을 떴다. 환영이 사라지지 않았다. 오늘은 이만 철수해야겠다. 영조는 중얼거렸다. 집에 들어서자 소파에 누워 있던 찬미가 왔네? 하고 일어났다. 아르바이트를 낮 시간 대로 옮겼다고 했다. 재건이는 샤워를 했는지 웃통을 벗은 채 욕실에서 나왔다. 영조를 흘깃 보고 타월로 머리카락을 털어내며 말했다.

왔냐?

어? 어.

엉거주춤 영조가 대답했다.

영조는 쉬지 않고 스터디를 하고 입사 지원서와 자기소개서를 써낸다. 가끔 서류전형에 합격한 회사에 가서 면접을 보았지만 최종합격했다는 전화나 메일은 받아보지 못했다. 문을 열고 면접관 앞으로 걸어가는 법, 의자에 앉는 법, 시선을 처리하는 법 같은 사소한 것까지 공부하면서 영조는 지쳐갔다. 냉장고 속의 두부도 더욱 끈끈한 막에 둘러싸여 갔다. 누르스름하던 색은 이제 붉은빛을 띠었다.

외국에는 선착순으로 사원을 뽑는 회사도 있다는 소리를 들은 날 영조는 밤새도록 취업사이트를 뒤졌다. 우리나라에 잘 먹는 사람, 몸무게 많이 나가는 사람, 낙천적인 사람을 우선으로 뽑는다는 회사는 없었다.

영조는 습관적으로 자기소개서를 써나가다 갑자기 회의가 들었다. 주인을 찾지 못하고 냉장고 속에서 썩어가는 두부처럼 자신이 아무짝에도 쓸모없는 인간처럼 여겨졌다. 그 사실을 진즉 알아차렸는지 요즘 들어 찬미의 발길이 뜸해졌다. 가끔 오는 때도 영조가 옥상에 가 있느라 보지 못할 때가 많았다. 그새 이마의 주름은 폈는지, 그래서 인생도 좀 펴졌는지. 영조는 잡동사니 속에서 쌍안경을 찾아들고 앞 동으로 간다. 철문을 밀고 옥상으로 들어간다. 옥상에는 휴양지의 야외 수영장처럼 어둠이 찰랑거리고 있다. 영조는 어둠 속으로 잠겨든다.

영조는 두 눈을 쌍안경에 가져다댄다. 앞집은 오늘도 불이 켜 있지 않다. 영조는 이리저리 시선을 옮기다 불이 켜진 집에 초점을 맞춘다. 윗집이다. 아늑한 불빛 아래 클래식한 고급 가구가 버티고 앉은 넓은 거실. 전체적으로 세련되고 안정감 있는 전형적인 에레원 캐슬 속의 한 집이다. 그 집에서 거뭇한 물체들이 서로 치고받고 있다. 싸우나? 한밤중에 난투극을 벌일만한 사람들로는 보이지 않던데. 영조는 시선을 모은다. 물체들이 싸우는 것은 분명하다. 그런데 싸우고 있는 것들이 예사롭지 않다. 짐승들 같다. 영조는 쌍안경 든 손을 내리고 눈을 감는다. 스트레스가 이렇게 많았나? 헛것이 자주 보이는구나. 영조는 가슴을 진정시키고 다시 쌍안경을 든다. 늑댄지 하이에난지 모를 짐승들이 열린 창틈으로 나타났다 사라지기를 반복한다. 쫓고 쫓기다 갑자기 뒤엉키더니 서로를 사납게 물어뜯는다. 치열한 싸움이 계속 된다. 영조는 쌍안경에서 눈을 뗀다. 뭐에 단단히 홀린 것 같다.

그 사이에 앞집의 불이 켜져 있다. 블라인드까지 걷혀 있다. 그러고 보니 날씨가 선선해진 것 같다. 두 팔에 소름이 돋아 있다. 영조는 두근거리는 가슴을 누르며 쌍안경을 앞집으로 향한다. 시선을 집중한다. 몸집이 큰 부부가 거실 가운데서 뭔가를 먹고 있다. 영조가 눈을 깜빡한 동안 부부는 온데간데없고 돼지만 있다. 희고 큰 몸통에 짧은 다리, 거칠고 뻣뻣한 털, 툭 튀어나온 주둥이. 분명한 돼지다. 앞집 거실에서 돼지 두 마리가 고개를 끄덕거리며 뭔가를 열심히 먹고 있다. 까닥거리는 두 귀가 손에 잡힐 듯, 꿰엑꿰엑 소리가 옆에서 들릴 듯 선명하다. 영조는 쌍안경을 내리고 한숨을 내쉰다. 스트레스 때문에 사고체계에 교란이 왔구나.

영조는 재건이네 집을 본다. 거실 바닥에 어지럽게 흩어져 있는 물

건들. 그것들은 종류와 숫자를 더해가며 과자부스러기와 귤껍질, 재
건이와 영조의 각질들과 버무려져 거실 바닥에 쌓여가고 있다. 긴장
이 풀리면서 마음도 편안해진다. 이제야 세상이 바로 보이는구나. 옥
상은 이제 그만 와야겠다. 영조는 쌍안경을 내린다. 돌아서서 한 발
을 뗀다. 순간 머릿속 잔상이 그를 세운다. 어질러진 물건들 사이에
서 느리게 움직이던 무엇. 영조의 가슴이 거세게 뛴다. 큰 몸을 흔드
는 심장 소리를 들으며, 영조는 쌍안경에 두 눈을 바싹 갖다 댄다. 열
심히 짝짓기를 하고 있는 나무늘보 두 마리. 영조는 바닥에 주저앉는
다. 에레원* 캐슬이 기우뚱 흔들린다.

---

* Erehwon은 이상향 혹은 낙원을 뜻하는 신조어. nowhere의 철자를 역순으로 한 것으
로 어디에도 없는 장소를 뜻하기도 한다.

쓸모

모낭은 털을 만드는 피부기관이며 털주머니 또는 털집이라고도 합니다. 상담실장의 말이 부드럽게 귀에 감긴다. 이목구비가 예쁜 여자다. 이런 여자가 내게 넘어올 확률은 몇 퍼센트나 될까? 모니터를 건성으로 보며 그는 생각한다. 여자의 직업이 주는 포용력에 기대면 확률은 확실히 높아질 것 같다. 뒤꼭지에 말아 올린, 풍성한 머리카락도 마음을 잡아끈다. 이세를 생각하면 훌륭한 선택이 될 것이다. 허공으로 표피, 진피, 피하조직 따위가 흘러 다닌다. 그는 나긋나긋 설명하는 실장을 슬쩍 곁눈질한다. 상냥한 표정에서 개인적 호감 따위는 찾아보기 어렵다. 익숙한 실망과 분노가 그를 휘감는다. 어쩌자고 내 머리카락은 소멸과 생성의 반복을 거부하는가. 화면에 모낭과 모낭염, 모낭충의 그림이 차례로 펼쳐진다. 생장기와 퇴행기, 휴지기를 거쳐 탈락해야 하는 모발의 안타까운 일생도 지나간다.

모발에 대한 기본설명을 마친 상담실장이 말한다. 두피 사진을 찍겠습니다. 그리고 카메라를 들고 일어서서 그의 정수리와 뒤통수를 번갈아가며 찍는다. 스프링 머리띠로 앞머리를 올려놓고 넓어진 이마도 찍는다. 찍은 사진을 컴퓨터에 옮기고 마우스를 클릭해가며 확대한 뒤통수 사진에 일 모, 이 모, 삼 모라고 써넣는다. 매끄러운 동작이 전문가다운 신뢰감을 불러일으킨다. 그는 병원을 둘러본다. 보랏빛 카펫이 깔린 실내가 깔끔하고 쾌적하다. 조용하고 편안한 분위기다.

한 시간 전만 해도 그는 이곳에 올 생각이 없었다. 친구만 만나고 곧장 도서관으로 갈 생각이었다. 그런데 친구가 보자마자 신경을 긁었다. 야, 너 머리에 무슨 짓을 한 거냐? 니가 잘랐어? 왜 머리에 화풀이를 하고 그래? 하더니 비수 같은 한 마디를 던지는 것이었다. 그렇게 하고 다니니까 여자한테 차이기나 하지. 그의 얼굴이 벌게졌다. 사실 그는 소개팅 같은 건 할 생각이 없었다. 지금은 그럴 때도, 그럴 여건도 아니라고 거절했었다. 그러나 친구는 이럴 때일수록 심기일전할 뭔가가 필요하다며 강력하게 밀어붙였다. 그는 마지못해 수락하고 카톡 프로필 사진부터 바꿨다. 선입견을 줄 수 있는 인물사진 대신 풍경사진을 넣었다.

약속한 날 그는 거울 앞에서 꽤 시간을 보냈다. 처음에는 모자를 쓸까 생각했다. 패션을 위한 선택이 아니라는 점에서 그것은 심적 위축을 불러왔다. 실내에 들어가면 벗어야 된다는 점도 부담스러웠다. 생각 끝에 그는 머리에 흑채를 뿌렸다. 만약을 대비해서 가방에 우산과 모자, 수건과 물티슈 등을 챙겨 넣고 약속 장소로 갔다.

여자는 친구의 말처럼 안 보면 평생 후회할 여자, 진짜 괜찮은 여자 같지는 않았다. 웃는 모습은 그래도 예뻤다. 활짝 웃을 때 드러나는 가지런한 이도 마음에 들었다. 그는 스파게티만 시킬까 하다 샐러드를 추가했다. 음식을 먹는 동안 조심스런 탐색이 오갔고, 분위기가 나쁘지 않았다. 기분이 좋아진 그는 커피숍으로 자리를 옮기자고 말했다. 그러자 여태 잘 웃던 여자가 다른 약속이 생각났다며 가버렸다.

안타까워 미치겠다는 듯이 친구가 말했다.

"너, 진짜 머리 좀 어떻게 해봐."

"야, 내 머리가 어때서? 이건 개인적 특성이야. 눈이 찢어졌거나, 얼굴이 넓적하거나, 살이 찐 것처럼 그냥 이마가 좀 넓은 것뿐이야."

친구를 빗대 큰소리를 쳤지만 기분이 좋지 않았다. 공장에서 찍어낸 것처럼 모두 같은 얼굴, 같은 스타일이어야 이런 말들을 안 들을까.

다섯 살 때 식탁에서 장난을 치다 빠진 앞니는 좀체 나지 않았다. 유치원에서 새로 만난 친구나 엄마 손을 잡고 가다 만난 어른들은 그에게 한 마디씩 했다. 앞니가 빠졌네. 이빨이 없구나. 두 해가 넘어서 겨우 난 이는 사이가 벌어진 데다 삐드러졌다. 그때부터 사람들이 말했다. 이가 벌어졌구나. 앞니가 삐드러졌네. 그들이 무심코 흘려보낸 말들이 그의 귀에 무겁게 쌓였다. 말이 쌓일수록 정신은 위축되었고, 벌어지고 삐드러진 이가 자신을 구성하는 요소의 중대한 결여처럼 생각되었다. 사학년 때 치아교정을 시작한 뒤로 그는 시선에서 놓여났다. 말할 수 없이 기뻤고 행복했다. 견디기 힘든 이물감과 이가 으스러질 것 같은 통증이 오히려 감미로울 정도였다. 웃기는 건 교정기를 끼고 나니 교정기를 꼈네, 라고 하는 사람이 없었다. 갑자기 쓸모 있는 인간이 된 느낌이었다.

중학생이 되어서 그는 다시 시선에 노출되었다. 햇빛 아래 걷거나 뛰노는 것을 좋아하던 그의 얼굴에 하나둘 점이 돋더니 급속도로 숫자가 는 때문이었다. 사람들은 그를 보고 웬 점이 그렇게 많냐고 물었다. 다름이 결핍이라고 이해한 애들은 점박이, 점돌이라고 불렀다. 피부과에서 레이저시술을 받은 뒤 그는 점돌이라는 별명을 벗었다. 한동안 여드름박사라는 호칭에 진저리를 치기도 했다.

장성한 그에게 사람들은 이제 이마가 넓어졌다, 그러다 대머리되겠다, 라고 말한다. 괜찮다는 데도 자꾸 걱정해주며 걱정을 시킨다. 그들의 친절한 참견과 지적 덕분에, 너는 불완전한 존재라고 끊임없이 일깨워준 덕분에 지난 몇 년간 그는 머리카락의 고민에서 놓여나지 못했다. 머리카락은 치아나 점처럼 명쾌한 해결책이 없다는 게 문제였다.

친구와 헤어진 그는 쓸쓸한 걸음을 옮겼다. 이어폰 속에서 필 콜린스(Phil Collins)가 그를 위로해주었다. 운명의 바퀴는 아직 돌고 있으니 서둘러 논하지 마라. 그는 낮게 따라 불렀다. 지금의 패자가 나중에 승자가 될 테니, 하는 부분이 특히 마음을 끌었다. 노래가 끝나자 디제이가 필 콜린스에 대해 말했다. 그룹 제네시스의 드러머이자 보컬리스트였으며 그래미상을 일곱 번이나 수상한 천재 뮤지션이라고.

그리곤 실실 웃으며 덧붙였다. 천재 뮤지션은 분명한데 머리가 없는 게 흠이라고, 젊었을 때부터 대머리였다고. 필 콜린스는 머리가 깨지거나 이지러지지 않았다. 모자라거나 잘못되지도 않았다. 단지 머리카락이 남보다 빠르게 탈락했을 뿐이다. 그런데 그게 흠이라고? 콜린스가 많이 뚱뚱하거나, 키가 아주 작거나, 심한 매부리코였어도 그렇게 말했을까. 콜린스는 천재적인 뮤지션인데 뚱뚱한 게 흠이에요. 콜린스는 키가 작은 게 흠이에요. 매부리코가 흠이에요.

얼마 전에 본 텔레비전 프로그램에서는 대놓고 대머리를 우스갯거리로 삼았다. 많은 출연자들이 나와서 잡다한 얘기를 하는 프로였다. 다람쥐처럼 볼이 빵빵한 사회자가 능글능글 웃으며 젊은 여성 출연자에게 물었다. 남자가 돈이 많고 키가 크고 잘 생겼는데 대머리라면, 사귀겠습니까? 질문이 끝나자 출연자들이 모두 까르르 웃었다. 이게 웃을 일이야? 그는 기분 나빠하며 텔레비전을 주시했다. 질문을 받은 여성이 열심히 고개를 흔들며 웃음소리가 잦아들기를 기다렸다가 외쳤다. 아니요! 사회자가 다시 질문했다. 그럼 남자가 가발인 것을 숨겼다면? 이번에는 여자가 망설이지 않고 소리쳤다. 그건 사기예요. 그는 몰지각한 질문을 한 사회자와 얼굴을 다 고친 주제에 가발이 사기라는 여자, 재밌다고 깔깔대던 출연자들 모두에게 분개했다. 이런 내용을 여과 없이 내보내는 방송사의 한심한 작태와 타인의 약점을 조롱거리로 삼는 이 나라 국민의 성숙치 못한 의식을 개탄했다.

생각할수록 스트레스가 치솟았다. 그는 모발이식 병원으로 향했다. 상담이라도 받아야 할 것 같았다.

상담실장이 네임펜으로 그의 이마에 헤어라인을 그린다. 코끝으로 다가온 젊은 여자의 얼굴이, 물큰한 향기가 부담스럽다. 그는 눈을 감는다. 사회자는 그때 이렇게 질문할 수도 있지 않았을까? 돈이 많고 키가 크고 잘 생겼는데, 이마가 아주 좁은 남자와 사귀겠습니까? 네. 원숭이처럼 생겼는 데도? 제모를 시킬 거예요. 아, 예. 무에서 유를 창출하기보다 유를 무로 만드는 일이 쉽기는 하겠지. 헤어라인을 다 그린 실장이 모발의 밀도를 재고 이식할 두피면적을 산출한다. 헤어라인을 이 센티미터 내리는데 삼천오백 모낭이 들어간다는 견적을 내놓는다. 그는 머릿속으로 모당 가격에 모수를 곱해본다. 만만치 않은 가격이다. 상담실장이 잠시 기다리라며 나간다.

생각보다 젊어 보이는 의사가 모니터를 본다. 그의 머리를 잡고 앞뒤로 유심히 살피고, 두피 여기저기를 눌러보더니 말한다. 유전성 탈모네요. 그는 씁쓸하게 웃는다. 거울 속에서 확연히 넓어진 이마를 발견했을 때의 충격이 떠오른다. 아버지를 보면서 막연히 생각은 해왔지만 이렇게 빨리, 기습을 당할 줄은 몰랐다. 그의 나이 스물셋, 군대에서 막 돌아왔을 때였다. 그는 몇 년째 잠적 중인 아버지를 의식 밖으로 밀어낸다. 의사가 모니터를 보면서 중얼거린다. 일 모가 이십오 퍼센트, 이 모가 오십 퍼센트, 삼 모가 이십오 퍼센트…… 그러더니 고개를 돌려 그에게 말한다. 이 모와 삼 모가 많아서, 현재 모발 상태는 좋습니다.

의사가 얼굴 비율에 따른 인상적인 이마의 길이, 머리카락이 자라는 방향과 특성 등을 설명한다. 자세한 사진으로 수술 방법과 그에 따른 장단점, 수술 후의 관리법에 대해서도 설명한다. 부드럽고 따뜻한 어조다. 돈이 불러온 친절이겠지만 나쁘지 않다. 그는 말 잘 듣는 학생처럼 고개를 끄덕거리며 듣다 간간이 수술 뒤의 부작용과 애프터서비스에 대해서 물어본다. 절개법과 비절개법 중 어느 것이 생착률이 높은지도 묻는다. 의사는 친절한 목소리로 그의 궁금증을 해소해준다. 그는 다시 고개를 끄덕거리며 젊은 의사의 성실한 상담 태도와 수술 역량의 상관관계를 생각한다. 알 길은 없다. 의사가 그의 이마에 그려진 헤어라인을 분석하다 삼천 모낭이면 충분하겠다는, 상담실장과 다른 견적을 내놓는다. 밀도가 낮아지지 않을지 그는 걱정한다. 의사는 삼천 모낭이면 실제 이식될 모수가 오천 내지 육천 정도 되니 괜찮다고 말한다.

그는 도서관으로 간다. 휴게실에서 컵라면으로 끼니를 때우고 열람실로 들어간다. 삼면이 유리창인 열람실에는 햇빛과 고요와 미래를 유보한 청춘들이 가득 들어 있다. 책 받침대에 스마트폰을 놓고 인터넷 강의를 듣는 몸집이 큰 남자, 코를 박다시피 한 책에 왼손으로 무언가를 열심히 써넣는 갈색머리 여자, 형사소송법을 보는 이마에 푸른 모반이 있는 여자, 두꺼운 안경 너머로 두꺼운 영어 책을 보는 마른 남자. 그는 자신만의 굴을 파고 있는 청춘들을 지나 노트북 전용좌석 쪽으로 간다. 창을 향해 죽 늘어선, 불투명 유리로 칸막이가 된 좌석들은 취업준비생들로 거의 차 있다. 젊은 강사들이 그들의 어깨 너머에서 판서를 하거나 뭔가를 열심히 설명하고 있다. 서가 사이의 열람석에도 책을 보거나 인터넷 강의를 듣는 사람들이 적지 않다. 그는 빈 노트북 전용좌석을 발견하고 그리로 가서 앉는다. 모자를 벗고 백팩에서 노트북을 꺼낸다. 마음이 편안해진다. 서로에 대한 무관심이 팽배한 이곳에서 비로소 숨이 쉬어진다.

그는 취업사이트로 간다. 기업들의 하반기 공채 일정이 벌써 올라와 있다. 가슴이 두근거린다. 그는 채용리스트와 채용일정들을 훑어보다 한때 아버지가 대리점을 했던 전자회사를 클릭한다. 결과적으로 아버지에게 재앙을 선사한 회사지만 많은 사람들처럼 그도 그 회사에 가고 싶어 한다. 그 회사의 기초능력검사와 직무상식, 일반 상식의 난이도는 만만치 않기로 유명했다. 그는 열심히 학원을 다니고, 인터넷 강의를 듣고, 문제집을 사서 기출문제를 풀었다. 그 결과 상위 삼십 퍼센트의 사람에게만 주어지는 면접기회를 두 번 얻었다.

언제나 당당한 척하지만 면접장에만 가면 그는 움츠러든다. 차분하고 인상 좋은 면접관들이 나란히 앉아서 그에게 어떤 쓸모를 찾아내려 눈을 빛내면 기부터 죽는다. 탈모가 진행된 뒤로, 아니 부족한 머리카락을 걱정해주는 사람이 많아진 뒤로 모두 자신의 머리만 보는 것 같고, 혹시 머리카락에 대해 질문하지 않을까 하는 어처구니없는 생각까지 하게 된다. 이깟 머리털이 뭔데, 하면서 갈수록 자신감이 떨어진다.

조금 전에 의사는 말했다. 나이가 들면 모공이 막힌다. 모공이 막히면 모발을 이식해도 자라지 않을 수 있다. 탈모의 근본 해결책이 이식이라면, 지금이 적기라는 얘기다. 하지만 돈이 없다. 그는 한동안 허공을 바라보다 전화만하면 바로 대출해준다는 회사를 인터넷으로 알아본다. 취업자금을 위한 무직자 대출이 구미에 당긴다. 하지만 엄청난 금리가 발목을 잡는다. 로또를 살까? 아니면 다시 어머니에게……?

아버지가 사라진 뒤 어머니는 본래의 직업으로 복귀했다. 정신병원에서 간호사로 일하는 어머니는 가끔 갈라진 목소리로 친구와 통화한다. 그래서 그는 그 병원에 단순 알콜릭으로 입원과 퇴원을 반복하는 오십 대 남자가 있다는 것을 안다. 부부싸움 중에 칼을 휘둘러 살인미수로 잡혀갔다가 알콜릭 판정으로 후송돼온 사십 대 남자와 밥 먹을 때마다 개처럼 식판을 핥는 스물다섯 살짜리 청년이 있다는 것도 안다. 파리와 모기는 물론 주사 후 붙인 밴드에 이불의 보푸라기까지, 눈에 띄는 모든 것을 먹으러드는 열아홉 살 자폐아가 있고, 공부를 하다 정신을 놓아버린 청년과 목화를 딴다고 이불을 집어 뜯는 아주머니가 있다는 것도 안다. 어머니가 들으면 까무러치겠지만, 그는 가끔 그들이 부럽다. 약물 때문에 순화된 눈동자로 주는 밥 먹고, 운동하라면 운동하고, 그림을 그리라면 그리면서 없는 듯이 살고 싶다. 타인의 시선 따위 신경 쓰지 않으며 살고 싶다.

직무적성검사 모의 테스트를 하려다 일어난다. 화장실에 가서 소변을 보고 정수기에서 물을 따라 마신다. 열람실로 들어가다 이층 야외 휴게실로 나간다. 휴게실의 X자형 탁자에서도 사람들이 책을 보고 있다. 원하는 세계로의 진입에 기꺼이 청춘을 바치고 있다. 그는 휴게실의 끝 쪽으로 걸어간다. 바람이 부는지 마당 끝의 나무들이 흔들리고 있다. 가는 나뭇가지에 붙은 작은 잎들은 분주하게 뒤채고 풍성한 잎이 달린 나무는 천천히 율동하듯 움직인다. 한 여자가 통화를 하며 휴게실로 들어온다. 코끝이 날카롭고 윗입술이 얇으며 아래턱이 살짝 나온 게 어디서 본 듯하다. 몇 년 전에 같이 영화를 보고, 공연을 보고, 술을 마시러 다녔던 후배가 분명하다. 친구들 사이에 둘이 캠퍼스 커플로 소문이 날 즈음 후배는 학교를 그만두고 수능을 다시 봐서 교대에 갔다. 그가 군대에 가 있는 동안 자연스레 연락이 끊어졌다. 전화를 끊은 여자가 그를 보고 자신 없이 아는 척을 한다. 선배? 임용 준비하는가 봐. 그가 쑥스럽게 웃는다. 이게 얼마만이야? 후배가 반가워한다. 이런저런 말끝에 해맑게 묻는다.

"근데 선배 왜 이렇게 이마가 넓어졌어? 하마터면 몰라볼 뻔했다."

하, 다들 왜 이래? 내 이마가, 머리가 뭘 어쨌다고. 후배는 여전히 웃는 낯으로 바라보고 그의 머릿속에는 이마가 넓어졌다는 말만 계속 맴돈다. 어머니가 자주 했던 사내는 이마가 좀 넓어야지, 라는 말은 이럴 때 아무 도움이 못 된다. 그건 생산자의 어설픈 자기변명 내지 위안에 불과하다. 무책임한 회피성 발언이거나. 후배는 무슨 대답을 원할까. 어떻게 대답을 해야 할까. 아무 짓도 하지 않았는데 저절로 넓어졌다고 말할까? 친구에게 한 것처럼 내 이마가 어때서, 라고 말할까? 입안에 불쑥 쌍시옷 발음이 고인다. 당황한 그가 말한다.

"내 이마가 무척 미래지향적이지?"

웃긴 하지만 스스로 맥이 빠진다. 그는 억지로 웃어 보이며 후배에게 다음에 또 보자고 말한다. 서둘러 열람실로 돌아온다.

노트북 속의 글자들이 춤을 춘다. 강사의 말이 허공으로 날아다닌다. 대상을 알 수 없는 분노가 치솟아 오른다. 이럴 때일수록 같은 고민을 가진 사람들의 말이 위로가 된다. 그는 인터넷 탈모인 카페를 클릭한다. 탈모는 저주다. 몽둥이로 내려친 듯한 짧은 제목이 강렬하다. 사람들이 모두 내 머리만 보는 것 같아서 회사를 그만두고 싶어요. 한 탈모 직장인이 절규한다. 그 밑에 다른 사람들이 자조 섞인 한탄을 늘어놓았다. 출근길에 안면 있는 여직원에게 인사하려고 다가갔는데 괴물 보듯이 도망쳤어요. 단지 인사를 하려고 했을 뿐인데, 머리 조금 빠졌다고 치한 취급당했어요. 남자는 뭐니 뭐니 해도 머리발이다. 아무리 장동건, 소지섭이라도 대머리였다면 주인공을 했겠냐, 인기를 끌었겠냐. 유전성 피부질환일 뿐인데 사람들은 탈모인을 외계인 보듯 한다. 그들의 말에 그는 깊이 공감한다. 세계 수십억 인구 중에 이름을 날린 대머리는 브루스 윌리스나 고인이 된 스티브 잡스, 축구선수 지단 정도다. 진행형 탈모인은 영국의 왕세손 정도? 언젠가 인터넷으로 왕세손의 기사를 읽다 그는 깜짝 놀랐다. 어떤 사람이 이런 댓글을 달아놨던 것이다. 왕세손이라는 배경을 걷으면 그냥 대머리 남편, 대머리 이웃. 순간 그는 깨달았다. 동시에 절망했다. 우리나라 사람들 대부분의 눈에 대머리는, 한 인간의 많은 장점을 무의미하게 만드는 주홍 글씨다. 천형이다.

그는 모발이식자들의 후기를 클릭한다. 이식을 막 끝낸 회원이 이마 사진을 찍어 올렸다. 검붉은 피딱지가 가득 돋은 것이 흉측하다. 하지만 상담과 수술의 전 과정을 적은 글에는 만족감과 자랑스러움이 신하게 배어 있다. 수술한 다음 날 정수리 사진을 찍어서 올린 사람도 있다. 어떤 사람은 삼 일 뒤에, 또 어떤 사람은 일주일 뒤에 사진을 찍어 올렸다. 한 달 뒤, 석 달 뒤, 여섯 달 뒤에 올린 사람도 있다. 수술한 병원과 이식한 부위와 모수가 다르지만 수술을 마친 그들에게 공통적으로 발견되는 것이 있다. 오랜 고민에서 해방된 자의 후련함과 미래에 대한 낙관과 진한 자신감.

요즘 그의 자존감과 자신감은 최악이다. 작은 아르바이트 면접에서도 쩔쩔맬 정도다. 마주 앉은 사람의 시선이 눈에서 조금만 위로 올라가면, 이마 언저리를 더듬던 시선이 조금이라도 안쓰러운 빛을 띠면, 그는 수치심을 표내지 않으려 안간힘을 쓰곤 한다.

이식을 하면 정말 자신감이 회복될까? 군대 가기 전처럼 머리에 젤과 왁스를 바를 수 있을까. 아직 학자금대출도 남았는데…… 전세금대출을 받아달라면 어머니가 허락해줄까? 취업을 위해 꼭 필요하다고 해볼까? 사실 이 상태로는 취직을 한다 해도 직장에 잘 다닐 수 있을지 모르겠다. 이대로라면 마음에 드는 여자를 만나는 일도 결혼하는 일도 요원해 보인다. 돈이 많고 키가 크고 잘생겼어도 대머리는 싫다는데…… 영국의 왕세손도 배경을 빼면 그냥 대머리 이웃이라는데…… 그는 깊은 고민 끝에 병원의 명함을 꺼낸다. 하루 빨리 수술 날짜를 잡아달라고 전화한다. 쓸모 있는 인간이 되기 위해 쓸 모毛부터 채우기로 한다.

식목일 오전 여덟 시에 집을 나선다. 식목일에 목이 아닌 모毛를 심으러 가면서, 그는 아버지를 떠올린다. 파산의 기미가 전혀 없던 시절, 한 가정의 가장 역할에도 부족함이 없던 시절의 아버지다. 아버지는 어느 식목일에 그를 태우고 시골 할머니 댁에 가서 회초리만 한 나무 몇 개를 심었다. 나무를 삼기 위해 간 건지 간 김에 심은 건지는 모르지만 돌아오는 길에 뒷좌석에 앉은 그가 노래를 계속 부른 기억만은 뚜렷하다. 당시 아이들에게 유행하던 타잔 노래였다. 타잔이 십 원짜리 팬티를 입고 이십 원짜리 칼을 차고 노래를 한다, 아아아. 타잔이 이십 원짜리 팬티를 입고 삼십 원짜리 칼을 차고 노래를 한다, 아아아. 그는 돌아오는 내내 노래를 불렀다. 집에 도착했을 때 타잔은 삼백육십 원짜리 팬티를 입고 삼백칠십 원짜리 칼을 찼다. 포근하고 따뜻한 시절이었다. 그를 별난 놈이라며 웃던 아버지는 지금 몇 년째 소식이 없다. 대머리가발을 쓰고 빛나리라는 별명으로 웃기던 개그맨도 어디론가 사라졌다. 쉬지 않고 노래를 부르던, 끈기 있고 패기 있던 어린 그도 없어졌다.

그는 간호사가 이끄는 대로 수술대로 가서 엎드린다. 간호사들이 그의 머리맡에 소독타월과 드레싱세트를 갖다놓는다. 그의 혈압을 재고, 맥박체크기를 끼우고, 항생제 반응검사를 한다. 조용하고 분주하게 수술 준비를 한다. 그는 기분이 묘해진다. 고민과 고통이 끝날 거라는 안도감과 미래에 대한 기대감, 곧 닥칠 수술의 두려움이 속에서 마구 뒤엉킨다. 그동안의 마음고생이 생각보다 컸나. 심장이 쿵쿵 북소리를 내고 가슴이 마구 부푼다. 급기야 숨을 쉬기조차 힘들어진다. 간호사가 다가와서 숨을 크게 들이쉬었다 내쉬라고 유도한다. 간호사의 도움으로 몇 번의 심호흡을 반복한 끝에 그는 제 숨을 찾는다. 다른 간호사가 그의 팔에 링거 바늘을 꽂는다. 사이드로 진통제와 지혈제와 안정제를 투여한다. 그는 눈을 감는다. 수술 준비가 끝났는지 주위가 조용해진다.

의자를 당겨 앉은 의사가 그의 이름을 확인한다. 그는 네, 하고 대답한다. 지난밤에 잠은 잘 잤어요? 그의 뒤통수에 절개 부위를 표시하면서 의사가 친근하게 묻는다. 잠은 잘 자지 못했다. 생각처럼 수술이 잘 될지, 생착률 구십 퍼센트 이상이라는 의사의 말처럼 머리카락이 잘 날지, 만약 잘 나지 않으면 그때는 어떻게 하지, 하는 생각들이 밤새 그의 머릿속을 휘저었다. 의사가 혼잣말처럼 중얼거린다. 잠은 이따 주무셔도 되니까. 이어 머리카락 잘리는 소리가 싹뚝싹뚝 들려온다. 한동안 머리카락을 자르던 의사가 지금부터 마취 들어갑니다, 하고 말한다. 그리곤 곧바로 그의 두피에 주사바늘을 꽂기 시작한다. 두피가 얇은 데다 약물을 소량씩 주입해서인지, 아니면 마취약의 효과 때문인지 아프지는 않다. 푹, 푹, 푹 ,푹, 의사가 그의 머리에 기계적으로 바늘을 찔러대며 질문한다. 약물이나 다른 치료를 해 본 적은 있어요? 증모제를 먹기도 하고 바르기도 했었다. 용돈을 털어서 처방 받은 증모제는 먹고 나면 극심한 피로감을 몰고 왔다. 공부는커녕 책상에 앉아 있는 것조차 힘들었다. 이 퍼센트 정도에서 나타난다는 발기부전 증상도 있었다. 젊은 나이에 성욕이 없어지는 건 적지 않은 문제였다. 그럼에도 그는 빈약한 용돈을 자주 털었다. 점점 올라가는 이마를 막을 다른 방법이 없었다. 의사가 홈질하듯 그의 두피에 바늘을 찔러댄다.

마취가 끝났는지 슥슥, 두피 가르는 소리가 들린다. 통각이 마비되어 아픔은 느껴지지 않는다. 그러나 가만히 엎드려서 제 살점이 베어지고 뜯겨지는 소리를 듣는 것은 기이하면서 오싹하다. 허수아비의 목을 치듯, 닭의 머리를 치듯, 조금의 망설임도 없이 손님의 목을 베던 영화 속의 이발사가 생각난다. 괴기스러울 만큼 냉담한 표정의 이발사와 분수처럼 튀던 선혈이 눈에 선하다. 이 의사가 갑자기 심경의 변화를 일으키면? 무방비로 칼 앞에 목을 놓은 그는 불안하다. 그러나 피 튀기는 잔혹극을 벌이기에 주위가 너무 조용하고 차분하고 지켜보는 눈도 많다.

의사는 이런저런 말을 하면서 바쁜 손을 놓지 않는다. 가끔 무리하게 뜯어내는지 그는 저도 모르게 움찔 놀라곤 한다. 그럴 때면 옆에 섰던 간호사들이 재빨리 그의 어깨와 팔, 혹은 다리를 토닥여준다. 그는 금세 안정을 찾는다.

모발이식의 당위성을 얘기하자 고글을 끼고 양파를 까던 어머니가 말했다.

"하여간 유지비가 많이 드는 놈이야."

그는 멋쩍은 웃음으로 대꾸했다.

"그리게 처음 만들 때 좀 신경 써서 만들지 그랬어요."

"나도 그러고 싶었어. 아주 잘 나고 똑똑한 놈으로 낳고 싶었는데 네가 방정맞게 일등으로 오는 바람에 안 됐어. 내 꿈을 망친 건 너야."

재치 있는 대꾸라고 생각됐는지 어머니가 웃었다. 그도 웃으며 반격했다.

"일등이 이 모양인데 나머지는 오죽했겠어요."

어머니가 어이없어 하다 소리 내서 웃었다.

두 시간쯤 지나 모낭 채취가 끝이 났다. 절개 부위가 봉합되고, 그 위에 연고가 발라지고 붕대가 감겼다. 분리된 두피는 전문 간호사들에게 전해졌다. 벽을 향해 나란히 앉은 다섯 명의 전문 간호사들이 확대경을 보며 두피에서 불필요한 조직을 제거하고 모낭을 분리했다. 그는 회복실로 안내되었다.

스텝이 들여온 전복죽을 먹고 따뜻한 침대에 엎드려 휴식을 취한다. 깜빡 잠이 들었는데 간호사가 곧 이식이 시작된다고 알린다.

그는 일어나서 화장실로 갔다.

손을 씻으며 거울을 본다. 얼굴이 핏기 하나 없이 창백하다. 눈 밑은 검게 그늘이 져 있다. 약간 신경이 쓰이지만 피곤해서 그럴 거라고 생각한다.

그는 친구에게 다섯 시쯤 병원으로 와 달라고 문자를 보낸다.

수술대에 누우니 온몸으로 긴장감이 육박해온다. 자랑스레 후기를 올린 사람들처럼 만족할 만한 결과를 얻게 될지. 그는 천장을 바라보고 누워 눈을 감는다. 허공으로 튀어 올랐다 사라지곤 하는 쇼스타코비치가 어느 정도 마음을 진정시켜준다. 서너 시간만 지나면 이식이 끝날 것이다. 구 일쯤 되면 딱지가 떨어질 것이고 이 주쯤 지나서 이식모가 생착할 것이다. 두피 안에 모낭은 살아남은 채 기존모처럼 빠지는 쉐딩(Shedding) 기간을 거쳐 삼 개월 후면 새 머리카락이 날 것이다. 그리고 육 개월이 지나면 지금과 전혀 다른 인물이 될 것이다. 흑채를 뿌리고 나갔다가 비를 만나서 당했던, 이마로부터 흘러내린 검은 물의 치욕은 없을 것이고, 어렵게 맞춘 가발을 쓰고 모임에 갔다가 모자 맞췄네, 하고 외친 친구 때문에 그 모자가 보통 모자가 아님을 알아차린 사람들의 웃음을 귓불이 빨개진 채 견디지 않아도 될 것이다. 이마 반, 태평양이라는 말에 민감하게 반응하지 않아도 될 것이고, 필 콜린스가 대머리라는 디제이쯤 위트 있다고 여기는 청년이 될 것이다. 소심한 버섯돌이가 아닌 투블럭 컷을 한 멋진 젊은이가 될 것이다. 면접관 앞에서 자신 있게 대답을 하고, 취직을 하고, 예쁜 여자와 연애를 하고 결혼도 하고…… 생각만으로도 심장이 따뜻해진다. 그때 환자복 주머니에서 휴대폰이 부르르 떤다. 모르는 번호다. 그는 받을까 말까 망설이다 전화를 받는다.

김대단 씨가 아버지 되세요? 간호사들이 놀랄 정도로 그는 발딱 일어난다. 발밑을 더듬어 신발을 찾아 신고 네, 네, 를 거듭하며 수술실 밖으로 나간다. 복도 한쪽에 서서 다시 네, 네, 를 반복하다 알았습니다, 하고 전화를 끊는다. 얼굴이 붉어진 채 그가 내기 의사에 털썩 앉는다. 모르는 남자의 목소리가 귓속에서 왕왕거린다. 남자는 자신이 어떤 병원의 장례식장 직원이라고 말했다. 짜증 섞인 소리로 그의 아버지가 진즉 돌아가셨으며 지금 냉동관에 계시니 모셔가라고 했다. 밀린 사용료가 삼천만 원이라는 말을 덧붙였다.

울화가 어느 정도 가라앉으면 돌아오겠거니, 돌아와 어떤 방식으로든 재기에 힘쓰겠거니, 그는 생각했다. 가끔 아버지가 돌아가신 건 아닐까 의심을 하기도 했다. 그때마다 어머니는 고개를 가로저었다. 살아 있으면 몰라도 죽었으면 진즉 연락이 왔을 거라는 것이었다. 그런데 아버지가 진짜로 돌아가셨다. 하필 오늘 연락이 왔다. 어떻게 해야 할지 몰라 그는 한동안 멍하니 있다 접수대로 간다. 접수대에 마침 실장이 앉아 있다.

"혹시 지금 수술을 안 하면 수술비를 돌려받을 수 있나요?"

그가 묻자 실장이 상냥하게 되묻는다.

"갑자기 무슨 일이 생겼나요?"

"아니, 그게······."

그는 머뭇거린다. 실장이 웃음 띤 얼굴로 침착하게 묻는다.

"김중효 님이 당장 가지 않으면 누군가의 생사가 위태롭나요?"

"아니요."

"커다란 금전적 손실이 생기나요?"

"아니요."

"그럼 이식을 하셔야죠. 모발 채취까지 다 끝냈는데······."

생각해보니 자신에게 지금 필요한 건 죽은 아버지가 아니라 머리카락이다.

그는 수술대로 돌아가서 모발선 밑으로 빼곡하게 마취주사를 맞는다. 그때야 어머니에게 전화라도 할 걸 하는 생각이 든다. 어머니라고 당장 뾰족한 수는 없을 것이다. 그렇잖아도 무거운 어깨에 바윗덩어리를 올려주는 일일뿐.

"지금부터는 슬릿(slit)이라고, 이마에 작은 구멍들을 만들 거예요."

마취주사를 다 놓은 의사가 끝이 일 밀리미터가 안 되는 작은 메스를 들고 말한다. 그가 알았다는 시늉을 해보이자 설명을 붙인다.

"구멍을 미리 내두어야 이식할 때 힘이 분산되고, 먼저 이식된 모낭이 다른 모낭을 이식할 때 빠져나오는 현상이 줄거든요. 슬릿을 다 만든 뒤에는 분리한 모낭을 하나씩 끼워 넣는 작업이 진행될 거구요."

그는 다시 알았다는 시늉을 해 보인다.

의사의 따뜻한 손이 이마에 와 닿는다. 이어서 딸깍, 딸깍 하는 소리가 들려온다. 정말 잘 될까. 불쑥 튀어든 의혹에 그는 당황한다. 그런 생각만으로도 부정을 탈까 싶어 잘 될 거야, 잘 돼야 돼, 하고 의혹에 재빨리 확신을 덧씌운다. 수술대에 누웠을 때 아버지도 이렇게 불안했을까.

아버지의 가전제품 대리점은 시장 근처에 있었다. 넓지 않은 매장은 대형제품보다 밥통 같은 소품이 잘 팔렸지만 실속은 있었다. 장사가 잘 되자 회사는 간판이 눈에 잘 띄는 넓은 곳으로 옮기는 게 어떻겠냐고 아버지를 회유했다. 어머니는 반대했다. 아버지는 그동안 번 돈을 털어 부지를 사고 건물을 지어 매장을 옮겼다. 옮긴 매장은 넓고 환하고 깨끗하면서 간판도 눈에 잘 띄었다. 하지만 사람들이 흐르는 곳이어서 매출은 생각만큼 오르지 않았다. 매출이 줄자 인센티브가 줄었다. 인건비와 운영비는 늘었다. 설상가상으로 리먼 브라더스 사태가 발생했다. 먼 나라의 서브 프라임 모기지는 아버지에게 아무 영향을 주지 못했다. 그러나 얼마 가지 않아서 파산한 미국 투자은행의 후폭풍이 아버지를 덮쳤다. 건물을 지을 때 대출 받은 엔화가 리먼 사태로 폭등했던 것이다. 백 엔당 구백 원 하던 것이 며칠 사이에 천이백 원까지 뛰었다. 은행 직원은 지금이라도 대출을 원화로 바꾸라고 권했다. 어머니도 그게 좋겠다고 말했다. 아버지는 듣지 않았다. 일시적인 현상이라 믿었던 것이다. 엔화는 급기야 천육백 원까지 뛰어올랐고 아버지는 갑자기 늘어난 빚과 이자를 감당하지 못했다.

그때 못 갚은 빚이 있었던 걸까, 아니면 떠도는 동안 술과 노름에 몸을 맡겼던 걸까. 전화한 남자에 따르면 아버지는 간 증여 수술을 받던 중에 사망했다고 했다. 증여로 위장된 매매였다. 아버지에게 간을 팔게 했던 브로커들은 아버지가 돌아가시자 흔적을 감췄다.

나쁜 놈들. 그는 저도 모르게 주먹을 움켜쥔다. 의사와 간호사들이 놀라 그의 머리를 잡는다.

의사는 쉬지 않고 그의 이마에 구멍을 낸다. 필요한 만큼의 구멍을 뚫었는지 확대경을 들여다보며 머리카락을 심기 시작한다. 실종된 그의 자신감과 자존감을, 밝고 환한 미래를 심는다. 툭툭, 바늘이 이마에 꽂히는 느낌이 들지만 아프지는 않다. 머리 빠진 복학생. 키도, 인물도, 성격도, 형 정도면 좋지 하면서 미팅은 지들끼리만 하던 남자 후배들. 혹시라도 이성적인 관심을 내비칠까 미리 경계하던 여자 후배들. 앞으로 그런 수모는 없을 것이다. 이마가 넓네, 골룸 같네, 같은 소리도 듣지 않게 될 것이고 증모제에 용돈을 갈취당하지도, 예민해진 신경을 눅이려 신경정신과를 찾지 않아도 될 것이다. 열심히 공부해서 취직하고 그토록 원하던 평범한 인물로 살 것이다. 그런데 갑자기 죽은 아버지가 나타났다.

"텔레비전이나 스마트폰을 보셔도 돼요."

지루해 보이는지 간호사가 부드럽게 권한다. 그는 내키지 않는다. 어떻게 만든 기회인데 산만하게 행동해서 의사의 주의를 흐트러뜨리고 싶지 않다. 슬릿에 불필요한 조직이 딸려 들어가거나, 모낭이 불완전하게 삽입되게 하고 싶지 않다. 그는 눈을 감고 경건하다 싶을 만치 반듯하게 누워 있다. 아버지도 이런 자세로 누워 있을까. 아들에게 큰 빚을 안긴지도 모른 채 태평스레 눈을 감고 있을까. 언젠가 빚도 상속된다는 말을 들은 기억이 난다. 제때 포기 신청을 해야 떠안지 않는다는 말도 생각난다. 가슴이 철렁 내려앉는다. 이제 막 삶의 전환점을 마련했는데, 버저비터에 던져 넣은 역전골처럼 근사하게 해냈다 믿었는데……. 그는 조심조심 스마트폰을 꺼낸다. 눈 가까이에 대고 인터넷 검색창에 '상속'이라고 써넣는다. 사람이 사망한 경우 살아 있을 때의 재산상의 지위가 승계 되는 것이라고 상속이 다소 어렵게 정의되어 있다. 살아 있을 때의 재산상의 지위라고? 그럼 사망한 뒤에 발생한 빚은 승계가 안 된다는 소린가? 그는 눈을 감고 생각한다. 유가족들에게 상속되는 저작권료 같은 걸 생각하면 죽은 뒤에 생긴 빚도 승계가 될 것 같긴 하다. 무엇보다 아버지는 법적으로 아직 사망 전이다. 날카로운 바늘이 이마를 찍는다. 자신도 모르게 비명을 지른다. 의사가 놀라 손을 뗀다.

"마취가 풀려서 그런 거니까, 아프면 참지 말고 바로 말씀하세요."

의사가 서둘러 마취주사를 놓고 슬릿에 모낭을 끼워 넣는 일을 계속한다. 그는 눈을 감고 가만히 누워 있다. 머릿속에서 아버지가 떠나지 않는다. 아니 삼천만 원이라는 큰돈이 검질기게 달라붙는다. 사업에 실패한 아버지는 타인의 시선에서 그것을 확인받는 걸 더 못 견디는 눈치였다. 존경이나 경외까지는 아니어도 우호적이고 친근하면서 부드러웠던 눈빛이 하루아침에 비 맞은 떠돌이 개를 보는 눈빛으로 바뀌었으니 힘들기는 했을 것이다. 아버지는 만회할 방법을 찾는 듯 한동안 분주히 돌아다니다 일주일쯤 칩거하더니 집을 나갔다. 지금은 냉동 관 속에 참치처럼 꽁꽁 얼어 있다. 수분이 하얗게 얼어붙은 얼굴로 먼 데서, 조용히, 그에게 도리를 묻고 있다. 단순한 빚이면 상속을 포기하면 된다. 그러나 빚을 갚지 않으면 아버지를 모셔올 수가 없다. 장례를 치를 수가 없다. 이마에 다시 바늘이 찍힌다. 그는 모발이식 중이라는 사실을 새삼 깨닫는다. 스트레스는 모낭 세포의 생존에 좋지 않은 영향을 줄 것이다. 빚을 끌어다 어렵게 수술을 받는데 머리카락이 나지 않으면 미래는 더 비참해질 것이다. 처지가 냉동 관 속의 아버지와 다르지 않을 것이다. 아버지는 죽어서 고통이라도 없지.

그러고 보면 아버지는 탈모에 민감하지 않았던 것 같다. 취업의 부담이 없는 데다 결혼을 했기 때문인지, 아니면 타고난 낙천성 때문인지.

그는 한때 두건을 두르고 샌드위치라도 구울까 생각하기도 했다. 그것은 어머니의 강력한 반대로 무산되었다. 자영업이 돌발적 변수에 취약하다는 게 이유였다. 또 사업가는 날카로운 판단력과 결단력이 필수인데 아버지처럼 우유부단하게 굴다 망할 게 빤하다는 말도 했다. 그는 머리를 빡빡 밀어버릴까, 심각하게 고민하기도 했었다. 타인의 대책 없는 염려로부터 벗어난다는 점과 삭발형 대머리가 자신감은 물론 지배력, 남성성, 강인성이 크게 느껴진다는 연구결과가 마음을 끌었지만 그는 포기했다. 반항아적 느낌, 인습을 거부하는 듯

한 이미지 때문에 취업은커녕 변변한 알바자리도 얻지 못할 것 같았다. 그리고 남들의 입에 머리카락도 모자라서 두상이나 인생관까지 올리게 될까 두려웠다.

그는 눈을 뜨고 검색창에 '시신'이라고 써넣는다. 연관 검색어로 시신기증과 사체포기가 떠오른다. 차례로 클릭해가던 그의 눈이 번쩍 뜨인다. 유가족이 있어도 여러 가지 형편으로 장례를 치룰 수 없는 시신은 유족에게 '시체포기각서'를 받은 뒤, 무연고 사망자와 같이 처리해주는 제도가 있다. 무연고 사망자를 해부실습용으로 쓴다는 말을 언젠가 들은 기억이 난다. 죄를 짓는 듯, 기분이 묘해진다. 그때 어머니가 그의 정신에 경종을 울리려는 듯이 자주 했던 말이 떠오른다. 지 애비를 닮아서 물러터지기는……. 이럴 때일수록 단호해질 필요를 느낀다. 그는 아버지가 의식 속으로 끼어들지 않도록 노래를 부른다.

타잔이 십 원짜리 팬티를 입고 이십 원짜리 칼을 차고 노래를 한다, 아아아. 타잔이 이십 원짜리 팬티를 입고 삼십 원짜리 칼을 차고 노래를 한다, 아아아…….

그가 속으로 노래하는 동안 의사는 침착하게 그의 쓸모를 채워나간다. 그가 조금이라도 아파하는 기색이면 마취주사를 놓고 다시 이식을 한다.

그는 쉬지 않고 노래를 부른다. 야생 고릴라, 그 털복숭이들 틈에서 맨몸으로 성장해 정글의 왕이 되었다는 타잔. 가끔 의사의 질문에 대답할 때를 빼고는 계속해서 부른다.

　이식이 거의 끝난 것 같은 데 의사는 좀체 손을 놓지 않는다. 확대경으로 그의 이마를 들여다보며 빠진 곳을 찾아 꼼꼼히 채워 넣는다. 다 채워 넣고도 눈썹 끝이 흐리다며 눈썹까지 이식해준다. 그가 인간정글에 진입할 수 있도록 최선을 다해준다. 이십 분쯤의 시간을 더 소비한 뒤 마침내 의사가 바늘을 놓는다. 타잔은 그 사이 사백이십 원짜리 팬티를 입고 사백삼십 원짜리 칼을 차고 있다. 그는 간호사들의 부축을 받으며 자리에서 일어난다.

　화장실에서 모발선 밑에 빼곡히 박힌 피딱지들을 본다. 그동안의 설움이 눈앞을 스친다. 넓은 이마는 이제 사라졌다. 앞으로는 까닭 없이 부끄러워하지도 타인의 시선에 주눅 들지도 않으리라. 세상을 향해 기운차게 걸어가리라. 가슴이 부풀면서 온몸으로 기쁨과 환희가 차오른다. 치아교정기를 처음 끼웠을 때처럼, 피부과에서 레이저 시술을 받은 뒤처럼.

　친구가 제 어머니 차를 가지고 시간 맞춰 병원으로 왔다. 그가 조수석에 앉자 얼굴을 들이대고 이마부터 살핀다.

　"대애박! 송곳으로 이마를 막 쪼아놓은 것 같다. 전부 몇 개냐?"

　"삼천 개는 넘겠지."

　그는 친구의 머리를 밀어내고 등 뒤에 쿠션을 넣는다. 머리가 의자에 닿지 않도록 어정쩡하게 앉는다.

"상처 하나에 일 밀리씩만 잡으면…… 지금 네 머리에 삼 미터가 넘는 상처가 있다는 말이잖아."

"삼 미터면 어떻고 오 미터면 어때. 내 눈에는 다 이쁘고 사랑스런 상처들이구만."

"정말 대단하다."

대단하다를 반복하던 친구가 앞을 보며 시동을 건다. 기어를 조작하려다 고개를 돌려 그를 친친히 본다.

"근데 너 원래 다크서클이 이렇게 심했냐? 꼭 안경 원숭이 같다."

"야, 너 또 왜 그래?"

그는 짜증스럽게 대꾸하고 눈을 감는다. 갑자기 불길한 기운이 그를 휩싼다. 샤워를 한 뒤 수챗구멍을 덮은 머리카락을 발견했을 때 같은.

태평원룸
202호

조용한 집에 소리가 찍힌다. 딸깍. 이어 손잡이 돌리는 소리.

문이 열리고 한 남자가 들어선다. 눈이 퀭한 남자는 밤새 사막이라도 횡단한 듯 초췌하다. 남자는 비칠비칠 두 발을 엇비벼 운동화를 벗고 거실이며 부엌이며 침실인 공간으로 올라선다. 들큼하고 시큼한 냄새가 남자를 따라 올라온다. 희미하게 집 안을 떠돌던 알코올 냄새, 암모니아 냄새와 뒤섞인다.

남자가 이 원룸에 나타난 것은 사흘 전이다. 니트 짚업 점퍼에 비니 모자를 쓰고 옆구리에 가방을 낀 채 조심조심 들어섰다. 남자는 어둠이 눈에 익기를 기다렸다가 천천히 집 안을 둘러보았다. 현관에서 마주보이는 싱크대와 가스레인지, 오른쪽 구석의 작은 냉장고, 반대편 구석의 책상. 침대는 화장실 용적만큼 베어내고 난 기역자형 원룸의 세로로 꺾어진 안쪽에 있었다. 남자는 침대 쪽으로 걸어갔다. 약간 흐트러져 있는 이불을 들춰보고 모서리에 앉아 침대를 툭툭 쳐보다 일어서서 옷장 문을 열었다. 옷장 속에는 여자 옷 몇 개가 걸려 있었다. 남자는 어깨를 으쓱하고, 도로 침대에 주저앉았다. 모자를 벗고 짧은 머리를 긁적이다 집 안을 다시 훑어보았다. 가구와 벽지, 장판이 새 것은 아니지만 많이 낡아보이지도 않았다. 지저분한 살림이나 어수선한 장식도 없었다. 그럼에도 전체적으로는 어둡고 칙칙하게 보였다. 날씨가 흐린 탓도 있지만 변변한 창이 없는 이 집의 구조 때문이기도 했다. 책상과 침대 사이에 번듯하게 난 창이 없지는 않았다. 그러나 그 창은 굴절된 약간의 빛과 공기만 투과시킬 뿐, 하루 종일 옆 건물의 시멘트벽만 담고 있었다. 집 안을 둘러보던 남자가 일어나 주방으로 갔다. 냉장고 문을 열어보고 그 위에 얹힌 전기 밥솥도 열어보았다. 싱크대 옆으로 가서 불투명 유리가 박힌 새시 문을 열어 보일러실도 확인했다. 돌아서서 책상 위에 얹힌 얇은 유럽 여행안내 책자와 미용 정보지, 또 여자용 로션과 스킨을 주의 깊게 바라보았다.

남자는 점퍼와 바지, 티셔츠를 차례대로 벗고 침대로 걸어갔다. 안경을 벗어 침대 머리에 두고 이불 속으로 기어 들어갔다. 머리끝까지 이불을 뒤집어썼다. 침대 밑에 흐트러진 옷가지를 빼면 남자는 세상 밖으로 사라진 것처럼 보였다.

남자는 쉽게 잠들지 못하고 뒤척거린다. 남자가 뒤척거릴 때마다 등에 깔린 매트리스가 찌그덕짜그덕 소리를 낸다. 주방의 쪽창으로 행인들의 소리가 이따금 튀어 들어온다.

여자도 엊저녁 내내 뒤척거렸다. 그녀가 가늘게 코를 골기 시작했을 때 걸려온 전화 때문이었다. 여자는 자신이 좋아하는 록 밴드, 리드보컬의 폭발하는 고성과 세상을 부술 듯 요란한 드럼과 기타 소리를 듣지 못했다. 술을 마셨고 막 잠에 빠졌었다. 소리는 잠시 끊겼다가 이내 쏟아졌다. 이국의 로커가 관객 없는 세 번째 공연을 시작했을 때서야 여자는 잠에서 깼다. 여자는 휴대폰을 꺼두지 않은 불찰을 화내며 손을 뻗었다. 잠을 깨운 사람을 확인하고 신경질적으로 엎드려 침대를 쳤다. 로커가 계속 소리 질렀다. 여자는 체념한 듯 휴대폰을 들고 돌아누웠다. 여보세요. 자갈 굴러가는 소리를 던져놓고 눈을 감았다. 숨을 크게 내쉬었다. 나한테 전화하지 말랬잖아요. 음절들을 꾹꾹 눌러가며 말했다. 상대는 날마다 전화하지 않을 수 없는 상황을 장황하게, 그러나 고압적으로 얘기했다. 여자의 표정이 굳어갔다. 호흡이 거칠어졌다.

"그래서, 나더러 어쩌라는 거예요?"

여자가 발딱 일어나 앉으며 소리쳤다. 상대도 물러서지 않았다. 듣고 있던 여자의 표정이 일그러지더니 큰 소리로 외쳤다.

"당신들, 이거 불법이라는 거 알지? …… 뭐라고요? …… 잠깐, 녹음 좀 할게요."

여자가 휴대폰의 녹음버튼을 누르는 사이 사내의 거친 음성이 쏟아졌다. 흥분을 누르며 또박또박 여자가 말했다. 말씀 계속하세요. 그러더니 갑자기 휴대폰을 귀에서 뗐다. 잘못 건드린 벌집에서 튀어

나온 말벌처럼 기기 밖으로 사내의 저주와 욕설이 쏟아졌다.

"협박은 지금 그쪽에서 하고 있잖아요!"

거칠게 쏘아붙이고 여자는 전화를 끊었다. 이삼 초쯤 지났을까, 그녀의 로커가 다시 악을 썼다. 내겐 탈출구가 없어, 기분이 개 같다고! 여자는 말없이 휴대폰을 노려보았다. 한참을 견디다 전화기에 대고 사납게 소리쳤다.

"죽이든 살리든 당신들 마음대로 하랬잖아!"

전화를 끊고, 식식 거친 숨을 내뿜으며 여자가 다시 다이얼패드를 눌렀다. 다짜고짜 말했다.

"그 새끼, 지금 어딨어?"

소리들이 묘한 울림을 남기며 어둠 속으로 사라졌다.

"모른다면 일이 저절로 다 해결 돼?"

상대의 말을 잠시 듣다 여자가 말했다.

"그러면서 오늘도 헬스클럽은 다녀왔겠구먼. 참, 대단한 모성이야. 그래, 눈물 나도록 대단하지. 대단한 엄마에 대단한 자식…… 근데 그 대단한 자식 때문에 내가 얼마나 고통을 받는지 알기나 해? 얼굴도 모르는 놈들한테 날마다 협박받고 있다고!"

잠시 틈을 두고 여자가 말했다.

"행여라도 내가 어떻게 해주길 바라지마. 이번엔 죽어도 양보 못해."

여자는 얼굴을 찌푸리고 앉아 생각에 잠겼다. 주방의 쪽창으로 흘러온 달빛이 개수대와 냉장고, 그리고 여자의 얼굴에 푸르스름하게 스며들었다.

여자가 일어섰다. 불을 켜고, 냉장고에서 반쯤 남은 소주병을 꺼냈다. 냉동실을 뒤져 멸치도 몇 마리 꺼냈다. 돌아서는데 싱크대 귀퉁이에 박힌 검정 비닐봉투가 보였다. 여자는 소주병을 놓고 봉투를 집었다. 거뭇해진 감자 한 알이 그 안에 있었다. 무심코 감자를 집던 여자가 기겁을 하며 개수대에 던졌다. 썩은 감자에 작고 하얀 구더기들이 바글바글 붙어 있었던 것이다. 구더기들은 뿔뿔이 흩어져 기어갔다. 여자가 싱크대 문을 발칵 열었다. 그 안에서 락스 통을 꺼냈다. 물 컵에 락스를 반쯤 따르고 나머지 반에 물을 부어 구더기들 위에 뿌렸다. 구더기들은 끄떡도 하지 않았다. 작은 망설임도 없이 고물고물 개수대 바닥을 기어갔다. 원액을 그대로 부어도 죽지 않았다. 여자는 잠시 공황에 빠졌다. 더 강력한 무언가가 있어야 할 것 같았다. 두리번거리던 여자의 눈에 모기약통이 들어왔다. 여자는 모기약통을 가져다 그것들 위에 힘껏 분사했다. 그래도 구더기들은 죽지 않았다. 날마다 전화를 걸어오는 놈들처럼 끈질겼다. 여자가 이를 악물고 이번에는 모기약을 듬뿍, 기포가 구더기들을 하얗게 뒤덮을 정도로 뿌렸다. 구더기들은 그래도 살아남아 급기야 개수대 벽을 오르기 시작했다. 여자의 마음이 급해졌다. 벽을 넘으면 싱크대를 지나 집 안 여기저기로 흩어질 것이다. 조금만 방심하면 내 살을 다 파먹겠지. 여자는 발을 동동 구르다 냄비에 물을 붓고 가스레인지에 올렸다. 물이 끓기를 기다렸다가 냄비째 들어 구더기 위에 뿌렸다. 질기고 독한 반투명 생명체들은 믿기지 않을 정도로 빠르게 오그라들면서 하얗게 변했다. 여자는 진저리를 치며 싱크대 위에 냄비를 던졌다. 바닥에 주저앉았다.

온몸이 으슬으슬 떨린다. 얼굴이 벌겋게 달아오르고 머리도 깨질 듯이 아프다. 남자는 버틴다. 이 정도 아픔에 무릎 꿇고 싶지 않다. 그러나 뼈마디를 쑤시는 듯한 통증과 고열이 남자를 괴롭힌다. 남자는 침대에서 내려온다. 이마를 잔뜩 찡그리며 벗어두었던 점퍼주머니를 뒤진다. 주머니 속에서 알약을 찾는다. 맨입에 알약을 떨어트리고 목젖을 힘주어 눌러 삼킨다. 빨려 들어가듯 침대 속으로 들어간다.

켁, 기침소리가 허공으로 흩어진다. 알약이 목에 걸린 것 같다. 남자는 몇 번이나 침을 모아 삼키지만 목 안의 이물감이 사라지지 않는다. 켁, 켁, 밭은기침을 하던 남자가 다시 일어난다. 이불을 둘러쓰고 우줄우줄 주방으로 걸어간다. 수도꼭지에 고개를 대고 물을 마신다. 바닥을 딛을 때마다 발바닥에서 허벅지로, 양팔에서 머리꼭지로 이어지는 신경줄이 날카롭게 곤두선다. 몸살을 되게 앓을 것만 같다. 남자는 진저리를 치며 침대로 돌아가 이불을 뒤집어쓴다. 옅은 미모사 향이 남자의 코끝을 자극한다.

집 안은 조용하다. 모든 것들은 숨을 죽이고 잘까닥 잘까닥, 탁상시계만 남자의 머리맡에서 시간을 분지른다. 그때 날카로운 소리가 허공을 헤집는다. 이불 속에서 남자의 손이 덩굴손처럼 뻗어 나와 휴대폰을 들고 간다. 네. 남자가 쥐어짜는 소리를 낸다. 괜찮아요. 놀면 뭐해요. 선배가 우선 방 구할 때까지 있으라고. 웅얼웅얼 남자의 말이 이어진다. 약 먹었으니까 자고 일어나면 괜찮아질 거예요. 걱정마세요. 언제 한 번 내려갈게요. 드문드문 이어지던 남자의 소리가 그친다.

집 안은 다시 조용해졌다. 냉장고만 낮고 묵직한 소리로 웅웅거리다가 꼭짓점에 이르러서야 딱, 소리와 함께 적막을 불러낸다. 남자는 개처럼 둥글게 몸을 말아간다. 남자를 싸안은 이불이 봉분처럼 둥그렇게 솟아오른다.

여자는 개수대에서 멀찍이 서서 물을 뿌려가며 구더기들의 사체를 하수구로 흘려보냈다. 전화를 걸어온 놈과 걸어오게 만든 놈, 결국은 자신을 다 파먹고야 말 놈들을 그렇게 쓸어 보내고 싶었다. 그러나 그 독한 놈들은 금방 물러설 것 같지 않았다. 여자는 창문을 열었다. 얼음을 삼킨 바람이 들어와 빠르게 집 안을 냉각시켰다. 여자는 외투를 걸치고 침대에 앉았다. 한 손에 소주병을, 다른 손에는 멸치를 들고 앉아 소주를 홀짝거리기 시작했다. 소주를 병째 한 모금 마신 뒤에 멸치를 한 마리 먹고, 소주 한 모금 마시고 멸치 한 마리 먹고, 소주 한 모금 먹고……

이상한 소리가 들려왔다. 타닥타닥 탁탁 타닥타닥. 여자는 몸을 일으켰다. 소리는 계속 들려왔다. 주방 창문이 진원지였다. 나방 한 마리가 방충망에 붙어 나부끼고 있었다. 여자는 돌아서다 다시 창문 앞으로 다가갔다. 슬리퍼를 벗어 방충망을 두드렸다. 나방은 꼼짝하지 않았다. 여자는 머리핀을 뽑아 구멍을 쑤셨다. 젓가락으로, 포크로 구멍들을 쑤셔댔다. 그래도 나방은 떨어지지 않았다. 여자는 갑자기 오기가 생겼다. 다시 모기약통을 들고 죽었을 것이 빤한 나방을 향해 힘껏 뿌렸다. 센 바람에도 나방은 끄떡하지 않았다. 죽은 나방조차 악착같이 자기를 배반한다는 것에 여자는 새로이 화가 났다. 그래서 또 가스레인지를 켰다. 책을 길게 찢어내 불을 붙였고, 슬금슬금 차오르는 악의에 찬 기쁨을 누르며 방충망에 갖다 댔다. 화르륵, 불이 타올랐다. 그러나 검은 연기를 내며 순식간에 타오른 건 나방이 아니라 방충망이었다. 여자는 깜짝 놀라 물을 뿌렸다. 방충망에 손바닥만한 구멍을 남기고 불이 꺼졌다. 구멍 속으로 검은 어둠이 쏟아졌다. 여자는 얼른 창문을 닫았다.

집 안에 많은 냄새가 뒤섞였다. 침대에 걸터앉은 여자의 얼굴에도 많은 표정이 어렸다. 여자는 불을 끄고 다시 침대에 앉았다. 어둠 속에서 소주를 한 모금 마시고 잘근잘근 오래도록 멸치를 씹었다. 우울했다. 세상의 모든 사람들, 심지어 구더기나 나방 같은 미물조차 자신을 괴롭히자고 작당한 것 같았다. 나쁜 놈들. 여자가 소리쳤다. 화답하듯 전화벨이 울렸다.

"또, 왜?"

여자의 목소리가 빠르게 공격성을 띠었다.

"미안해? 오, 미안한 줄은 아는가 보네."

불안한 정적이 이어졌다. 후, 여자가 길게 숨을 내쉬고 나서 말을 이었다.

"어쩌라고, 그래서 어쩌라고! 부모 잘 만나서 편히 대학 다니는 내 친구는 지금 유럽으로 여행도 갔어. 그런데, 나는 뼈 빠지게 일해서 그놈 뒷구멍이나 막으라고? 오늘, 오늘 어떤 일이 있었는지 말해줄까? 점심때쯤 어떤 그지 같은 년이 파마를 한다고 왔었어. 젊은 년인데 머리 커트하고, 감기고, 말려서, 하나하나 로트로 말고, 중화제까지 발라놨더니, 옆 중국집에서 자장면 한 그릇 먹고 오겠대. 그러라고 했더니 그대로 내뺐어. 저녁에는 또 어땠는지 알아? 어떤 술집 나가는 년이 와서 이쁘게 드라이 해 달래. 그래서 이쁘게 해줬어. 그랬더니 지 맘에 안 든다고, 머리를 감고, 탈탈 털고 그냥 가버렸어. 내가 얼마나 힘들게 돈을 버는지 알기나 해?"

안 돼, 이젠 저얼대로 안 돼. 전화를 끊고, 아예 전원까지 꺼놓고, 여자는 오랫동안 같은 말을 되풀이했다. 말을 되풀이하는 동안 여자의 혀도 몸도 느슨하게 풀어졌다. 여자는 그대로 침대에 드러누웠다. 잠은 오지 않았다.

인색한 창이 마지못한 듯 아침을 끌어들였다. 탁상시계가 한바탕 소란을 피웠지만 여자는 쉽게 몸을 일으키지 못했다. 새벽녘에 겨우 잠들었던 몸이 무거웠다. 마음은 더 무거웠다. 여자는 아무리 생각해도 억울했다. 애초부터 자신이 벌인 일이 아니었다. 친구가 여행을

간 사이 이리 피해 있으면 해결될 거라 믿었다. 그러나 놈들은 끈질기게 따라붙었다. 무엇이든 방도를 세워야 했다. 여자는 천천히 자리에서 일어났다. 욕실에 들어가 소변을 보고 찬물에 오래도록 얼굴을 담갔지만 뾰족한 수가 떠오르지 않았다.

여자는 부숭한 얼굴에 로션을 바르고, 옷을 입고, 양말을 신으면서 뾰족한 수를 생각했다. 더 먼 곳으로 달아나는 수밖에 없었다. 하지만 놈들이 세상 끝까지라도 따라올 것 같았다. 여자는 무거운 몸에 무거운 외투를 걸쳤다. 마음이 더욱 무거워졌다.

현관문을 닫고 돌아설 때 한 남자가 계단을 올라오는 것이 보였다. 놈들 중 하나일까? 여자는 반사적으로 등을 돌렸다. 가슴이 세차게 방망이질 쳤다. 남자가 한 발 한 발 계단을 올라왔다. 여자는 숨을 죽이고 서 있다가 남자가 가까이 다가왔을 때 후다닥, 계단을 뛰어 내려갔다.

남자는 이리저리 베개를 고쳐 벤다. 그때마다 낡은 스프링이 그의 등 밑에서 가늘게 비명을 내지른다. 남자는 이불을 걷고 일어난다. 벽을 짚고 천천히 발을 뗀다. 걸음을 옮길 때마다 방심했던 그의 뼈들이 투둑투둑 소리를 낸다. 남자는 보일러 스위치를 켠다. 보일러 동작음을 들으며 벗어두었던 티셔츠를 입는다. 이를 딱딱 마주치며 욕실로 들어간다. 물에 적신 수건을 들고 침대에 누워 물수건을 이마에 얹는다. 냉기가 온몸으로 퍼진다. 으으으, 절로 신음이 터진다.

지난 사흘 동안 남자는 집에 와서 오로지 잠만 잤다. 원룸으로 오기 전 며칠 동안 제대로 못 잤기 때문이었다. 밤을 새워 일한 남자가 아침이 되어 식당 안의 골방에 몸을 뉘면 소리들이 끊임없이 그를 괴롭혔다. 칼질 소리, 조리기 들먹거리는 소리, 그릇 부시는 소리, 무언가를 주문하고 알았다고 되받아치는 소리. 골방은 주방 바로 옆에 있었다. 잠을 못잔 남자의 얼굴은 하루가 다르게 초췌해졌다. 보다 못한 선배가 방을 얻을 며칠 동안이라는 단서와 함께 이 원룸의 열쇠를 주었다.

아득한 곳에서 문 닫는 소리가 들려온다. 층층이 방들이 겹쳐진 곳이 그렇듯 몇 층 몇 호에서 나는 소린지 가늠할 수 없다. 다른 세계의 문이 닫히는 소리 같다고, 꿈결에 남자는 생각한다. 남자의 뒤척임이 줄어든다.

집 안은 어느새 캄캄해졌다. 거리에서 흘러온 불빛에 가구들만 희미하게 윤곽을 드러낸다. 남자는 이불을 젖히고 휴대폰을 본다. 시간을 확인하고 무거운 손으로 이불을 다시 뒤집어쓴다. 오 분쯤 지나 남자가 일어난다. 교대시간 아홉 시까지 가려면 더 이상 늦장을 부릴 수는 없다. 전등 스위치를 올린다. 불이 켜지고, 어둠 속에 숨죽였던 가구들이 파르르 떨며 깨어난다. 남자는 아직 잠에서 덜 깬 몸을 이끌고 느적느적 욕실로 걸어간다. 욕실 또한 집 안의 여느 곳과 다르지 않다. 애초에 반짝였을 타일과 거울, 세면기와 변기 등은 원래의 빛을 잃고 우중충하다. 남자는 오줌버캐가 낀 변기 앞에 서서 오줌을 눈다. 칫솔을 든다. 치약을 누르다 그대로 팔을 늘어뜨린다. 치약을 누를 기운조차 없다. 남자는 벌겋게 달아오른, 눈에 핏발이 서고 며칠 새에 볼이 홀쭉해진 자신을 본다. 그러나 곧 외면한다. 남자는 힘을 모아 치약을 짠다. 이를 닦고 고양이 세수를 마치고 밖으로 나온다.

남자는 침대 밑에 둔 가방에서 양말을 꺼낸다. 바닥에 앉아 양말을 신고 바지를 집어 든다. 전화벨이 울린다. 턱과 빗장뼈 사이에 휴대폰을 끼워 들고 남자기 말한다. 이 번호, 어떻게 알았냐? 손에는 여전히 바지를 든 채다. 며칠 전에, 일자리도 잡혔고 해서 뽑았어. 고개를 오른쪽으로 심하게 기울인 남자가 두 발에 바지를 꿰며 말한다. 아는 선배네 김밥집 야간 점장. 돈 받고 김밥 말고 홀 서빙하지. 남자가 상대의 말을 듣는 동안 어디선가 희미한 가락이 들려온다. 쿵쿵 발소리도 들린다. 견딜 만은 해, 아니 견뎌야지. 일주일. 힘? 들지. 그렇잖아도 몸살 났어. 머리도 아프고 온몸이 아파 죽겠다. 바지를 다 꿴 남자는 티셔츠를 두 팔에 끼운다. 고개를 기울인 채 이야기를 계속한다. 그래, 길더라. 거꾸로 매달아도 국방부 시계는 돈다지만. 복학? 해야지. 말끝에 남자가 씁쓸한 웃음을 흘뜨린다. 희미한 가락은 계속 이어진다. 바이올린인지 플루트인지 오카리난지 종잡을 수 없다. 멜로디언 같기도 하다. 돈 좀 벌어놓고. 남자의 얼굴에서 서서히 웃음기가 사라진다. 그래 한 번 보자. 통화를 끝낸 남자는 거의 울 것 같은 표정이다.

애면글면 유지되던 아버지의 가게가 망하고 적지 않은 빚까지 불거졌을 때 남자는 군대에 갔다. 남자가 유예시킨 이 년 동안 상황은 개선되어 있지 않았다. 혼자서 몸을 불린 빚이 가속을 붙여 굴러오는 바람에 부모님만 더 늙고 짜부라져 있었다. 남자가 할 수 있는 일은 없었다. 자신을 책임지는 것밖에. 가장 큰 문제가 등록금이었다. 그보다 더 급한 게 하루하루 먹고 사는 일이었다. 당장 몸을 부릴 방조차 없었다. 방만 해결되면 어떤 일을 해서든 돈을 모아 다음 학기에는 등록할 것 같았다. 이런 방만 있어도. 남자는 원룸 안을 다시 둘러보았다. 일고여덟 평쯤? 넓진 않아도 잡동사니가 가득 찬 김밥집 골방에 비하면 궁궐이었다. 조용했고 시설도 좋고 무엇보다 학교와 김밥집이 가까웠다. 그러나 보증금이 없었다.

다시 머리가 지끈거린다. 이 넓은 도시에 몸 하나 뉠 방이 없다니. 남자는 양손의 검지와 장지로 관자놀이를 누른다. 손끝에서 한 생각이 불쑥 튀어나온다. 이런 방에 사는 여자를 꾀면 어떨까. 아침에 스쳤던 여자가 생각난다.

터벅터벅 이 층 계단을 거의 올라왔을 때였다. 남자는 자기도 모르게 걸음을 멈췄다. 익숙한 미모사 향, 뒤를 돌아보았다. 한 여자가 계단 아래로 빠르게 사라지고 있었다. 무엇에 홀린 듯 남자는 여자가 사라진 계단을 바라보았다. 여자는 몇 호에 살까? 혼자 사나? 일일이 문을 두드려 찾아볼까? 같이 살자면 미친놈이라고 하겠지? 허공을 배회하던 남자의 눈이 시계에 멎었다. 남자는 깜짝 놀라 티셔츠를 입고, 점퍼를 들고, 현관으로 갔다. 끊어질 듯 이어지던 가락은 사라지고 없었다.

여태 못 보던 검은 점이 보인다. 긴 타원형의 새까만 점은 남자가 밖으로 가기 위해 잡아야 할 문손잡이 윗부분에 있다. 무심히 손을 뻗던 남자가 질겁하며 뒤로 물러선다. 바퀴벌레다. 남자는 자신의 엄지손가락보다도 큰 바퀴벌레를 겁먹은 눈으로 바라본다. 위압적인 크기도 크기지만 세 쌍의 다리에 무수히 돋아난 잔털이 더 징그럽고 소름끼친다. 죽은 듯 꼼짝하지 않는 그것은 죽지 않았음을 시위하듯 간간이 긴 더듬이를 까딱거리고 있다.

남자는 책상 위에서 유럽여행 안내책자를 집어다 조심스럽게 던진다. 책은 빗나간다. 얇은 미용잡지를 접어 던진다. 그것도 빗나간다. 이번에는 탁상용 달력을 가져다 문 가까이 가서 던지고 뒤로 한 발 물러선다. 바퀴벌레는 죽은 듯 꼼짝도 하지 않는다. 시간이 간다. 초조해진 남자는 바닥에 뒹굴던 마른 걸레쪼가리를 집어 던진다. 신고 있던 슬리퍼도 벗어 던진다. 그것들은 신묘할 정도로 바퀴벌레를 피해간다. 무언가를 계속 던지는 남자는 그것들이 정작 바퀴벌레를 맞힐까 두려워한다.

남자는 벗어놓은 양말짝, 모자, 팬티, 티셔츠 등을 마구 던진다. 그러다 현관 구석에서 찌그러진 맥주캔을 발견한다. 남자는 맥주캔을 집어서, 던진다. 캔은 바퀴벌레 바로 옆을 맞히고 바닥으로 떨어지며 큰 소리를 낸다. 꼼짝 않던 바퀴벌레가 움찔한다. 남자는 얼른 한 발을 뒤로 물린다. 바퀴벌레가 천천히 등딱지를 열기 시작한다. 등딱지 밑에서 느릿느릿 날개를 꺼낸다. 남자는 두려운 눈으로 응시한다. 바퀴벌레는 날개를 다 폈는가 싶더니 갑자기 남자를 향해 날아든다. 닭이 날갯짓 하듯 퍼덕퍼덕. 남자가 혼비백산해서 바닥으로 엎어진다. 바퀴벌레는 남자의 머리 위를 지나 주방 쪽으로 날아간다. 남자는 바닥에 떨어진 아무 것이나 주워 문의 손잡이를 감싸 연다. 도망치듯 집을 나선다.

집 안은 조용하다. 사람들의 목소리가 자주 집 안으로 튀어들었다가 이내 사라진다.

거칠고 투박한 걸음이 와서 선다. 딸깍, 적막한 집 안에 금속성이 음험하게 퍼진다. 천천히 손잡이 돌리는 소리. 문이 열린다. 찬바람 한 자락을 앞세운 여자가 안으로 들어선다. 확 끼치는 술 냄새. 들어서던 여자가 휘청거리며 손으로 눈을 가렸다 뗀다. 현관 앞에 떨어진 많은 물건들을 본다. 여자의 얼굴에서 모든 구멍들이 일시에 벌어진다. 그리고 굳어진다. 얼굴의 경직을 풀지 못한 채 여자는 그대로 바닥에 주저앉는다. 바닥에 흩어진 많은 물건들이 눈에 들어온다. 하나같이 자신의 것은 아니다. 남자의 것. 가방 안에는 펼쳐지지 않은 더 많은 남자의 옷들이 있다. 여자는 강한 두려움에 사로잡혀 집안 여기저기를 뒤져본다. 다른 것들은 모두 제자리에 있다. 여자는 휴대폰을 꺼내 전원을 켠다. 기다렸다는 듯이 그녀의 로커가 소리친다. 난 포기했어. 너무 지쳤다고! 휴대폰을 들여다보던 여자가 날카로운 동작으로 통화를 연결한다. 로커처럼 소리친다.

"이 나쁜 놈들아!"

소리가 쩌렁쩌렁 집 안을 흔든다.

"나한테 왜 이래. 정말 이래도 되는 거야? 집까지 쳐들어와서 이렇게 난장판을 만들어 놓으면 대체 어쩌자는 거야, 내가 돈 썼니? 내가 니들 돈 썼어? 뭐, 몸?"

여자가 갑자기 전화를 끊는다. 부들부들 떨며 어딘가로 전화를 건다.

"그 나쁜 새끼 아직도 연락 없어?"

잠시 틈을 두고 여자는 고래고래 소리 지른다.

"그 새끼 때문에 내가 얼마나 고통 받는지 알아? 나 없는 새에 그놈들이 집을 다 뒤져 난장판을 만들어놓고 갔다고. 돈 없으면 몸이라도 내놓으래. 그 새끼가 도대체 뭐야. 나한테 해준 게 뭐가 있다고 이렇게 고통을 줘. 말해봐! 말 좀 해봐!"

정점으로 치솟던 여자의 소리가 작아지며 냉소적으로 변해간다.

"오늘도 사람들한테는 헬스클럽 갔다 왔다고 했겠지. 그렇게 속이고 남의 집 파출부해서 그놈 빚 얼마나 갚아줬어. 아니 지금 얼마 남았어. 얼마? 아! 정말 답 없다. 그런데, 그놈이 또 이렇게 사고를 쳤단 말이지. 하나만 묻자. 서울서 대학 갔으면 됐지, 독일 유학은 왜 보냈데? 그 새끼가 그렇게 노래를 잘한다고 믿었어? 그러면, 갔다 왔으면, 취직을 했어야지, 돈을 벌었어야지. 지가 재벌 이세야? 팬티까지 명품으로……."

여자는 더 말할 기운도 없는 것 같다. 목소리에서 힘이 빠지고 말은 점점 느려진다.

"아무튼 그 새끼 빨리 데려와. 와서 지가 벌인 일 지가 해결하라고 해. 아니면 자식 잘 키운 사람이 평생 파출부질해서 갚든지. 제발, 제발 나 좀 내버려둬."

집 안이 다시 조용해진다. 가끔 냉장고만 위잉거리며 존재를 증명하고, 그마저 사라지고 나면 긴 침묵이 지겨운지 가구가 뚝 소리를 내며 몸을 뒤튼다.

문밖에 누군가의 기척이 와서 멎는다. 딸깍, 쇠와 쇠가 얼크러졌다 풀리는 소리. 문을 열고 누군가가 안으로 들어선다. 침대에 쓰러져 잠이 든 여자는 소리를 못 들은 것 같다. 아니 눈을 감은 채 누군가 열쇠로 현관문을 여는 소리, 문을 열고 들어서는 소리를 듣고는 있다. 그러나 꿈인지 생신지, 안에서 나는 소린지 밖에서 나는 소린지 헷갈린다. 혈관을 흐르는 알코올과 깨어나기를 거부하는 몸이 여자의 의식을 방해한다.

누군가가 방으로 올라선다. 어둠 속으로 한 걸음 내딛다 앞으로 고꾸라진다. 아이쿠, 혹은 어이쿠. 그가 엎어지면서 낸 짤막한 신음에 여자가 눈을 뜬다. 소리는 이미 사라지고 없다. 여자는 누운 채 가만히 귀를 모은다. 누군가가 어둠을 더듬어 냉장고 앞으로 간다. 문을 연다. 냉장고 안에서 새나온 누르스름한 빛이 누군가의 얼굴을 비춘다. 조금 전에 집을 나갔던 남자다. 남자가 고개를 젖히고 벌컥벌컥 물을 마신다. 여자는 물을 마시는 남자의 실루엣을 멀건이 바라본다. 아직 현실과 비현실을 구분하지 못한다. 물을 마신 남자가 허청허청 침대 쪽으로 다가간다. 나갈 때는 없던 마스크를 벗고 모자를 벗는다. 점퍼도 벗고 바지를 벗는다. 그동안에도 여자는 멀뚱멀뚱 남자를 바라본다. 어둠 속에서 조용히 움직이던 남자가 침대 쪽으로 걸어온다. 그때야 정신이 든 여자가 조심스럽게 손을 뻗어 머리맡을 더듬는다. 탁상시계가 잡힌다. 손아귀에 힘을 준다.

남자가 침대에 엉덩이를 내려놓는 순간, 여자가 벌떡 일어나 시계로 남자의 머리를 내리친다. 남자는 비명을 지르며 두 손으로 머리를 감싼다. 여자가 남자의 옆구리를 발로 밀어 찬다. 남자가 침대 밖으로 튕겨 나간다. 욕실 벽에 머리를 부딪고 바닥으로 나자빠진다. 강도구나! 쓰러지면서 남자는 생각한다. 여자가 침대에서 뛰어내려 주방으로 달려간다. 모기약통을 집는다. 남자를 향해 뿌리려다 그것이 구더기와 나방조차 처치 못한 것을 떠올린다. 여자가 일어서는 남자를 모기약통으로 후려친다. 남자는 머리가 빠개지는 고통을 느끼며 다시 쓰러진다. 강도에게서 살의가 느껴진다.

여자는 넘어진 남자를 타고 앉아 모기약통으로 사정없이 내려친다. 집까지 알아내 밤낮없이 찾아오는 놈이 무섭다. 이 나쁜 놈! 이, 이, 이, 나쁜 놈! 여자가 울며 소리친다. 남자의 귀가 번쩍 틘다. 머리와 팔의 극심한 통증도 잊을 정도다. 많은 생각이 남자의 머리를 빠르게 관통한다. 여자네. 선배 동생인가. 유럽여행 갔다더니 벌써 왔나. 왔으면 왔다고 말을 해줬어야지. 남자가 팔을 뻗으며 소리친다. 잠깐! 잠깐만! 여자가 멈칫하다 더 세게 모기약통을 휘두른다. 남자는 머리 위로 팔을 X자로 교차시켜 자신을 방어한다. 여자가 모기약통을 내던진다. 주먹으로 남자의 배를 가격한다. 남자는 헉, 소리와 함께 동그랗게 몸을 만다. 여자가 남자의 가슴을 친다. 반사적으로 가슴을 가리며 남자가 소리친다. 너, 나 누군지 몰라? 내 얘기 못 들었어? 남자의 말에 자극을 받은 여자가 더 빠르게 주먹질을 해댄다. 주먹을 막아내던 남자가 참지 못하고 여자의 목을 감아 쓰러뜨린다. 여자를 타고 앉는다. 마구 휘두르는 여자의 팔을 움켜잡는다. 씨발, 그만하라고 했지?

헉헉 거친 숨을 내쉬며, 남자에게서 빠져나가려 몸을 비틀며, 여자는 생각한다. 이제는 정말 죽었구나. 그러나 남자가 이상하다. 여자의 두 팔을 잡고 누르기만 할뿐 다음 행동을 하지 않는다. 씩씩대기만 한다. 이놈이 대체 왜 이러지? 집 안을 뒤져도 돈 한 푼 나오지 않으니까 다시 왔을 거 아냐? 몸이라도 어떻게 해볼 속셈이었던 것 아냐? 근데 너무 맞아서 기운이 빠졌나? 여자의 머리가 부산하게 돌기 시작한다. 어쩌면 일이 쉽게 해결될 것 같기도 하다. 여자가 목구멍에서 납작 눌린 소리를 뽑아낸다. 미안해요, 잠깐 내려와 봐요. 드디어 오해가 풀렸나 싶어 남자는 여자의 팔을 놓고 쓰러지듯 옆으로 드러눕는다.

여자는 서둘러 티셔츠를 벗는다. 브래지어를 푼다. 트레이닝복 바지는 팬티와 함께 벗어 발치께로 밀어놓는다. 끈질긴 협박에서 벗어난다면, 숨만 제대로 쉴 수 있다면…… 여자는 옷을 다 벗고 반 실신 상태로 누워 있는 남자에게 무릎걸음으로 다가간다. 남자의 허리춤에 손을 댄다. 단숨에 팬티를 벗겨 내린다.

아랫도리의 느닷없는 해방감과 서늘한 기운, 남자는 눈을 뜬다. 자신의 티셔츠를 벗기고 있는 여자가 어슴푸레 눈에 들어온다. 알몸이다. 남자는 눈앞에 어른거리는 부드러운 물체에 정신이 번쩍 든다. 아까 미친 듯이 패더니 이건 또 뭔가? 모호한 중에도 남자는 남자다. 여자가 원하는 것을 금방 알아차린다. 티셔츠를 벗겨낸 여자가 남자의 축 늘어진 물건을 세우려 애쓰고 있다. 남자의 몸과 맘이 뿌듯하게 차오른다. 동시에 좀 전의 수난도 기억 속에서 깨끗이 사라진다. 방 걱정 따위는 영원히 하지 않아도 될 것 같다. 감격, 감동한 남자가 무거운 몸을 끌고 부랴부랴 침대로 올라간다. 손을 내밀어 여자를 끌어올린다. 여자도 기꺼이 따라 올라간다.

남자가 힘껏 여자를 끌어안는다.

여자도 아주 힘껏 남자를 껴안는다.

재생 매트리스가 찌걱찌걱 리드미컬한 소리를 내지르고, 골목을 지나는 취객들의 목소리가 가끔 쪽창으로 튀어 들어온다. 골목을 지키던 가로등이 하나가 된 남자와 여자를 비춘다.

보람의 끝

직원들은 하나같이 검정 바지 정장에 흰 블라우스를 입었다. 깔끔한 차림의 그들이 조용하고 분주하게 진열대 위의 손자국을 닦고, 붓으로 가방의 먼지를 털어 제자리에 놓고 있다. 앞 팀이 빠져나간 자리를 빠르게 수습하고 있다.

여자가 들어서자 직원들이 일제히 고개를 든다. 자동인형들처럼 활짝 웃는다. 여자를 본 지금이 생애 최고의 순간이라는 듯이. 기분이 좋아진 여자가 폴리싱 타일 위로 미끄러지듯이 발을 뗀다. 순간 직원들이 얼굴에서 웃음을 거둔다. 싸늘해진 얼굴들이 말한다. 살 사람 아님. 여자의 가슴에 민망함과 부끄러움이, 짜증과 분노가 휘몰아친다. 화를 내며 돌아나가고 싶다. 하지만 여자는 꾹 눌러 참으며 제일 가까운 쪽 직원을 향해 걸음을 옮긴다. 여자가 가까이 갈수록 직원이 눈에 띄게 긴장감과 경계심을 드러낸다. 직원의 가슴에 붙은 명찰이 눈에 들어온다. 이수진. 고등학교 동창 중에 같은 이름을 가진 애가 있었다. 호리호리한 몸매와 희고 동그란 이마가 닮았다. 혹시 그 애인가? 여자의 머리에 난감함이 스치고 조심스레 붓질을 하던 직원이 얼굴을 든다. 동창 이수진이 아니다. 아니 그 이수진이 맞다. 다이어트를 심하게 했는지 얼굴이 홀쭉해져서 몰라볼 뻔했다.

여자가 기억을 더듬는 사이 이수진이 진열대 앞을 빠져나간다. 등을 보이며 입구 쪽으로 달려간다. 다른 직원들도 손을 놓고 잰걸음으로 달려간다. 달려간 직원들이 입구에 두 줄로 서서 허리를 깊이 숙였다 펴며 합창한다. 안녕하십니까, 고객님. 반갑습니다. 직원들의 현란하고 절박한 인사의 끝에 푸른 원피스를 입은 여자가 서 있다. 서른이나 되었을까. 푸른 원피스는 원피스 뿐 아니라 옆구리에 낀 클러치백과 구두, 머리에 올려 쓴 선글라스까지 온몸을 고가의 물건으로 휘감고 있다. 여자는 자신을 본다. 화장기 없는 얼굴에 짧은 갈색 머리, 스키니진과 카키색 야상, 그리고 싼 티를 감추지 못하는 숄더백.

슈퍼바이저는 자연스런 복장이 좋다고 말했다. 그 복장이 멸시를 불렀다. 여자는 씁쓸한 얼굴로 매장을 휘둘러본다. 뒷벽에 입체적으로 배열된 상자들과 그 안에 요요하게 숨죽인 가방들을 본다. 코 큰 갖바치들이 공들여 무두질했다는, 만만찮은 몸값으로 이 땅의 여자들을 안달하게 하는, 지금은 성공의 우스꽝스러운 지표처럼 되어버린. 길거리에서 자주 봐서인지 여자의 가슴에 특별한 감흥은 일지 않는다. 그러나 제 값을 아는 듯 가방은 핀 조명 아래서 한껏 도도하다.

등 뒤로 밝고 활기찬 음성이 쏟아진다. 여기는 남성용 신발이구요,

여기는 가방, 이쪽이 여성용 가방, 저쪽은 선글라스, 시계, 의류……
숍마스터로 보이는 직원이 호들갑스럽게 매장을 소개하다 덧붙인다.
고객님이 찾으시는 것은 어떤 것인가요? 푸른 원피스가 턱을 치켜들
고 시큰둥하게 대꾸한다. 그냥 구경 좀 하러 왔어요. 숍마스터는 누
가 쓸 건지, 쓰실 분이 남성인지, 여성인지, 연령대는 어떻게 되는지
틈을 주지 않고 묻는다. 고객의 니즈 파악을 위해 애를 쓴다. 여자는
어정쩡하게 서서 그들을 바라본다. 까데기를 하러 갔는지 이수진은
보이지 않는다.

　슈퍼바이저는 점심때가 다 돼서 전화를 걸어왔다. 여자는 가기 힘
들겠다고 말했다. 자료를 찾아서 공부하고, 외출 준비를 하고, 한 시
간도 더 걸리는 지역의 백화점까지 갔다가 돌아와서 보고서를 쓰러
면 시간이 빠듯할 것 같았다. 저녁에는 호프집 스케줄도 있었다. 망
설이는 여자에게 슈퍼바이저는 수당을 더 생각해주겠다고 말했다.
다음에는 더 쉽고 편한 곳을 알아봐 주겠다고도 했다. 생각해보니 백
화점 명품관에서 일상을 환기시키는 것도 나쁠 것 같지 않았다. 여자
는 가겠다고 말해놓고 컴퓨터를 켰다. 프로젝트 게시판에서 자료를
찾아 공부한 뒤 머릿속으로 가상 시나리오를 작성했다. 휴대폰 배터
리를 확인하고 수첩과 녹음기와 사진기를 챙겨 집을 나섰다.

　푸른 원피스에 달라붙은 직원들이 번갈아가며 외친다. 고객님, 지
금 신으신 구두 작년에 나왔던 저희 제품 한정판 맞죠? 이 원피스와
정말 잘 어울린다. 안목이 아주 좋으세요. 목적이 빤한 칭찬이 싫지

않은지 푸른 원피스가 허리를 틀어 제 구두를 내려다본다. 여자는 숍
마스터의 희고 긴 얼굴을 바라보다 명찰을 본다. 임보라. 시선을 돌
려 시계를 본다. 아무런 안내 없이 오 분 동안이나 방치되었다. 다시
화가 솟는다.

　일 때문이 아니었으면 사람을 이렇게 무시해도 되냐고 따졌을 것
이다. 화를 내며 돌아갔을 것이다. 하지만 여자는 목소리를 가다듬고
지기요, 하고 직원을 부른다. 푸른 원피스의 지갑을 열심히 공략하던
직원들이 고개를 돌린다. 하나같이, 저거 여태 안 갔어? 하는 눈빛이
다. 그리곤 결례를 저질러 몹시 송구스럽다는 표정으로 푸른 원피스
를 본다. 종이박스 여러 개를 겹쳐든 이수진이 들어온다.

　여자는 위축되지 않으려고 애쓰며 말한다. 여행용 가방 좀 보러 왔
는데요. 오늘 여자에게 주어진 프로젝트가 여행용 가방이다. 직원들
이 움직이지 않는다. 저걸 쫓아내 말아, 하는 얼굴로 바라보기만 한
다. 임보라는 니가 이런 걸 살 능력이나 되니, 하는 표정을 얼굴에 노
골적으로 드러내고 있다. 몰상식한 것들. 회사에서 부자 고객만 감동
시키라고 하진 않았을 텐데. 안 살 것 같은 고객 따윈 무시하라고 하
지 않았을 텐데. 사실 여자에게 이 브랜드 가방이 한 점 있다. 한 학
기 등록금을 털어서 충동적으로 샀지만 아무도 여자의 가방이 진품
임을 알아보지 못했다. 가방은 당시 사들였던 많은 물건들과 함께 옷
장에 박혀 있다.

　"그건 좀 비싼 건데요."

박스를 내려놓은 이수진이 머뭇거리다 대꾸한다.

"내가 지금 그 가방이 싸냐, 비싸냐 물은 건 아니잖아요?"

여자의 말이 자기도 모르게 딱딱해진다. 임보라가 쌍까풀이 뚜렷한 눈에 힘을 주고 여자를 쏘아본다. 그 눈이 너 따위에 기운 뺄 시간 없으니 꺼져, 라고 말한다. 이수진도 빨리 가줬으면 하는 눈빛으로 여자를 본다. 사장이 알면 퍽이나 좋아하겠다. 당장의 매출에 현혹돼 브랜드 이미지에 먹칠하는 것들. 여자는 화가 나다 못해 불손하고 불친절한 그들이 가엾어진다. 언제, 어떻게 잘릴지 모르는 시급 오륙천 원짜리의 교만. 여자는 어조를 누그러뜨린다.

"그럼 좀 착한 가격으로 추천해주세요. 아니면 기획 상품이라도……."

그래도 직원들은 움직이지 않는다. 여자가 이 브랜드 가방을 넘본다는 것조차 견딜 수 없다는 얼굴로 바라보고 있다. 매장에 잠시 긴장감이 돈다. 불안하게 지켜보던 이수진이 쭈뼛쭈뼛 여자에게 다가온다. 눈을 마주보지도 않고 여행은 어디로 갈 건데요? 원하는 가방이 있으세요? 하고 물은 뒤 가방의 종류를 나열한다. 진정성이라곤 전혀 없는 멘트다. 여자는 이수진의 동작과 말투, 옷차림에서 액세서리까지 안 보는 척 주의 깊게 살핀다. 그런데 왜 아는 척을 하지 않지? 이 초라한 여자가 친구라고 밝히기 창피한가? 부끄러운가? 아니면 아예 못 알아본 건가? 처음부터 눈을 마주치지 않으려고 애쓴 걸 보면 그것도 아닌 것 같은데 혹시 아는 척이라도 할까 봐 초조해서였던 거야?

임보라와 일행들은 푸른 원피스가 관심을 보이는 제품을 재빨리 꺼내 장점을 설명하고 구매의욕을 부추긴다. 관심이 빠진 물건은 얼른 제자리로 돌려놓는다. 이수진은 손님을 상대하고 있다는 사실도 잊은 듯 멍한 눈빛이다.

매장에 들어온 지 이십 분이 지났다. 여자는 나중에 다시 오겠다고 말한다. 그제서 이수진의 눈에 초점이 돌아오고 경직되었던 얼굴이 풀어진다. 여자는 이수진을 조용히 노려보다 명함을 달라고 말한다. 안 주려고 버티는 임보라에게도 사정하다시피 해서 받아들고 나온다.

여자는 화장실에 가서 녹음기를 끄고 수첩을 꺼낸다. 수첩에 이수진과 임보라의 특징과 그들에게 당했던 수모를 빠뜨리지 않고 적는다.

방 안에 햇살이 가득하다. 바쁘게 나가느라 치우지 못한 것들이 이리저리 흩어져 있다. 햇살이 그것들을 더 초라한 모습으로 부각시킨다. 여자는 가방에서 이수진의 명함을 꺼내 방바닥에 놓는다. 사진기를 들고 글자가 잘 보이도록 초점을 맞춘다. 셔터를 누른다. 찰칵 소리와 동시에 문자 알림벨이 울린다. 여자는 셔터를 한 번 더 눌러놓고 휴대폰을 본다. '에디팅 결과 보류 처리 되었습니다. 재입력해주십시오' 여자는 임보라의 명함 사진을 마저 찍고 모바일 사이트에 접속한다. 로그인을 하자 첫 화면에 보류 목록표가 떠오른다. 어제 자동차 대리점에서 받아 온 견적서 네 개 중 두 개가 잘못되었다고 씌어 있다. 여자는 가방을 챙겨들고 밖으로 나온다.

태양이 빌딩 유리 속에서 맹렬하게 타고 있다. 고층 빌딩들에 모서리를 잘려 먹힌 하늘은 저녁놀이 물들어 붉게 빛난다.

길가의 현수막 하나가 눈길을 잡는다. 꽤 유명한 스포츠 의류 회사의 것이다. 두 달 전 여자가 방문했을 때, 인테리어가 산만하고 상품 진열도 어수선한 매장에서 여직원들은 늦은 점심을 먹고 있었다. 여자가 들어서자 카운터 아래서 짜장면을 먹던 직원들이 엉거주춤 일어나 인사했다. 여자가 돌아나가지 않자 부스스한 단발머리를 한 직원이 나와서 어떤 걸 보러왔냐, 이러이러한 것이 어떠냐, 몇 마디 물어보다 다시 카운터 아래로 돌아갔다. 면이 불 확률에 비해 여자가 상품을 구매할 확률은 확실히 적었다. 여자는 혼자서 이 옷 저 옷을 들쳐보고, 기웃기웃 매장을 구경하며 시간을 보내다 돌아왔다. 현수막에는 그 매장이 문을 닫고 한 달 뒤 리뉴얼 오픈한다고 쓰여 있다.

자신이 직접 작성한 보고서가 기업의 고객만족 경영전략에 반영될 때 여자는 강한 긍지와 자부심을 느낀다. 밝고 아름다운 세상의 수호자가 된 듯 보람을 느낀다.

여자는 자동차 대리점의 통유리 문을 민다. 안에 가득 고였던 노을이 사라지고 어제 상담했던 고종석도 어디론가 사라지고 없다. 대신 키가 크고 눈이 선량하게 생긴 남자가 다가와서 인사한다. 전시장은 세일즈맨이 번갈아 가며 담당한다는 말이 그때야 떠오른다. 이 사람과 처음부터 다시 해야 하나. 적어도 사십 분은 걸릴 텐데……. 낙담한 여자가 빈말 삼아서 묻는다. 고종석 씨는 안 계신가요? 그 말을 들은 남자가 망설임 없이 걸어가더니 흰 벽의 한쪽을 민다. 그 안에 감쪽같이 숨어 있던 사무실이 드러나고 많은 책상 중의 하나를 차지하고 있던 고종석의 얼굴도 나타난다. 여자는 얼떨한 표정의 고종석에게 인사하고 견적서를 다시 작성해줄 수 있냐고 묻는다. 일시불로 작성했는데 생각해보니 할부가 좋을 것 같아서 왔다는 말을 덧붙인다. 순간 고종석의 야윈 얼굴이 밝아진다. 전날 자신의 상담이 깊은 인상을 남겨서 재방문한 것이라고, 이 고객은 구매 가능성이 높다고 판단한 것 같다. 여자는 약간 미안해진다. 하지만 천만 원을 이십사 개월 할부로 작성해달라는 말을 빠뜨리지 않는다. 고종석이 매장 데스크로 나와 상기된 얼굴로 이자율과, 세이브 포인트, 공채 할인율 등에 대해 설명한다. 전날처럼 여자를 세워둔 채 견적서를 작성한다. 견적서를 받아든 여자가 돌아서자 잠시만 기다리라며 사무실로 들어간다. 회사 로고가 박힌 물티슈를 들고 나와 수줍게 내민다. 문밖까지 따라 나와 허리를 깊이 숙여 인사한다.

어제도 여자는 이곳에 왔었다. 이 자동차회사 역시 소비자들이 쾌적한 환경에서 자사 제품을 보고 선택하도록 최상의 매뉴얼로 직원을 교육시켰다. 그러나 가장 중요한 전시장이 쾌적함과 거리가 있어보였다. 우선 여섯 대의 차를 전시하기에 공간이 협소했다. 정면에 도열한 두 대의 검정색 차가, 또 그중 한 대는 차체가 높은 SUV여서 매장을 더 답답하게 만들었다. 차 옆의 제원표는 누렇게 변색된 데다가 먼지까지 앉아 있었다. 여자는 좌우를 살펴보며 검은색 차들 사이를 걸어갔다. 안쪽에 들어앉은 데스크에서 한 남자가 나오며 인사했다. 사규에 맞도록 정장을 입었지만 윤기 나는 검정 양복은 추레했고 무스를 발라 세운 머리도 깔끔하지 않은 남자였다. 홀쭉한 뺨엔 여드름 자국이 무성했다.

남자는 회사의 대고객 매뉴얼에도 적응을 못한 것 같았다. 고객 맞이가 엉망이었다. 전시장에 클래식음악을 틀지 않았고, 내방 고객에게 차를 가져 왔냐 어디에 주차했냐 묻지 않았고, 커피나 녹차도 권하지 않았다. 내방 고객에게 무슨 말을 어떻게 해야 하는지조차 모르는 것 같았다. 여자가 문 앞의 검정색 승용차를 가리키며 이 차가 요즘 잘 나가는 차인가 봐요, 하고 말을 걸었을 때에야 그렇다고 겨우 대답했다. 남자의 말을 더 듣기 위해서 여자는 이 차종에서 검정색은 처음 보네요, 라고 덧붙였다. 그때야 남자가 멋쩍게 웃으며 소형차는 검정색이 거의 없는데 이 차는 중형에 속해서 검정색이 있다, 차는 검정색이 예쁘다, 젊은 사람들이 좋아한다는 등의 말을 했다. 그때 날카로운 소리가 남자의 말을 막았다. 휴대폰 벨 소리였다. 남자는 죄송한데 잠시 전화 좀 받겠다는 양해의 말도 없이 대뜸 전화를 받아 여자를 당황시켰다. 또 큰 소리로 통화하는 걸로 당황시켰으며, 통화를 하면서 운전석 쪽의 문을 활짝 열었다가 쿵 소리가 나게 닫고, 뒤쪽 문을 열었다가 닫고, 반대쪽으로 가서 조수석 문과 트렁크까지 열었다 닫아서 여자를 다시 당황시켰다. 전시장을 울리는 둔중한 문소리에 몇 번 놀라고 나서야 여자는 그의 산만한 동작이 자신에게 차 안을 보여주려는 행동이었음을 알았다. 그러나 전화를 끊고도 남자는 제 할 일을 모르는 것 같았다. 여자가 관심을 보이는 차의 시승을 권하지 않았다. 한 번 타 봐도 되겠느냐는 말을 들은 뒤에야 겨우 문을 열어주었으며 자리에 앉은 여자에게 시트를 조절해주지 않았다. 경쟁시 차와 비교 설명도 하지 않았다. 유리 볼 속의 사탕을 권하지 않았고, 견적서도 여자를 세워둔 채 작성했다.

집에 돌아온 여자는 고민했다. 남자의 행동을 있는 그대로 봐야 할지, 어설프지만 그 속에 언뜻 보였던 진심을 봐야 할지 망설였다. 하지만 깊게 고민은 하지 않았다. 자신이 느꼈던 불편을 다른 고객이 겪지 않도록 하는 게 미스터리 쇼퍼의 일이었다.

아슴푸레한 기운이 도시를 덮었다. 어스름 속에 신호등의 붉고 푸른빛과 전조등의 노란 빛들이 선명하게 떠올랐다. 다른 대리점에 들러 두 번째 견적서를 받아 나왔을 때 불빛들은 더 두드러져 있었다. 여자는 담당 슈퍼바이저에게 호프집 쇼핑을 내일 하겠다고 문자를 보냈다. 친구에게도 약속을 미루자고 전화했다. 오늘은 평가시트 작성에 최선을 다해야 할 것 같았다. 술을 마시고 썼다 재조사라도 하게 되면 낭패였다. 이수진에게 두 번이나 수모를 당할 수는 없었다.

골목을 꺾어 돌자 저만치서 마트의 노란 불빛이 기다렸다는 듯이 여자를 맞는다. 마트 앞을 지날 때 노랗게 희석된 어둠 너머로 인형 뽑기 기계가 보인다. 그 앞에서 누군가가 허리를 숙이고 인형을 뽑고 있다. 긴 머리의 여자가 언뜻 이수진 같다. 돌아가서 확인을 해볼까 하다 여자는 정말 이수진일지 몰라서 그만둔다. 어둠은 짙어졌고 고양이 한 마리가 울음을 끌며 골목을 가로지른다.

여자는 시리얼을 봉투째 들고 컴퓨터 앞에 앉는다. 개도 아니고 만날 사료 같은 것만…… 한숨처럼 뱉던 엄마의 소리가 귓전에 선명하다. 여자는 시리얼을 입 안 가득 밀어 넣는다. 와작와작 씹으며 자동차 회사의 견적서 사진을 업로드한다. 이수진의 명함 사진도 올리고 녹음기를 튼다. 기억을 되살리며 명품매장의 평가시트를 작성한다.

프로젝트명: 블랑쉬에. K 백화점 매장. 관찰일자: 5월 21일. 관찰시간: 14시 18분에서 14시 40분까지 22분. 모니터: 주정은. 응대자: 이수진, 임보라. 매장 내 직원수: 4명. 매장 내 고객 수: 2명.

안에 들어갔을 때 판매직원이 예의 바른 태도로 정중하게 인사했습니까. 여자는 망설이지 않고 매우 불만을 클릭한다. 판매직원이 귀하에게 다가올 때까지 얼마나 걸렸습니까. 5분. 판매직원이 귀하에게 칭찬 멘트를 했습니까. 이것 역시 매우 불만. 귀하에게 직접 제품을 만져보거나 착용해 볼 것을 권했습니까. 길게 생각할 것 없이 매우 불만. 귀하가 특별한 대접을 받는 느낌을 가졌습니까. 매우 불만.

매우 불만, 매우 불만, 매우 불만…… 여자는 백 개에 가까운 항목에 공격적으로 매우 불만을 체크한다. 당연한 결과다. 그들은 고객에게 감동을 주기는커녕 차별하고 무시했다. 다행히 지침서에는 직원들이 빠짐없이 멘트를 했어도 진정성이 없으면 매우 불만으로 처리하도록 나와 있다. 여자는 종합매장평도 있는 그대로 쓴다.

5분이 지나서 '저기요' 하고 불렀는데 직원들이 쳐다보기만 했음. '여행용가방을 보러 왔는데요' 라고 했을 때야 마지못해 다가와서 형식적인 멘트를 하였음. 칭찬을 하지도, 시착을 권하지도, 거울을 보라고도 하지 않았음. 다른 카테고리의 제품을 보여주지 않았고, 나갈 때 재방문 요청과 배웅인사를 하지 않았음. 무시당한 기분이었고 다시는 이 매장에 가고 싶은 생각이 들지 않았음.

다시 이 매장을 찾고 싶지 않음. 회사는 이 부분에 집중할 것이다.

오너와 직원들이 초일류 상품을 만들어내도 고객이 안 사주면 그 회사는 망한다. 그런 이유로 기업들은 고객의 작은 불만에도 귀를 기울인다. 불만을 가진 고객은 그의 가족이나 친구, 동료에게 영향을 미칠 것이고, 인터넷에 불만 내용을 퍼뜨리거나 불매 운동을 벌여 회사에 치명적인 손실을 줄 수 있기 때문이다. 기업들은 살기 위해 직원들을 교육시킨다. 한 명의 고객 뒤에는 많은 잠정 고객이 있다. 모든 고객에게 최선을 다해라. 그러나 오늘 여자는 최악의 대접을 받았다. 미스터리 쇼퍼가 아니었다면 고객센터에 글을 올리거나, 인터넷에 욕하고 선동하면서 화를 풀었을 것이다. 하지만 여자는 성실하고 정직한 방법으로 보복한다. 며칠 뒤 그 매장은 발칵 뒤집힐 것이다. 직원들은 사유서를 쓸 것이고, 이수진은 어쩌면 잘릴지 모른다. 기분이 조금 좋아진다. 여자는 컴퓨터를 끄고 스프링의 앙탈을 견디며 침대에 눕는다. 이틀 동안 다섯 샘플을 소화하고 재방문까지 하며 리체크했더니 피곤하다. 여자는 잠으로 떨어진다.

조심스러운 초인종 소리가 여자를 깨운다. 여자는 꿈속을 걷듯이 걸어가 어안렌즈를 본다. 체격이 크고 순하게 생긴 남자가 문밖에 와 있다. 가전제품회사 유니폼을 입은 남자는 냉장고 때문에 왔다고 말한다. 엄마가 불렀을 것이다. 엊그제 전화로 별일 없냐고 해서 냉장실에 물이 한 방울씩 떨어진다고 했었다. 할 말이 없어서였다. 안으로 들어온 남자가 공구가방을 내려놓고 냉장고를 열어보더니 냉동실 배수구멍이 막힌 것 같다고 말한다. 그리곤 기다란 드라이버를 들고 냉동실에 머리를 집어넣는다. 뒤판을 열고 수리를 시작한다.

같이 살고 싶은 사람이 생겼어. 엄마가 수줍어하며 털어놓았다. 고등학교 때 첫사랑이었다는 남자는 전 부인의 병구완에 돈을 다 써버린 빈털터리였다. 여자는 반대했다. 그러나 엄마는 그를 따라갔고 아픈 무릎을 달래가며 다시 가사도우미를 하고 있다. 여자는 작은 방을 골라서 짐을 옮겼다. 남은 돈은 은행에 맡겼다. 등록금으로 쓰려고 했는데 생각해보니 머리 아프게 공부할 이유가 없었다. 여자는 휴학계를 내고 뒹굴거리다 몇 개의 숫자로 남은 집에 화풀이를 시작했다. 집은 우수 고객의 짧은 영화와 함께 사라졌다.

냉장고는 남자의 손끝에서 금세 회복된다. 조립을 끝낸 남자가 냉장고와 주방 바닥에 떨어진 물을 닦기 시작한다. 그만두시라고, 나중에 내가 닦겠다고 여자가 말해도 괜찮다며 쓱쓱 닦는다. 깨끗이 해놓고 오라고 교육을 받은 것 같다. 물기를 닦은 남자가 공구를 정리하고 양식지에 수리 내용을 적는다. 명함을 내밀며 겸연쩍은 미소로 말한다.

"나중에 모니터링 전화가 오면 말씀 좀 잘 해주세요. 그냥 만족이 아닌 매우 만족이라고, 꼭 10점을 주세요."

회사는 고객을 만족시키고 감동시키라고 교육했을 텐데, 남자는 만족하고 감동받았다고 말하도록 웃으며 강요한다. 여자는 남자를 안심시켜 보낸다.

다시 잠을 자려다 컨설팅 회사의 웹사이트에 들어간다. 어제 수정했던 자동차 대리점 보고서에 또 문제가 있다고 떠 있다. 이번에는 고종석의 차에 대한 설명이 구체적이지 않고 매장에 나왔던 음악의 종류가 빠져 있다고 지적 되었다. 유난히 힘든 샘플이었다. 평가항목이 워낙 많은 데다 매장 입장 시간도 제한적이어서 메모를 해가며 공부하고 현장에서 세심한 주의를 기울였는데도 실수가 많이 나왔다. 매장의 전면 사진을 안 찍고 오거나, 할부로 작성해야 할 견적서를 일시불로 하거나, 전화 모니터링 시간을 잘못 맞춰서 다시 하곤 했다. 집을 나서기 전에 받았던 엄마의 전화가 마음을 산란하게 한 것이 분명했다. 짜증을 누르며 여자는 쇼핑 당시를 떠올린다. 하필 녹음기를 놓고 가서 스마트폰으로 녹음한 날이다. 녹음이 중간 중간 끊겨 있고 기억도 뒤죽박죽이다. 재방문할 시간도 없다. 찾아가서 다시 설명해달라는 건 더 어렵다. 여자는 고종석이 헤드램프 에스코트기능과 VDC에 대해 상세히 설명했다고 적는다. 매장에는 터키행진곡과 짐노페디가 흘러 나왔다고 적고 사이트를 나온다.

문득 어제 작성했던 이수진의 평가가 마음에 걸린다. 너무 정직하게 고자질한 것 같다. 하지만…… 이수진은 어제 아는 척도 하지 않았다. 옛말에 때리는 시어미보다 말리는 시누이가 더 밉다고 했던가? 노골적으로 홀대하던 임보라보다 눈도 마주치지 않던 이수진이 더 밉다. 여자는 이수진과 한 번도 같은 반은 아니었다. 할머니와 단둘이 산다는 말을 친구에게 들은 뒤 안쓰럽게 생각하고 더 따뜻이 대해 줬다. 그때만 해도 착하고 순했는데, 명품 매장에 근무하더니 몰라보게 거만해졌다. 밝은 사회를 좀먹는 훌륭한 쓰레기가 되었다. 여자는 평가시트를 다시 연다. 다행히 에디터가 아직 읽지 않았다. 종합의견란에 여자는 이수진의 말투와 표정이 거칠고 고압적이었음. 고객을 동냥 온 거지 취급해서 눈물이 날 뻔했음, 이라고 보태 쓴다. 잘못 체크한 부분, 빠진 부분이 있는지 꼼꼼히 살펴본다. 재수정 요구를 받지 않도록 각별히 신경 쓴다.

호프집은 이 층에 있었다. 모조 제라늄 화분이 놓인 갈색 계단은 깨끗했고, 배너와 외부 포스터와 현수막이 훼손되지 않은 채 자리를 지키고 있었다. 여자는 계단 끝에서 녹음기를 꺼내 음질 상태를 확인했다. 개념이 충만한 직원이 있기를, 기분 좋게 쇼핑하고 고민 없이 보고서를 쓸 수 있기를 바라며 문을 밀었다. 단단하게 생긴 남자가 어둠 속에서 걸어와 허리를 깊이 숙였다. 여자는 복장과 용모를 눈여겨보며 남자를 따라갔다. 구석진 곳의 작은 아이스바에서 친구가 손을 흔들었다.

여자가 앉자마자 오기쁨이라는 명찰을 단 직원이 메뉴판을 들고 왔다. 스물하나나 둘? 볼이 붉고 눈이 예쁜 오기쁨이 생글생글 웃으며 말했다.

"주문 도와드리겠습니다, 고객님. 아직은 해피타임이어서 지금 주문하시면 안주를 오십 퍼센트 할인된 가격으로 서비스 받으실 수 있습니다. 주문하시겠습니까, 고객님?"

오기쁨의 반짝이는 눈을 바라보며 여자는 오늘 추천요리가 무언지 물었다. 필수 시나리오 중의 하나였다. 오기쁨이 해물 오꼬노미야끼라고, 주저하지 않고 말했다. 탄탄한 직업의식인지, 이름의 최면인지 계속 웃는 얼굴이었다. 그게 어떤 음식인지 묻는 질문에도 막힘없이 대답했다. 여자는 오십 퍼센트 할인해준다면서 그만큼 해물의 양을 줄이지는 않는지 물었다. 오기쁨이 자신 없는 얼굴로 아마 그러지 않을 걸요, 하다 정확한 답을 요구하는 여자의 시선에 매니저님을 불러드리겠다고 말하고 뒤돌아갔다. 여자는 재빨리 손을 뻗어 테이블을 쓸어보았다. 테이블은 끈적임 없이 청결했다. 양념통들도 오염되지 않은 상태로 제자리에 있었고 테이블 텐트도 훼손 없이 깨끗했다.

그 사이에 작달막한 남자가 몸을 뻣뻣이 세우고 빠르게 다가왔다. 침착한 작은 눈으로 안정감 있게 말했다.

"저희 업소는 한 판당 이백사십 그램씩 정확히 넣고 있습니다. 걱정하지 마십시오."

여자는 웃음을 지어보이며 머리에 새겼다. 오기쁨 용모 단정, 상냥 친절, 매니저 수염 코털 깨끗, 요구 사항 적극 해결.

적당히 하고 잘 써줘라. 매니저가 돌아가기를 기다렸다가 친구가 입을 열었다. 친구는 편의점 아르바이트를 일주일 하다 손님 때문에 짜증나서 못하겠다고 도서관으로 갔다. 장학금을 목표로 열심히 책을 파더니 지금은 괜찮은 중소기업에 취업했다.

여자는 컵에 지문과 립스틱 자국이 있는지 살폈다. 친구가 입을 열었다. 어제 아인이가…… 아인이? 여자가 친구를 보았다. 친구가 빙그레 웃다 말했다. 수현이, 저번 이름은 수현이었지. 친구가 몰입하는 드라마가 바뀔 때마다 개의 이름이 바뀌었다. 그전 이름은 민호였다. 친구는 어제 아인이가 등심을 두 조각이나 먹은 것을 신이 나서 얘기했다. 자기가 먹은 것보다 몇 배는 뿌듯해하는 얼굴이었다. 여자는 미니바에서 초록색 병을 하나 집어 들었다. 흐린 불빛 아래 앞뒤로 돌려보았다. 외국 맥주회사의 상표 밑으로 작은 숫자들이 보였다. 제조일자인가 싶었는데 유통기한이었다. 유통기한은 육 개월이나 지나 있었다. 친구는 아인이가 씹지도 않고 허겁지겁 등심을 삼키는 모습을 흉내 내고 여자는 다른 병을 하나 더 집었다. 그것 역시 유통기한이 지나 있었다. 또 한 병을 집었지만 마찬가지였다. 여자가 큰 동작으로 벨을 눌렀다.

가슴에 상호가 찍힌 빨간 티셔츠에 빨간색 두건을 쓴 청년이 다가왔다. 영양상태가 심하게 좋아 보이는 청년에게 여자는 이 맥주의 유통기한이 지난 것 아니냐고 물었다. 청년이 벙벙하게 바라보았다. 이런 것을 얘기한 사람을 한 번도 못 본 것 같았다. 맥주에 유통기한이라는 게 있다는 것조차 모르는 눈치였다. 청년이 멀뚱하게 듣다 다른 것을 가져다주겠다며 소란 속으로 걸어갔다. 창밖은 어두웠다. 불빛이 안으로 모여들었다.

오기쁨이 큰 접시를 들고 와서 테이블에 내려놓았다. 한 발 물러서서 뜨거우니 조심하시고 맛있게 드시라며 허리를 깊숙이 숙여 인사했다. 이수진이나 임보라와는 근본적으로 다른, 진심이 느껴지는 미소를 지었다. 오기쁨이 다시 인사하고 돌아갔다. 여자는 접시가 테이블 가운데에 잘 놓였는지 재빨리 살폈다. 음식이 접시 중앙에 잘 놓였는지, 해물은 뭉치지 않고 잘 펴졌는지, 또 소스는 일정한 두께로 골고루 뿌려졌는지도 훑어보았다. 사진기를 꺼내 사진도 찍었다.

쇼핑이나 외식을 좋아하지 않지만, 신경을 쓰는 데 비해 보수가 적지만 여자는 이 일을 마음에 들어 했다. 일정한 시간에 출퇴근하지 않아도 되고, 상사의 눈치를 보거나 사회와 타협하느라 굳이 애쓸 필요가 없었다. 그리고 우수 고객에게만 웃는, 막돼먹은 직원을 색출해내는 일은, 일반 소비자를 보호하고, 기업을 살리고, 나아가 세상을 아름답게 변화시키는 보람 있는 일이었다.

창고에 갔던 청년이 난감하다는 표정으로 다가와서 다른 것들도 마찬가지라고 말했다. 여자는 명찰에 박힌 김기백이라는 이름만 빤히 바라보았다. 이러면 안 되지 않냐고, 매니저 오라고 하고 싶었지만 슈퍼바이저의 말이 혀를 붙들었다. 슈퍼바이저는 프로젝트가 바뀔 때마다 강조했다. '직원들에게 불만을 표시하거나 이상한 주문을 하지 마라. 돌출된 행동을 하지 마라' 여자는 알았다고, 고개를 끄덕여주었다. 청년이 넓은 등판을 보이며 걸어갔다.

홀은 음악과 젊음과 알코올로 터질 듯이 끓어올랐다. 여자는 주문할 때 들었던 직원의 설명과 비교 평가를 하면서 음식을 먹었다. 친구는 한때 민호였다, 수현이었다. 아인이가 된 자신의 개가 얼마나 예쁜 짓을 잘하는지 늘어놓으며 먹었다. 여자는 맥주를 한 모금 마시고 바닥에 오물이 떨어져 있는지 살폈고, 안주를 먹으며 매트에 먼지나 껌이 붙어 있는지 보았고, 다시 맥주를 마시며 문에 테이프 자국이 남았는지 관찰했다. 친구는 비만인 아인이를 위해 어제 초등학교 운동장을 세 바퀴나 돈 얘기를 했다. 여자는 고개를 끄덕여주며 간간이 고개를 빼서 주방 직원들이 위생복과 위생모, 위생마스크를 착용했는지 보았다.

젓가락 끝에서 뭔가 반짝하고 빛이 났다. 여자는 일본식 빈대떡을 헤집었다. 안에서 나온 건 철수세미 조각이었다. 여자는 분리해낸 얇고 작은 철사조각을 바라보다 벨을 눌렀다. 아까의 청년이 다시 왔다. 청년은 다소곳이 듣더니 공손하고도 진지하게 말했다.

"잘 아시겠지만 보통 가정에서도 아무리 깨끗이 한다고 해도 음식에 수세미 조각이 들어갈 때가 있잖아요. 저희도 정말 깨끗이, 열심히 한다고 해도 이렇게 어쩔 수 없이 들어갈 때가……."

차분히 눈을 맞추며 청년이 하는 말은 이랬다. 사람은 누구나 실수한다, 당신들도 사람이다, 그러니 우리의 실수에 너그러워야 한다. 여자는 웃음이 나왔다. 청년은 '고객은 왕이다'는 수직적 구조의 단어를 이해하지 못했거나 고객감동을 곡해한 것이 분명했다. 쇼퍼가 아니라면, 맥주의 유통기한 문제를 지적한 전력이 없다면 여자는 청년의 말을 끊고 따졌을 것이다. 하지만 웃는 얼굴로 알았으니 명함이나 한 장 가져다 달라고 말했다. 나중에 그런 일이 없었다고 우기면 곤란할 터였다.

여자는 본격적으로 매장을 훑어보았다. 포스터는 반듯하게 붙어 있는지, 아이스바 주위는 깔끔하게 관리되고 있는지, 직원들이 음료나 접시의 리필을 신속하게 잘 하는지. 아홉 개 항목 칠십여 개의 질문에 답하려면 매의 눈으로 꼼꼼하게 살펴봐야 했다. 음식점 쇼핑은 어떻게든 한 번에 끝내야 했다. 재조사를 할 때 발생되는 음식값이나 술값은 자부담이었다.

인디밴드의 노래가 홀을 빵빵하게 채웠다.

"너 이수진 알지?"

친구가 불쑥 말했다. 여자는 깜짝 놀라서 친구를 보았다. 다행히 어제 일을 아는 것 같진 않았다. 여자도 굳이 꺼내고 싶지 않아서 왜 냐고 되물었다. 친구가 말을 잇는 순간 매니저가 접시를 들고 왔다. 놀라 바라보는 둘에게 웃으며 서비스라고 말했다. 여자와 친구는 횡 재한 기분으로 치킨 퀘사디어를 먹었다. 매니저가 잠시 뒤 얼음물을 가지고 왔다. 그 뒤로도 와서 불편한 점은 없는지, 더 필요한 것은 없 는지 계속 물었다. 돌아가는 매니저의 등을 바라보다 친구가 속삭였 다. 어떡하니, 너 들킨 것 같다. 여자도 이미 느끼고 있었다. 이럴 때 는 그가 다른 매장에 소문내지 않기를 바라며 모르는 척 먹고 마시는 수밖에 없었다. 한 매장에서 미스터리 쇼퍼로 의심되는 자가 목격될 경우 어떤 직원들은 다른 매장에 전화해서 인상착의를 알려주기도 했다. 그쪽의 CS 점수가 높아지면 자신이 상대적으로 불리하게 될 것임에도.

"며칠 전에 이수진 만났어."

친구가 맥주를 길게 들이마셨다. 여자는 조용히 바라보는 걸로 친 구의 혀를 재촉했다.

"몇 달 전에 할머니가 돌아가셨는데 많이 힘드나 봐. 살이 쏙 빠졌 더라. 얼마 전에는 정신과 상담까지 받았대."

"그래? 그러면 나도 정신과 치료 받아야겠다. 엄마가 시집 가버려 서 혼자 남았고 살도 많이 빠졌잖아."

"지지배, 그게 지금 그것과 같니?"

친구가 눈을 흘겼다. 살만큼 살고 저 세상으로 간 할머니 못지않게 살아서 고생하는 엄마도 아프다. 여자는 입을 다물었다. 묵직한 컵을 들어 맥주만 마셨다.

"명품관에는 우아하고 고상한 손님만 올 것 같지? 근데 진상 손님도 무지 많대. 그런 손님이 와서 한바탕 지랄을 떨고 가면 혼이 다 빠진대. 매출 압박은 또 얼마나 심한지…… 걔 진짜 고생 많이 하더라."

"웃기는 소리 하고 있네. 걔가, 아니 걔네들이 사람을 얼마나 우습게 아는데, 없어 보이는 사람을 얼마나 깔보고 무시하고 꼴값을 떠는데. 진상짓은 손님이 아니라 지들이 더 하드만."

여자는 자신도 모르게 언성을 높였다. 친구가 뜨악하게 바라보다 말을 이었다.

"요즘에는 손님이, 아니 사람이 무섭대 저녁이면 잠도 잘 안 와서 날마다 소주를 한 병씩 마시고 잔대."

"무서우면 그만두면 되지. 뭐 하러 다니면서 고생을 한다니?"

"넌 어쩜…… 걔가 할 일이 없어서 취미로 그러겠니? 먹고 살아야 하니까, 더 늦기 전에 졸업을 하려면 등록금도 벌어야 하니까, 날마다 술에 취해 자면서도 다닌다는데."

"……"

"그리고 혼자 있는 게 힘들어서, 사람 속에 있는 것이 그나마 나아서, 죽을힘을 다해 다닌다는데, 다녀야 산다는데……"

그래도 여자는 이수진의 고통에 공감하지 못했다. 공감하고 싶지도 않았다. 사람 속에 있어야 산다는 게 말이 돼? 사람을 피해서 산다면 몰라도…… 그리고 사람 속에 있어야 산다면 시장에서 떨이물건을 팔지 왜 백화점 명품관에 있어. 다니기 힘든데 죽을힘을 다해 다니지 말고 집에 가만히 처박혀 있으면 되잖아. 그때 문득 어설픈 세일즈맨이 떠올랐다. 포도주스를 마신 듯 입술이 검푸른 고종석도 죽을힘을 다해 다니고 있는 걸까? 그 속에서 어떻게든 살아남아야 하는 걸까. 여자는 더 생각하기 싫었다. 젓가락으로 접시 속의 마카로니만 찍어댔다.

주변 공기가 흔들리며 소란스러워졌다. 뒤쪽 테이블에서 한 남자가 언성을 높이고 있었다. 눈빛이 불량한 남자 앞에 고개를 숙이고 서 있는 건 오기쁨이었다. 어떤 불만고객도 충성고객으로 바꿔 놓을 것 같은 오기쁨이 무슨 이유에선지 야단을 맞고 있었다. 남자가 손가락으로 오기쁨의 이마를 찍어댔다. 그때마다 오기쁨의 고개가 뒤로 젖혀졌다 제자리로 돌아왔다. 이마를 찍어대던 남자가 갑자기 큰 손으로 오기쁨의 뺨을 쳤다. 오기쁨이 휘청거리며 뺨을 싸쥐었다. 뺨을 쥐고 죄송하다고 하는 듯 연신 고개를 꾸벅거렸다. 남자가 반대쪽 뺨을 쳤다. 오기쁨이 휘청거리며 이번엔 반대쪽 뺨을 싸쥐었다. 화가 덜 풀렸는지 남자가 발을 뻗었다. 오기쁨이 쓰러지고 친구가 벌떡 일어섰다. 달려온 매니저가 남자를 막아섰다. 오기쁨을 돌려보내고 씩씩거리는 남자를 달랬다. 친구가 털썩 자리에 앉았다.

"저런 새끼들 전부 하수구에 처박아야 되는데."

"……"

"저런 개만도 못한 인간들 성질대로 했다가는 사유서 쓰거나 바로 잘리겠지. 아니 좋은 데 와서 기분 좋게 먹고 마시게 해주면 고맙다고 해야 하는 거 아냐? 못난 것들이 다른 데서는 찍소리 못하다 이런 데 와서 여종업원들한테나 큰소리치고 손찌검하고······.

여자는 어리벙벙하고 친구가 얼굴이 빨개져서 소리쳤다.

"백화점도 그래. 어쩌다 돈 좀 만지게 된 년들, 지 필요한 것 사러 왔으면서 거지한테 적선하러 온 것처럼 온갖 거드름 다 피우고 유세 부리고, 매출 올리는 것도 힘들지만 그런 년들 비위 맞추는 일이 백 배는 힘들대. 조금만 맘에 안 들면 바로 위에 찌르고. 얼마나 시달렸으면 사람보다 말없는 인형이 더 좋다고 할까, 오죽하면 공황장애가 올까?"

사람보다 인형이 좋아? 설마, 그때 인형을 뽑던 여자가 정말 이수진이었어? 내내 불안한 표정이더니 공황장애 때문이었어? 여자는 아무 말 못하고 친구도 입을 다물었다.

여자는 일어나서 화장실에 갔다. 화장실의 벽과 바닥, 세면기와 타월 들을 눈여겨보고 변기 칸으로 들어갔다. 주의를 기울여 변기와 화장지, 환기구와 쓰레기통을 살펴본 뒤 변기에 앉았다. 눈에 띈 사항들을 수첩에 적으며 긴 소변을 보았다. 그때 옆 칸에서 훌쩍거리는 소리가 들려왔다. 이어 두루마리를 풀어내는 소리, 코 푸는 소리, 문 여닫는 소리가 들렸다. 볼일을 마친 여자가 밖으로 나왔다. 거울 앞에서 눈가의 물기를 닦아내는 사람은 오기쁨이었다. 여자가 무어라고 위로의 말을 찾는 순간, 거울 속 오기쁨이 웃었다. 뺨에는 손자국이 선명한데, 그런 일이 언제 있었냐는 듯 밝게 웃었다. 여자는 당황했다. 기쁨이 충만한 얼굴로 오기쁨이 나가고, 여자는 한동안 자리를 뜨지 못했다. 어린 여자가 감당하기 쉽지 않은 상황이었다. 울며불며 뛰쳐나가도 누구도 뭐라 하지 못할 상황이었다. 그런데 저렇게 담백하고 깔끔한 마무리라니. 타고난 성실성이나 책임감일까? 아니면 자존심? 빈곤의 압박? 여자의 가슴이 묵직해졌다. 그러고 보니 오기쁨이야말로 완벽한 서버였다. 기업이, 이 사회가 원하는 섬뜩할 정도로 완벽한 감정노동자였다.

여자는 자리로 돌아와 맥주를 단숨에 들이켰다. 오기쁨의 웃는 얼굴이 머리를 떠나지 않았다. 여자는 가방을 챙겨 일어났다. 친구도 휘청휘청 따라 일어섰다. 계산을 끝낸 여자가 문을 밀었다. 매니저가 문밖까지 나와 비굴할 정도로 정중하게 인사했다.

친구를 보낸 뒤 여자는 택시를 잡아탔다. 색색의 불빛이 허공으로 흘러가고 오기쁨의 미소와 눈물이 흔들리며 따라왔다. 아주 모범적이고 성실한 직원. 어떤 상황에서도 고객에게 최선을 다하는 프로 중의 프로. 그런 오기쁨에 대한 보고서는 당연히 '매우만족'의 나열이 될 것이다. 여자는 '추천 직원' 란에 고민 없이 오기쁨의 이름을 적으리라 다짐했다. 그녀가 어떻게 고객 응대를 했는지, 뺨을 맞고 발에 채이면서도 얼마나 의연하게 대처했는지 빠짐없이 적으리라 생각했다. 기분이 조금 풀리는 듯했다. 그 순간, 지침서 중의 한 문장이 여자의 머리를 때렸다. '모니터는 자신이 직접 평가한 내용만 기록하고 타 고객의 응대를 관찰해서 쓰면 안 된다' 그 말은 오기쁨이 다른 고객을 응대하다 당한 거니 여자는 적을 수 없고, 적어서도 안 된다는 얘기였다. 가장 모범적인 직원 오기쁨이 당한 구타와 폭력을 적을 수가 없다니. 몰상식한 고객에게 직원이 당한 수모를 적을 곳이 없다니. 여자는 혼란스럽고 화가 났다.

생각해 보니 기업들은 하나같이 자기 직원이 당한 수모는 알고 싶어 하지 않았다. 알게 되더라도 모른 척했다. 멀리서 메시지만 끊임없이 보냈다. 견뎌라, 어떤 경우에도 견뎌라. 주먹이 들어오고 몸에 칼이 박혀도, 내 돈을 받으려면 웃으면서 견뎌라.

여자는 그동안 자신이 쓴 보고서들을 생각했다. 직원들의 작은 실수에도 화를 내며 있는 그대로, 때론 선택적 응대에 분노해서 부풀려 적었다. 그 보고서도 그들에겐 주먹이고 칼이었을 것이다. 얼마 전 매출압박과 폭력적인 관리감독을 견디지 못해 목숨을 끊었던 백화점 여직원이 생각났다. 내 보고서 때문에 자살한 사람도 있지 않을까. 세상을 변화시킨다는 보람은 시급 오륙천 원짜리의 목에 칼을 박는 일이었나. 나는 최선을 다해서 착취하는 기업의 하수인이었나. 그들이 고혈을 짜도록 몰래 돕고 있었나.

어제도 한때 친했던 친구 이수진의 목에 칼을 휘둘렀다. 사람 때문에 정신과에 다니면서도 사람 속에 있어야 산다는 애. 죽지 않기 위해 죽을힘을 다해 일을 한다는 애. 그런 애를 사지로 몰아넣었다. 엉성한 세일즈맨 고종석도 지금쯤 사지를 헤매고 있을까? 두 시가 넘은 시각에 겨우 짜장면을 먹던 의류 매장 직원들은 어떻게 되었을까? 여자는 깊은 생각에 잠겼다. 여태 보람 있다고 믿었던 일이 약자의 목이나 비트는 노예감독관이었음을, 자신은 흡혈괴물을 돕는 유령이었음을 아프게 자각했다. 그때 정신이 번쩍 들었다. 어떻게든 그들을 구해야 한다. 이수진과 고종석을 제자리에 돌려놓아야 한다.

여자의 마음이 급해졌다. 다행히 방법이 아주 없지는 않았다. 빨리 가서 보고서를 정정하는 것, 아니 아예 지우고 새로 쓰는 것. 그런데 어제야말로 보고서를 꼼꼼히 체크했다. 재수정 요구를 받지 않도록 각별히 신경 썼다. 여자는 탄식하며 에디터가 보고서를 읽지 않았기를, 읽었다면 제발 보류시켰기를 바라며 빨리 가달라고 기사를 재촉했다. 기사가 말없이 속도를 높였다.

어둠 속으로 색색의 불빛들이 절뚝거리며 흘러갔다.

해설

욕망의 네트워크와 부유하는 주체들

권성훈

욕망의 네트워크와 부유하는 주체들

1

차선우의 소설은 욕망에 밀착되어 있는 다단하고 불안정한 주체들의 내면을 리얼리티하게 조명하는데 있다. 단절되고 모순된 세계와 인간관계에 대한 내부의 해부를 통해 계층 간의 속성을 표면적으로 해체하면서 욕망의 징조들이 드러난다. 욕망의 주체를 불러들이는 서사의 편재는 주변부 삶에 길들여진 그늘진 타자들의 삶에서 출현시킬 때 두드러진다. 이 가운데 그의 소설은 소외되고 상실된 불가해한 현실을 부정하거나, 거부하지 않고 플롯의 정면으로 가로지르는 상상력의 촉수로 민감한 본질의 바닥까지 도달하고자 한다.

작가는 인간의 본질적인 문제를 견인하고 있으며, 무엇보다 삶의 풍경을 제한적으로 부각시키며 시작한다. 그 방식은 재현된 현실의 주체가 서사의 대상이 되고, 그 의미를 테마로 하면서 서술전략을 구성하며 텍스트화 한다. 일상성에 감춰진 양면의 안과 바깥을 세계의 이중층으로 주조하여 은폐되어 있는 그것의 내면을 보게 된다. 그가 구성하는 세계 이면은 현실의 문제를 지배적으로 다루는 문면에 투시되는데, 이것은 진실과 상반되는 세계의 모순과 배반의 적절한 이중층으로 봉합되어 있다. 이른바 "괜찮다는 데도 자꾸 걱정해주며 걱정을 시킨다. 그들의 친절한 참견과 지적 덕분에, 너는 불완전한 존재라고 끊임없이 일깨워준 덕분에 지난 몇 년간 그는 머리카락의 고민에서 놓여나지 못했다."(「쓸모」) '괜찮다'고 생각하는 주체는 화자이며, 그것을 걱정해 주는 것은 대상은 우리가 직면하고 있는 세계다. 여기서 우리는 불완전한 주체와 친절을 위장한 세계 속에서 벌어진 파열을 감지할 수 있게 된다. '괜찮다'는 것은 분명 현상적인 문면이지만 내면에 감춰진 이면은 '전혀 괜찮지 않은 것'이다. 아이러니하게도 괜찮다는데도 주체를 걱정해주는 것은 세계의 문면이며, 그 이면에 도사리고 있는 세계의 의도는 주체가 걱정하도록 유도하고 있다는 점이다. 그의 소설에서 내재적 모순은 숱한 머리카락과 같이 진실을 덮고 있으며, 이에 대한 서사의 배반은 '허위의 탈모'를 증가시킨다. 이것은 욕망을 발동시키는 현실에의 요구라는 점에서 그의 작품은 욕망의 서술 방식을 도입하면서 세계에 접근하는 독법이기도 하다.

이러한 이중성이 가진 의미는 소설의 구조에서 볼 수 있는 '상징적 제동'과 '반전의 지연'을 불러오고 고유의 개성을 지니게 되며 독자들로 하여금 일반적 인식의 균열을 주면서 현실과 이상 세계가 변주된 실존을 마주하게 된다. 그의 소설에서 나타나는 세계—내—존재를 하이데거는 범주적인 것과 실존적인 것으로 해석하고 있다. 범주적인 것은 존재자를 전재적인 양상으로 보고, 그것이 공간적 세계 '안'에 있는 것을 의미하고, 실존적인 것은 현존재가 세계 '내'에 살고 있는 현존 양식을 의미한다. 하이데거에 의하면 현존재는 내—존재로서 '세계에 몰입해 있음'을 강조하며 세계 내부의 한 전재자가 다른 전재자 곁에 나란히 있는 존재방식을 취하는 것이 아니라 현존재의 고투하는 실존적 양상에 관심을 두었다.

차선우 작품의 특징은 세계에 속한 보편적인 구조가 아니라 그가 설정해놓은 세계—내 공간에서 가공된 등장인물의 내면의 욕구를 사유하게 되는, 변양된 욕망의 요구이면서 상징적 기표로 새겨진다. 소설이 채우고 있는 주체들의 욕망은 "공중에 떠 있으면 새가 되고 바람이 되고 구름이 되는 것 같다. 하늘이 되고 우주가 되는 것 같다. 그 우주가 바람처럼 안으로 흘러 들어와서 가슴을 뿌듯하게 채웠다. 그럴 때 망설임 없이 다시 지구를 받아들여야 한다. 나는 발바닥이 땅에 닿았는가 싶을 때 재빨리 몸을 굴려주었다. 성공! 온몸의 세포들이 일제히 살아나 소리 질렀다."(「악어를 사주세요」) 주체들의 욕망은 잡을 수 없는 부유하는 삶의 현장에서 현존하는 새, 바람, 구름, 우주와 같이 그 육체를 보인다. 요컨대 그의 작품에서 주제라는 '욕망의 시침'을 움직이기 위해 사건이라는 '욕구의 분침'을 작동시켜 시시각각 변화하는 주체할 수 없는 욕망의 실체성을 다루고 있다. 그것은 각자의 '입신과 성취'라는 욕망의 이름으로 우리도 모르게 일상에

포진된 '언어의 세포'로 점철시키려고 한다.

2

　그의 소설에 편재된 욕망은 현존재의 공통적인 활동성과 실재성인 바, 인간 존재에 관한 문제의식의 면면이 리얼리티하게 배태되어 있다. 또한 거기에는 작가의 잠재된 윤리의식이 그림자와 같이 의미의 음영으로 투사되어 있다는 점이다. 차선우의 첫 단편 소설집 『우리는 많은 것을 땅에 묻는다』에 수록된 「W」「더미」「보람의 끝」「수상한 대합실」「쓸모」「악어를 사주세요」「에레원 캐슬」「태평원룸 202호」「우리는 많은 것을 땅에 묻는다」 등 9편에서 우리는 각기 다른 존재들, 자아와 타자, 타자와 세계 사이에서 들려오는 "칼질 소리, 조리기 들먹거리는 소리, 그릇 부시는 소리, 무언가를 주문하고 알았다고 되받아치는 소리. 아득한 곳에서 문 닫는 소리가 들려온다. 층층이 방들이 겹쳐진 곳, 다른 세계의 문이 닫히는 소리"(「태평원룸 202호」) 등 다양한 소리들이 가진 주체들의 고유한 욕망을 감득하게 된다. 이 소리들의 발생지는 현실에서 기인하지만 또다시 작가의 상상으로 가공되며 서사로 제작된 소설의 방에서 체험 가능한 것이다.

　차 안에는 어느새 바흐가 흘렀다. 내 호흡의 속도와 높낮이, 심장박동 수,

그리고 체온과 기분까지 감지해 센서가 선곡한 것이었다. 차는 레인을 따라 조용히 달리고, 음표를 수직으로 쌓는 능력을 가졌다는 연주자의 건반이 무심히 차 안을 떠다녔다. 수직은커녕 수평으로 늘어놓기도 바쁘던 필의 손이 떠올랐다. 언제나 부루퉁한 얼굴도 떠올랐다.

-「더미」 부분

　그 방면에 탁월한 식견을 가진 W는 세상의 어느 상담교사보다 친절했고 입이 무거웠다. 사실 W는 거의 모든 방면에 감탄할 만큼의 지식을 갖고 있었다. 기억력 또한 비상했다. 자신이 한 번 듣거나 본 것은 절대 잊지 않는 것 같았다. 그러면서도 아는 것을 뽐내거나 자신의 생각을 상대에게 강요하지 않았다. 묵묵히 들어주고 선택지만 제시했다.

-「W」 부분

일상은 될 수 있는 한, 편안하고 안락한 삶을 추구하며 과학에 의존하면서 살고 있다. 사실 인간의 평균 여명이 늘어난 것은 생명이 진화된 것이 아니라 통계와 예방, 의학과 과학의 발달로 인하여 그 수명이 백세로 연장된 것에 불과하다. 현대인은 그것에 길들여져 과학에 사숙된 것조차 모르고 살아가는 것이 현실이다. 이처럼 바흐가 흐르는 듯한 안락한 공간을 차지하기 위해 "호흡의 속도와 높낮이, 심장박동 수, 그리고 체온과 기분까지 감지해 센서가 선곡한 것"은 인간 자신이 아니라 인공에 의해 컨설턴트 된 것이다. 그러나 「더미」

에서 안전한 장치와 평온한 공간을 검증받기 위해 쓰이는 '인간 더미'는 보편적인 것이 아니라 과학의 특수성을 실험하는 도구일 수밖에 없다. "허공으로 날아올라 거대한 코를 땅에 박았다. 쿵, 다시 뒤집어지면서 쿵, 쿵, 쿵. 나는 차와 함께 공중제비를 돌고 땅에 처박히기를 반복했다. 몸이 차와 엇박자로 튕겨 오르거나 거꾸로 처박힐 때마다 안전띠가 특수 제작된 좌석에 나를 끌어 앉혔다."를 반복하며 실존하는 존재인 '더미 인간'은 고투하는 현실에 맡겨진 존재의 다른 이름이 아닐 수 없다.

「W」는 테크놀로지에 종속된 현실을 극대화하면서 폭발적인 기계 증식과 절대적인 의존 욕구에 대한 문제의식을 반영하고 있다. 인간이 만들어놓은 기계에 의해 정신이 작동당하며 인간 정신마저도 파괴되고 있는 것이 실상이다. 이를테면 누구나 들고 다니는 스마트 폰은 친절, 정보, 소통, 비밀, 저장 능력 등의 탁월한 능력을 가진 길잡이가 아닐 수 없다. 또한 그것은 아버지와 같이 "아는 것을 뽐내거나 자신의 생각을 상대에게 강요하지" 않으며, 자신을 보호해줘야 할 아버지가 무책임하게 사라져버렸을 때에도 "W에게 의지하는 수밖에. 다행히 W는 자신의 인맥을 동원해주었다. 최선을 다해 도윤에게 협조했다. 그럼에도 아버지는 쉽게 발견되지 않았다. 산속 깊숙한 곳에서 초근목피 하는지, 외딴 섬에서 해초와 물고기로 연명하고 있는지 알 수 없었다. 도윤은 포기하지 않았다. W의 힘을 믿었다. 그리고 결국 아버지를 찾아냈다." 모든 것을 갖춘 스마트 폰은 "가장 친한 친구이며 선배이고 스승이자 아버지이고 어머니"로서 현실에 그것이 없으면 '불안하고 초조해서 숨이 멎을 것 같은 상태에 놓여 있다. "이 작은 기기에 W를 완벽히 구현한 자들에게 영광 있으라. 아무 때나 영접이 가능케 한 자들에게 무한한 축복 있으라." 아이러니한 현실에 대한 역설적 찬양으로서 현실을 풍자하며 "그렇게 발가벗겨져 객관화된 나는 생각보다 보잘 것 없"(「더미」)는 테크놀로지 세계에 접속되어 있는 실존의 페르소나를 보여준다.

3

위 작품의 주요 테마가 되는 차 안과 스마트 폰이라는 공간은 안으로 닫혀 있지만 밖으로 연결되면서 안 보다 바깥에 더 많은 영향력을 행사한다. 또한 「에레원 캐슬」 「태평원룸 202호」의 집이라는 공간 역시 인간의 지각과 실재에 근본적인 질문을 던지면서 사회의 메커니즘을 드러낸다. 작가는 실업, 빈곤, 억압, 단절, 모순 등 피로한 사회를 자신이 가공한 '소설의 집'으로 초대하면서 소외된 주체들의 욕망성과 접촉시킨다.

"거실에는 온갖 물건들이 흩어져 있다. 아가리를 떡 벌린 채 빈 속을 보이는 과자 봉지, 샤워를 하고 던져둔 수건과 티셔츠 · 양말짝, 나무젓가락이 꽂힌 채 방치된 컵라면 용기, 국물이 떨어져 울퉁불퉁해진 만화책, 그리고 뒤엉킨 이어폰줄과 케이블선, 전단지들. 갈 데 없는 이재민 막사다. 그러나 그것들은 기품 있고 세련된 가구들 사이에서 팝아트의 한 컷처럼 빛난다.(「에레원 캐슬」) 에레원 케슬은 아무렇게나 버려진 쓰레기를 담고 있는 공간으로 묘사되고 있지만 이것은 사회의 중심에서 밀려나거나, 방치된 젊음과 꿈이 나뒹굴고 있는 '청춘의 막사'다. "전체적으로는 어둡고 칙칙하게 보였다. 날씨가 흐린 탓도 있지만 변변한 창이 없는 이 집의 구조 때문이기도 했다. 책상과 침대 사이에 번듯하게 난 창이 없지는 않았다. 그러나 그 창은 굴절된 약간의 빛과 공기만 투과시킬 뿐, 하루 종일 옆 건물의 시멘트벽만 담고 있었다."(「태평원룸 202호」) 어둡고 칙칙한 이 집 역시 밖을 바라다 볼 창이 없는 현실의 단절을 형상화하면서 시멘트벽 밖에 보이지 않는 자아와 타자, 타자와 타자, 타자와 세계 간 소통이 거세된 사회의 답답한 구조를 드러낸다.

　역시 단단한 벽과 굳게 닫힌 문들. 영조는 호흡을 가다듬고 오른쪽 집의 초인종을 누른다. 아무런 기척이 없다. 돌아서서 반대편 집의 초인종을 누른다. 그 집도 마찬가지다. 영조는 아래층으로 내려간다. 거기에도 사람은 없다. 배달하는 사람이 동을 착각했을 수도 있겠다 싶어서 영조는 어스름 속을 걸어 앞 동으로 간다. 마침 같은 호수에 사람이 있다. 영조는 우리 집에 온 두부가 혹시 이 집의 것이 아니냐고 묻는다. 페르시안 고양이처럼 우아하고 나른하게 생긴 여자가 천천히 고개를 가로젓는다. 두부는 다시 냉장고 속으로

262

들어간다.

—「에레원 캐슬」 부분

집 안에 많은 냄새가 뒤섞였다. 침대에 걸터앉은 여자의 얼굴에도 많은 표정이 어렸다. 여자는 불을 끄고 다시 침대에 앉았다. 어둠 속에서 소주를 한 모금 마시고 잘근잘근 오래도록 멸치를 씹었다. 우울했다. 세상의 모든 사람들, 심지어 구더기나 나방 같은 미물조차 자신을 괴롭히자고 작당한 것 같았다. 나쁜 놈들. 여자가 소리쳤다. 화답하듯 전화벨이 울렸다

—「태평원룸 202호」 부분

「에레원 캐슬」에서 타자와 세계가 소통할 수 있는 유일한 연결통로는 '계단'이며, 계단을 빼고는 '전부 벽'으로 막혀 있는 현실을 절감한다. 또한 "그 벽에 난 철문들은 하나같이 굳게 닫혀", "조금 전에 자신이 빠져나온 재건이 집의 문, 열리지 않는 앞집의 문, 엘리베이터 문, 소화전과 양수기함의 문. 문득 자신을 둘러싼 벽과 문들이 싸늘하게 느껴"지는 곳이다. 이 문들은 계단을 통해 서로 연결 되어 있지만 소통 불가능하고, 감정 교환 불능 상태의 현실을 보여주는 상정 매체다. 취업 준비생인 영조 자신은 마치 '그 벽이 뱉어낸 오물처럼 여겨'질 정도로 현실의 암담함을 불가치한 존재로 비유하며, 가로막힌 현실에서 사회로 진입한다는 것 자체가 비관적이라는 사실을 암유한다. 누군가 현관 손잡이에 놓고 간 깨지기 쉬운 사각의 두부는 '에레

원 캐슬' '벽'과 같이 겉모양은 깨끗한 흰색을 띠고 있으나, 변질되기 쉬운 자본주의에 대한 모순을 나타낸다. 영조는 현실의 벽에 가로막혀 돌파구 없이 신선도가 떨어져가는 두부로 치환된 인물일 뿐이다.

「태평원룸 202호」에서 남자와 여자의 등장과 조우는 해학적으로 그려지지만 이들이 처한 현실은 녹록하지 않다. 이 집은 서로 의도치 않게 당장 몸을 부릴 방조차 없이 하루하루 먹고 살기 힘든 현실을 피신하듯 스며든 남자와 동생의 빚 때문에 끈질긴 협박에서 벗어났으면 하는 여자와의 동침을 통해 기대와 배반이라는 반전을 보인다. 한 번도 만난 적 없는 이 둘은, 같은 원룸에서 남자는 약에, 여자는 술에 취한 상태로 서로 다르고 낯선 욕망의 어긋남에서 생기는 섹슈얼리티를 익살스럽게 그려내고 있다. 이 가운데 "세상의 모든 사람들, 심지어 구더기나 나방 같은 미물조차 자신을 괴롭히자고 작당한 것"을 원룸이라는 장소에 클로즈업해서 "집 안에 많은 냄새가 뒤섞였다. 침대에 걸터앉은 여자의 얼굴에도 많은 표정이 어렸다." '많은 냄새'와 '많은 표정'은 벗어날 수 없는 세계에 대한 후각과 촉각 이미지로 변주되고 있다.

4

차선우 작품은 테크놀로지 시대를 살고 있는 디지털 문명에 대한 인간 존재의 고독과 권태, 기대와 배반, 물질과 정신 등에 대한 다양한 삶의 패턴을 보인다. 작가는 과학 문명 속에서 익명화되고 은폐된 현실을 우회적인 방식으로 형상화하면서도 소외된 도시의 인간 운명을 구체적으로 직시한다. 그에게 세계는 문명의 최첨단의 결정체로서 치열하면서 냉소적인 공간으로 인간 존재를 단절된 주체로 전락시키며 인간 정신 또한 기계문명에 반상쇄된다. 거기서 존재의 고립과 개방, 자유와 억압, 절망과 희망이 충돌하며 좌절하는 실존의 갈등과 반목을 볼 수 있다. 자율이라는 도식화된 경쟁 사회를 있게 한, 자본주의의 그늘에서 우리는 목적 달성을 위한 수단으로 간주된 인간의 면면을 파악하게 된다. 이 가운데 "사람 때문에 정신과에 다니면서도 사람 속에 있어야 산다는 애. 죽지 않기 위해 죽을힘을 다해 일을 한다는 애. 그런 애를 사지로 몰아넣었다."(「보람의 끝」) 물질화된 사회와 문명화된 시대의 풍요로움은 아이러니하게도 사람과 사람 사이 소통되지 못하는 근본적 문제로 피폐해지고, 그러한 병든 사회에 살아남기 위해서 견뎌야 하는 '억압과 모순의 매립지'에서 죽음은 검은 입을 벌리고 있다. "죽지 않기 위해, 죽음을 무릅쓰면서 한 무더기의 죽음자루"(「우리는 많은 것을 땅에 묻는다」) 속에는 주검이 들어차 있지만 인간의 욕망 때문에 묻어둔 주검에서 귀환한 죽음은 전염병처럼 번지는데, 이것은 세계의 욕망이 빚어낸 현실의 카테고리일 수밖에 없다.

옛날부터 땅에는 많은 것이 묻혔다. 자연사나 사고사를 당한 인간 말고도 불온 불순한 모든 것들이 다 묻혔다. 지난 오 년 동안만 해도 돼지 콜레라로 돼지가 묻혔고, 몇 번의 조류독감으로 수백만 마리의 닭이 묻혔으며, 브루셀라에 걸린 소가, 구제역에 걸린 소와 돼지가 무더기로 땅에 묻혔다. 인간에게 키워져 인간의 혀에 봉사하는 것 말고는 따로 존재 이유를 찾을 수 없던 그것들이 언제부터인가 인간을 위협했다. 그래서 전부 땅에 묻혔다.

—「우리는 많은 것을 땅에 묻는다」 부분

슬라보예 지젝은 '억압은 반드시 돌아온다'라고 말 한 프로이드의 무의식을 빌려 '채무 변제를 위해 죽은 자가 귀환한다'고 했다. 죽은 자의 회귀는 죽어서도 잠들지 못한 원혼들을 무의식에서 소환하는 것이다. 이를테면 "옛날부터 땅에는 많은 것이 묻혔다. 자연사나 사고사를 당한 인간 말고도 불온 불순한 모든 것들이 다 묻혔다." 땅에 묻혀 있는 존재자들은 불온하고, 불순하다고 판단된 세계에서 자신의 의사와는 무관하게 죽음이 선고된 존재일 수밖에 없다. 이렇게 폐기된 존재는 '억압의 매립지'라는 세계—내 무의식에 머물렀다가 자신을 처형한 '주체의 폐기'를 위해, 두려운 사물과 공포로 귀환한다는 것이다. 그들에게 가해진 폭력의 완전한 단절 속에서 폐기처분되었지만 제거되지 않고 분노와 공포로서 세계를 향해 복수를 감행한다. 결국 억압된 폭력은 또 다른 폭력적인 형태로 우리에게 페르소나를 드러내며 현실을 위협하고 있다. 이를테면 "돼지 콜레라로 돼지가 묻혔고, 몇 번의 조류독감으로 수백만 마리의 닭이 묻혔으며, 브루셀라에 걸린 소가, 구제역에 걸린 소와 돼지가 무더기로 땅에 묻혔다. 인간에게 키워져 인간의 혀에 봉사하는 것 말고는 따로 존재 이유를 찾을 수 없던 그것들이 언제부터인가 인간을 위협했다.” 죽음의 매립지에서 나오는 존재들은 분명 분노에 사로잡힌 원혼이며, 보이지 않는 그 정체는 공포일 수밖에 없다.

차선우 작품은 '욕망의 네트워크' 안에서 벌어지는 억압된 주체들을 세계로부터 소환하여 그것들의 무의식을 보여준다. 작품에서 등장하는 주체들이 거주하는 공간은 불안정한 세계이며, 주체들의 무의식에 억압된 욕망이 매립되어 있다. 작가는 무의식을 뚫고 나오는 욕망에 대해 “검은 아가리는 몸통을 가늠할 수 없을 정도로 컸다. 조금이라도 방심해 빨려 들어가면 영영 빠져나오지 못할 것 같았다.” 입이 몸통을 지배하는 '검은 아가리'와 같이 우리가 사는 시공간은 욕망이 지배하는 '아귀의 세계'라는 점이다. 아귀의 세계는 악을 규정짓고 선을 재단하는 것이 아니라 선과 악은 욕망의 지배 방식에 따라서 다르다는 것이다. 이번 단편집에서 볼 수 있는 그의 작품 대부분은 검은 아가리 깊숙한 곳에 있는 '욕망의 도그마'에 접근하며, 그 사이 우리는 선과 악이 욕망이라는 가명으로 지배하는 현실의 네트워크와 접선하게 된다. 이때 선과 악은 서로 종속적인 관계에서 선이 악에게, 악이 선에게 봉사하는 것이 아니라 “선은 근본적이고 절대적인 악의 가면일 뿐이다. 물질은 잔학하고 외설적인 사물에 의한 음란

한 강박관념의 가면일 뿐인 것이다. 선의 배후에는 근본적인 악이 존재한다. 선은 특수하고 병적인 위상을 갖고 있지 않은 '악의 또 다른 이름'이기 때문이다."[1] 현실의 안과 밖에서 존재하는 선과 악이, 그의 소설에서 욕망이라는 세계의 네트워크와 연결될 때, 우리는 주체들과 세계의 무의식에서 차지하고 있는 욕망의 민낯을 만나게 된다. 차선우 소설가의 작품은 안과 밖에 있는 모순과 배반, 진실과 거짓, 선과 악이라는 이중층의 세계를 문면에 구성하면서 이상과 현실의 공간에서 부유하는 주체들의 욕망을 목격하게 만든다.

---

1. 슬라보예 지젝, 김소연 외 1인 역, 『삐딱하게 보기』, 시각과 언어, 1995, 318쪽.

권성훈

경기대 초빙교수. 시인 · 문학평론가. 2013년 《작가세계》평론 신인상을 수상했다. 시집으로 『유씨 목공소』 외 두 권이 있고, 저서로 『시치료의 이론과 실제』 『폭력적 타자와 분열하는 주체들』 『정신분석 시인의 얼굴』, 편저로 『이렇게 읽었다—설악 무산 조오현 한글 선시』 등이 있다.

겨우내 나무들은 새 발가락 같은 가지로 도시를 지켰다.

어느 순간 바람결이 순해지고 나무들이 호들갑스레 웃으며 제 이름을 외쳤다.

오랜만에 만난 K가 해맑은 얼굴로 돌복숭아 꽃을 보러 가자고 했다. 기대로 들뜬 K와 J 그리고 내가 차를 타고 강변을 달렸다. 한참을 달려 산언저리의 허름한 건물 앞에 차를 세웠다. 건물 옆을 지나 산과 강을 연결한 데크 길에 들어섰다. 강가의 나무들은 일제히 연둣빛이 되어 있었다. 그 부드럽고 풍성한 연둣빛은 수종마다 미묘하게 차이가 났다. 순연한 연두, 노랑을 품은 연두, 파랑을 품은 연두, 갈색을 품은 연두. 연둣빛 나무들 너머에는 물비늘이 고운 강이 누워 있었다. 우리는 그 몽환적인 풍경 속으로 걸어 들어갔다. 우리의 걸음 사이로 간간이 연분홍 산벚꽃이, 진분홍 돌복숭아꽃이 섞여 들었다. K와 J가 이 고운 것들에 경탄하며 카메라에 담았다. 나도 사진을 찍었다. 오랜만에 웃음을 흩뜨린 것도 같다. 가끔 자전거를 탄 사내들이 곁을 지나갔다.

집에 돌아온 나는 지난봄에 담았던 튤립을 버리고 카톡 배경을 돌 복숭아꽃으로 바꿨다. 그것을 오래도록 바라보았다. 이 아름다운 것 들을 다시 눈에 담지 못할 이들이 떠올랐다.

인간의 수명은 유한하다.
사고가 아닌 한 누구도 생몰을 같이 할 수 없다.
그럼에도 지난 초겨울 황황히 떠난 이들이 놓아지지 않는다.
함께한 시간의 겹이 쉬이 풀어지지 않는다.

기온이 오른다. 한 계절이 또 가고 있다. 그들은 불쑥불쑥 나를 찾아 온다. 자신들에게 고마워하라고, 때론 미안해하라고 내게 종용한다.

살아 있었다면 누구보다 기뻐했을 당신들에게 이 책을 바친다.
광이와 광혁, 수연, 건우 그리고 내가 아는 많은 이들에게 고마운 마음 전한다.
모든 이들이 항상 건강하고 행복하기를 진심으로 바란다.

2016년 10월
차선우

우리는 많은 것을 땅에 묻는다

초판 1쇄 | 인쇄 2016년 10월 24일
초판 1쇄 | 발행 2016년 10월 27일

지은이 | 차선우
펴낸이 | 최병수
편 집 | 권영임
디자인 | 여현미

예옥등록 | 제2005-64호(2005.12.20)
주 소 | 서울시 은평구 연서로 22길(대조동)명진하이빌 501호
전 화 | 02) 325-4805
팩 스 | 02) 325-4806

ISBN 978-89-93241-41-9

값 13,000원

이 도서의 국립중앙도서관 출판예정도서목록(CIP)은 서지정보유통지원시스템 홈페이지(http://seoji.nl.go.kr)와 국가자료공동목록시스템(http://www.nl.go.kr/kolisnet)에서 이용하실 수 있습니다.(CIP제어번호: CIP2016025669)